BEFREIT
VON EINEM
Highlander

Buch eins der Clan-Grant-Reihe

KEIRA
MONTCLAIR

KAPITEL EINS

Schottland, 13. Jahrhundert

WARME FLÜSSIGKEIT LIEF von ihrer Wange in ihren rissigen Mundwinkel. Madeline MacDonald fing das Blut mit ihrer Zunge auf und der salzige Geschmack überwältigte ihre Sinne. Sie zwang sich, aufrecht und unerschütterlich dazustehen, als sie sah, wie die Hand ihres Stiefbruders erneut ausholte, bevor sie ihre andere Wange traf. Sie stählte sich, um nicht vor Schmerz aufzuschreien, starrte ihm in die Augen und versuchte, seine Stimmung einzuschätzen. Die Erfahrung hatte sie gelehrt, dass er es mehr genoss, wenn sie schrie, und dass sie dann noch länger Prügel bekommen würde.

Es war still in der Kammer, bis auf das entfernte Geräusch eines langsamen, durchdringenden Tropfens. Blut rauschte durch ihr verschrecktes Herz. Ihr Instinkt schrie ihr zu, davonzulaufen, aber sie wusste, dass es vor Kenneth kein Entkommen gab. Ihre Hand zitterte, als sie das Blut von ihrem Gesicht wischte. Die Berührung ihrer eigenen Finger jagte erneuten Schmerz durch ihren Körper, aber sie gab immer noch keinen Laut von sich. Ihr Atem ging schnell, gehetzt. Sie musste die Kontrolle behalten. Sie schloss die Augen, um ihren Herzschlag zu drosseln, scheiterte aber. Wie lange würde diese Tracht Prügel noch andauern? Sie härtete mit jedem Mal ein wenig mehr ab, weshalb er sie heute nicht so leicht brechen würde.

Ein perverses Vergnügen spiegelte sich im Gesicht ihres Stiefbruders. Er war ein grausamer, liebloser Mann – etwas, das sie seit dem Tod ihrer Eltern vor zwei Jahren nur zu oft zu spüren bekommen hatte.

Er beugte sich zu ihr und packte sie am Hals. „Du wirst ihn heiraten. Verstehst du mich, du Miststück? Du wirst mir keinen Strich durch die Rechnung machen. In weniger als zwei Wochen schließt du den Bund der Ehe mit Niles Comming.

Hast du mich verstanden, Madeline?" Kenneth MacDonalds Speichel verfehlte nur knapp ihr Gesicht.

Ein überraschender Sinneswandel brachte ihn dazu, sie loszulassen, und er begann, in der Kammer auf- und abzugehen. „Ich könnte dich einfach zwingen. Ich brauche deine Zustimmung nicht, denn ich kenne genau den richtigen Priester, den ich dazu herholen könnte. Er würde mir diesen Gefallen nicht abschlagen." Kenneths Kopf wippte bei jedem Schritt hin und her. „Aber der halbe Clan unterstützt dich und ich kann mir keinen Aufstand meiner Soldaten oder der Diener leisten. Also wirst du tun, was ich sage, um deinen Clan nicht zu verärgern. Hast du verstanden?"

Madeline musste ihre letzte Kraftreserve anzapfen, um den Kopf zu schütteln. Sie würde diesen Comming – den Mann, der sie vergewaltigt hatte – niemals heiraten, egal wie ihr Stiefbruder sie bedrohte.

„Du wagst es immer noch, dich mir zu widersetzen?", brüllte Kenneth.

Aye, genau so, wie ich es bisher getan habe. Ich werde die Schläge ertragen. Sie konnten niemals so schlimm sein wie die Demütigung und der Schmerz, die der benachbarte Laird ihr zugefügt hatte.

Madeline zwang ihren Körper dazu, sich zu entspannen, denn Knochen brachen nicht so leicht, wenn sie ruhiger war. Aber Kenneths Faust zielte direkt auf ihren Bauch und viszeraler Schmerz schoss durch ihren Körper. Sie verlor den Halt und knallte auf den kalten Steinboden. Als der Fuß ihres Stiefbruders in Richtung ihrer Mitte schoss, versuchte sie sich zu einer Kugel zusammenzurollen, aber ihre Reflexe waren zu langsam. Der Schmerz, der durch ihren Körper jagte, ließ die Welt um sie herum in Dunkelheit versinken.

Laird Alexander Grant saß auf Podium des Bergfrieds der MacDonalds und starrte auf den Dreck, der die Binsen auf dem Boden des großen Saals bedeckte. Die Halle war seit seinem letzten Besuch definitiv vernachlässigt worden. Er warf gerade seinem Bruder Brodie einen Blick zu, während ihr Gastgeber, Kenneth MacDonald, einige Befehle erteilte.

„Hol uns Bier, du faules Weib", brüllte Kenneth eine Magd an und verpasst ihr einen Schlag auf den Hintern, um sie anzuspornen.

„Aye, mein Laird", murmelte sie und eilte in Richtung der Küche davon.

„Entschuldigt, Laird Grant. Meine Schwester kümmert sich normalerweise um alles in der Küche, aber sie ist erkrankt. Seht Ihr, wie faul die Frauen sind, wenn sie nicht da ist? Meine Diener sind das Essen, das ich ihnen gebe, nicht wert." Kenneth ging zur Bank an seinem Tisch und fegte mit der Hand Krümel und Staub auf den Boden.

Alex drosselte seinen Unmut, bevor er das Wort ergriff. „Laird MacDonald, wir wollen Euch keine Umstände machen. Wir werden aufbrechen, sobald wir unsere Bedenken mit Euch geteilt haben. Wir haben mit immer mehr kleinen Angriffen und Diebstählen auf unserem Land zu tun. Es muss eine neue Banditenbande geben. Habt Ihr hier ähnliches beobachtet?"

„Nay, niemand wagt es, uns zu stören. Meine Wachen sind zu stark. Banditen, sagt ihr?" Kenneth drehte den Kopf weg, als er sprach.

Alex bemerkte eine kaum merkliche Veränderung in den Augen seines Gastgebers und er musterte seinen benachbarten Laird sorgfältig, bevor er sprach. „Wir haben sie noch nicht erwischt, aber seid versichert, dass wir es tun werden. Im Sommer ist ohnehin die Zeit, unseren Nachbarn einen Besuch abzustatten, weshalb wir die Gelegenheit nutzen wollten."

„Ich kann Euch bei Eurem Problem nicht helfen, aber Ihr könnt gern über Nacht hierbleiben, bevor Ihr Euch auf den Rückweg macht", sagte Kenneth.

Brodie winkte schnell ab. „Nay, das ist nicht nötig. Wir sind Euch für ein kühles Getränk dankbar, bevor wir uns verabschieden müssen. Wir haben viel zu tun, bevor wir nach Hause zurückkehren."

Alex' Blick wanderte durch den schmutzigen Saal. Es gab keine schönen Wandteppiche und keine Stühle mit Kissen. Der Gestank von verdorbenem Essen brannte in seinen Nasenlöchern. Seine Schwester Brenna sorgte dafür, dass sein Bergfried makellos sauber war. Sein Saal kündete von der

reichen Geschichte des Grant-Clans. Er war stolz auf die ausge-
stellten Waffen, die geschnitzten Stühle mit hoher Rückenlehne
und die Tische. Nachdem er das Desaster hier gesehen hatte,
würde er seiner Schwester sicher öfter für ihre harte Arbeit danken. Im Gegensatz zu diesem Laird glaubte Alex daran, seinen
gesamten Clan gut zu behandeln. Aber hier hielten selbst die
Hunde des Lairds Abstand zu ihrem Herrn.

Plötzlich meldete sich sein Instinkt und er wandte sich wieder
seinem Gastgeber zu. „Nay, Brodie, wir sollten das Angebot
des Lairds annehmen. Ich hätte gern eine gute Nachtruhe, bevor
wir weiterreisen. Sag unseren Wachen, dass wir über Nacht
bleiben."

Brodie starrte ihn an und wünschte sich eindeutig, so schnell
wie möglich von diesem Ort zu verschwinden. Alex wusste,
dass seine Entscheidung, zu bleiben, keinen Sinn ergab, aber
hier stimmte etwas nicht. Er konnte die Worte seines Vaters
deutlich in seinem Kopf hören: *Folge deinem Instinkt, Sohn, er
wird dich niemals im Stich lassen.*

Und sein Instinkt drängte ihn nun einmal, zu bleiben.

Madeline versuchte, die Augen zu öffnen, aber eines musste
zugeschwollen sein, da sich das Augenlid nicht bewegen ließ.
Sie konnte immerhin gut genug sehen, um zu erkennen, dass sie
in ihrer Kammer war. Es war nicht das schöne Gemach, in dem
sie zu Lebzeiten ihrer Eltern gewohnt hatte, sondern die leere,
kalte Kammer, in der ihr Stiefbruder sie nach dem Tod ihrer
Eltern einquartiert hatte. Beim Versuch, sich zu drehen, stöhnte
sie auf, denn ihre blauen Flecken trafen auf hartes Holz und ein
scharfer Schmerz brannte in ihrem Leib. Die Pritsche war nicht
mehr mit weichen Federn gefüllt. Er hatte sie jeglichen Trosts
beraubt. Sofort trat ihre Magd Alice in ihr Sichtfeld.

„Maddie, oh, Maddie. Geht es Euch gut, meine Liebe?",
fragte Alice.

Ihr schwacher Versuch, Alices nervösen Bewegungen zu
folgen, schlug fehl. „Alice, bitte bleib still stehen, mein Kopf
pocht schon genug."

„Oh, Mac und ich waren außer uns vor Sorge. Ihr habt vermutlich mindestens eine gebrochene Rippe und Euer Auge ist

geschwollen. Könnt Ihr sehen? Sagt mir, dass er Euch nicht blind geschlagen hat. Bitte, Maddie."

„Alice", krächzte Maddie, „mir geht es gut. Darf ich vielleicht etwas Wasser haben, bitte."

„Natürlich." Alice führte eine Tasse an ihre Lippen, um ihr beim Trinken zu helfen. „Was sollen wir tun? Er wird Euch irgendwann töten. Wäret Ihr mit Niles Comming nicht besser dran? Er kann nicht so schlimm sein wie Kenneth. Sagt bitte ja! Stimmt der Hochzeit zu. Ich könnte es nicht ertragen, Euch zu verlieren. Ich habe Eurer lieben Mutter versprochen, dass ich auf Euch aufpassen werde."

Schmerzhafte Erinnerungen an den großen, grausamen Körper von Niles Comming drängten sich ihr auf. „Nay, ich werde ihn nicht heiraten. Ich muss mich in ein Kloster retten. Ich werde die Berührung eines Mannes niemals ertragen können." Maddie schloss die Augen wieder, sobald sie ihr Wasser ausgetrunken hatte.

Brodie folgte Alex durch den Korridor zu den beiden Kammern, die man ihnen für die Nacht vorbereitet hatte.

„Alex, du musst verrückt sein. Warum willst du an diesem schmutzigen Ort bleiben? Ich würde lieber mit unseren Männern unter dem Sternenhimmel schlafen."

„Ich weiß nicht warum, aber etwas stimmt hier nicht. Wir bleiben. Schlaf etwas." Alex nickte zu Brodies Tür den Gang hinunter, bevor er in seine eigene Kammer trat.

Doch nach einem Blick auf die dünne Strohmatratze auf der Pritsche seufzte er. Warum war er noch hier? Er sah sich in der Kammer um. Staub bedeckte fast jede Oberfläche. Obwohl er sein Schwert vom Gürtel zog, stellte er es für den Fall eines nächtlichen Angriffs neben sein Bett. Der Geruch der muffigen Binsen auf dem Boden ließ ihn die Nase rümpfen, doch ein leises Klopfen an der Tür riss ihn aus seinen Gedanken. Eine dunkelhaarige Frau huschte in den Raum, als er sie aufforderte, einzutreten.

Sie knickste vor Alex. „Mein Laird hat mich geschickt, um Euch heute Abend zu Diensten zu sein." Sie beugte sich vor und gewährte ihm einen Blick auf ihren großen Busen.

Alex starrte die Frau an. Sie hatte füllige Kurven und er war seit Langem nicht mehr mit einer Frau zusammen gewesen. Er sollte das Geschenk wahrscheinlich annehmen.

Aber er konnte nicht. Die Angst in ihren Augen war zu viel für ihn. Was für ein grausamer Mann musste ihr Laird sein.

„Mädchen, ich werde deinem Laird sagen, dass du mir gut gedient hast, aber ich bin zu müde, um mich dir zu widmen."

„Bitte, ich werde alles tun, was Ihr verlangt, nur schickt mich jetzt nicht zurück."

Alex musterte ihr Gesicht und glaubte ihr. Das Mädchen hatte so fest auf ihrer Unterlippe gekaut, dass diese jetzt blutete.

„Kümmere dich um meinen Bruder, Mädchen. Ich werde dich nicht zurück zu deinem Laird schicken."

„Danke, habt vielen Dank." Sie wirbelte herum und eilte zur Tür hinaus.

Alex setzte sich auf die Pritsche und eine Staubwolke hüllte ihn ein. Was war in letzter Zeit mit ihm los? Er hatte häufig bestimmte Frauen in seinem Dorf besucht, aber noch war ihm keine begegnet, die etwas anderes als Lust in ihm weckte. Und seine Lust war leicht zu stillen. In Wahrheit wünschte er sich aber eine Beziehung, wie sie seine Eltern geführt hatten. Sie hatten einander angebetet. In letzter Zeit interessierte er sich weniger für die bedeutungslosen Liebschaften, die er sonst besuchte.

Nachdem er vor kurzem seinen Vater verloren hatte und offiziell Laird seines Clans geworden war, war er zu beschäftigt, um daran zu denken, sich eine Frau zu suchen. Er war einmal verlobt gewesen, aber der Bund hatte ihm nichts bedeutet. Er hatte die Frau nicht ausgesucht und war daher auch nicht verärgert gewesen, als das Versprechen widerrufen wurde. Vielleicht war er nicht dazu bestimmt, Ehemann oder Vater zu sein. Sein Vater hatte ihm gesagt, er sei dazu geboren, andere anzuführen. Aber wäre das genug?

Alex ging zur Tür, trat auf den Gang hinaus und sah in beide Richtungen. Er musste einen Balkon finden. Das war es, was er an diesem Abend brauchte. Er wusste, dass ihm die kühle Nachtluft helfen würde, einen freien Kopf zu bekommen. Wenn er genug Türen öffnete, würde er irgendwann sicher auf die richtige stoßen.

Er ging den Flur entlang und schüttelte den Kopf, als er ein Kichern aus der Kammer seines Bruders tönen hörte. Die nächste Kammer war leer, also ging er zur folgenden Tür weiter und öffnete sie leise.

Gerade als er sie schon wieder schließen wollte, erstarrte er. Der Raum war dunkel, aber die Kerze aus dem Gang beleuchtete die Seite eines schlafenden Frauengesichts auf einem Bett. Er folgte noch einmal seinem Instinkt, trat zwei Schritte in den Raum hinein, fand eine Kerze in der Nähe und schloss die Tür hinter sich.

Sie schlief auf der Seite liegend. Ihre sanften Kurven waren durch die dünne Decke sichtbar, die sie bis zum Kinn bedeckte. Er wollte nähertreten, wagte es aber nicht, um sie nicht zu wecken. Als er ihren Lavendelduft einatmete, überkam ihn ein seltsam friedliches Gefühl. Ihre Haare fielen in sanften goldenen Wellen über ihre Schultern. Wer war sie? War das die Schwester des Lairds?

Sein Blick fiel auf ihre vollen rosafarbenen Lippen und sein Glied versteifte sich. Wieder wanderten seine Augen über ihren Körper. Sie musste die schönste Frau sein, die er jemals gesehen hatte. Er betrachtete erneut ihr Gesicht und bemerkte ihre Porzellanhaut und ihre kleine Nase. Ihre langen Wimpern ruhten auf hohen Wangenknochen. Aber was ihm als Nächstes auffiel, ließ seine Erektion augenblicklich verschwinden.

Sie war geschlagen worden. Alex trat näher und hielt die Kerze dicht an sie heran, bis er das getrocknete Blut und die geschwollenen Blutergüsse auf der anderen Seite ihres Gesichts erkennen konnte. Sie war die Vision eines Engels und jemand hatte sie geschlagen. Wut rauschte durch seine Adern, gefolgt von dem dringenden Bedürfnis, sie zu beschützen. Er konnte Verfärbungen auf der weichen, freiliegenden Haut ihres Halses sehen. Er griff nach unten, wollte sie berühren und trösten. Er wollte sie vor demjenigen schützen, der ihr das angetan hatte.

Ihre Augen flogen auf und er war sofort in einem blauen Meer verloren. Als ihm klar wurde, dass sie seine Anwesenheit in ihrer Kammer wahrscheinlich missverstehen würde, erwartete er einen Schrei. Doch stattdessen zog sie sich nur von ihm zurück, stöhnte vor Schmerz und flüsterte: „Nay."

Alex wollte sie nicht verwirren oder erschrecken, also machte er kehrt und ergriff die Flucht. Er fand die Tür, die zu den Zinnen führte und rannte die Treppe hinauf.

Aber weder die Aussicht noch die Nachtluft brachten ihm Frieden. Wer war diese schöne Frau? Und wer hatte sie verletzt?

Er würde es herausfinden.

KAPITEL ZWEI

ALEX HATTE KAUM ein Auge zugetan. Die wenigen Male, die er eingeschlafen war, hatte ein blonder Engel in seinen Träumen nach ihm gerufen, aber er hatte es nie geschafft, zu ihm zu gelangen. Er fuhr sich mit der Hand über das Gesicht, als er im großen Saal auf- und abging und an die schöne Frau dachte, die er letzte Nacht gesehen hatte. Hatte er das alles nur geträumt? Welcher Mann würde eine Frau derart zurichten? Er hatte nie gesehen, wie sein Vater die Hand gegen seine Mutter erhoben hatte, und er war dazu erzogen worden, das schwache Geschlecht zu schützen, nicht, es zu verletzen.

Brodies Stimme riss ihn aus seinen Gedanken. „Wir müssen von hier weg. Der Bergfried war nicht so, als der vorherige Laird der MacDonalds noch herrschte."

Alex stockte kurz und starrte seinen jüngeren Bruder an. Sollte er es ihm sagen? Er schüttelte den Kopf. Ihm was sagen? Dass er einen Engel gefunden hatte, der furchtbar geschlagen worden war? Was konnten sie beide schon unternehmen? Sie hatten nur wenige ihrer eigenen Wachen draußen und waren in der Burg eines fremden Mannes, umgeben von dessen Wachen. Bevor er Zeit hatte, weiter darüber nachzudenken, trat der Laird ein.

Alex kam sofort zur Sache. „Laird, Ihr habt eine Schwester erwähnt. Ist sie im heiratsfähigen Alter?" Er musste diese Frage einfach stellen, um seine Gedanken zur Ruhe zu bringen. Wer könnte sie sonst sein? Er hatte erwähnt, dass seine Schwester krank war, und der Engel war in eine Kammer über dem großen Saal gesperrt worden.

„Madeline? Madeline ist leider schon etwas in die Jahre gekommen. Sie wird meinen Nachbarn, Niles Comming, heiraten. Viel Glück, sage ich nur. Comming wird wissen, wie er sie dazu bringen kann, sich zu benehmen. Er wird ihren starken Willen bändigen und brechen, so wie es sich gehört. Ihr Vater hat sie verzogen und ich kann es kaum erwarten, sie zu verheiraten. Sie bereitet mir nichts als Ärger."

Alex bemerkte, dass die Diener die Blicke zu Boden wandten, während ihr Laird sprach. Eine Frau wagte es schließlich, Kenneth hinter seinem Rücken anzusehen. In ihren Augen brodelte es. Log MacDonald, was seine Schwester anging? Selbst wenn sie so widerspenstig war wie er behauptete, wer würde Niles Comming die eigene Schwester anvertrauen? Der Mann hatte einen schrecklichen Ruf in den Highlands. Er war grausam jeder Frau gegenüber, die das Pech hatte, seine Bekanntschaft zu machen. Alex hakte nach, er konnte sich einfach nicht bremsen.

„Ist Eure Schwester blond?", fragte er.

„Was interessiert Euch das?", fragte Kenneth mit zusammengekniffenen Augen. „Ihr werdet sie niemals zu Gesicht bekommen. Sie bleibt in ihrer Kammer, solange ich es sage. Provoziert mich nicht, Laird Grant. Ihr solltet jetzt wohl besser aufbrechen. Ich habe viel zu erledigen." Damit drehte sich Kenneth um und ging.

Alex warf seinem Bruder einen Blick zu. Es musste Madeline sein, die er gesehen hatte, aber was konnte er tun? Bevor er seine Entscheidung überdenken konnte, ergriff sein Bruder das Wort.

„Es ist Zeit, uns zu verabschieden, Bruder", stieß Brodie hervor.

Madeline öffnete ein Auge und stellte fest, dass es bereits nach Sonnenaufgang war. Sie musste aufstehen. Also stemmte sie sich auf eine Seite und sah sich im Raum um. Die Vision eines dunklen Fremden tauchte in ihrem Kopf auf.

„Alice? Alice?" Maddies Angst wuchs beim Gedanken an einen fremden Mann in ihrer Kammer.

„Maddie, ich bin hier. Was ist?", fragte Alice.

„Ein Mann ... hier war ein Mann, jemand, den ich nicht kenne."

Maddie drehte langsam den Kopf, damit ihr gutes Auge die Kammer noch einmal durchsuchen konnte.

„Nay, hier ist niemand. Keiner hat heute Morgen Eure Kammer betreten." Alice griff nach Maddies Hand und streichelte sie tröstend.

Madeline sackte wieder auf ihrer Pritsche zusammen. Sie war erschöpft. Konnte sie sich ihn wirklich nur vorgestellt haben? Sein Geruch hatte sich ihr eingeprägt, nach Pferd, Kiefern und etwas anderem, das sie nicht erkannte.

Vielleicht wurde sie langsam verrückt davon, ständig in diesem Raum eingeschlossen zu sein. Ihre Augen fielen zu und sie schlief wieder ein.

Madeline träumte von einem großen, gutaussehenden Fremden, der sehr nach dem Mann aussah, von dem sie glaubte, ihn in ihrer Kammer gesehen zu haben. Er griff nach ihr und streichelte ihre Wange. Er versuchte, ihr etwas zu sagen, aber sie konnte seine Worte nicht verstehen. Seine Hände griffen nach ihr und zogen sie in eine warme, beruhigende Umarmung.

Maddie schlang ihre Arme um den fremden Mann, legte ihren Kopf an seine Brust und seufzte. Sein warmer Atem streichelte ihre Stirn und seine sanfte Berührung beruhigte ihren Geist. Sie war endlich wieder in Sicherheit. Sie hatte nicht geglaubt, dass sie sich in Gegenwart eines so großen, starken Mannes jemals so fühlen würde.

Aber wer war dieser mysteriöse Mann?

Alex und Brodie machten sich auf den Weg zu den Ställen, um ihre Pferde zu holen. Alex nickte dem Stallmeister zu.

„Guten Tag, Laird Grant. Mein Name ist Mac. Kann ich Euch noch irgendwie behilflich sein?", fragte Mac, als er Alex' Pferd zu ihm führte.

„Nay, Mac." Alex griff nach Midnight. An der überschwänglichen Art, mit der sein Lieblingspferd ihn begrüßte, erkannte er, dass Midnight gut behandelt worden war.

„Ein prächtiges Pferd habt Ihr da, Laird."

„Aye, das ist wahr. Bist du schon lange hier?" Alex hob eine Augenbraue und sah den Stallmeister an. Vielleicht konnte ihm dieser Mann mehr über seinen Engel erzählen. Er musste einfach nach ihr fragen.

„Hab unter dem alten Laird, James MacDonald, angefangen", erklärte Mac, bevor er die Stimme senkte. „Er ist mit dem neuen

Laird nicht zu vergleichen."

Alex starrte den Stallmeister an. Der Mann schien seinem Herrn nicht übermäßig ergeben zu sein. Wie viel würde er preisgeben wollen?

Alex beschloss, das Risiko einzugehen. „Gibt es hier ein junges, blondes Mädchen?"

„Aye, die Tochter des alten Laird. Madeline." In seinen Augenwinkeln zeigten sich kleine Fältchen und verrieten seine Zuneigung zu dem Mädchen. „Das süßeste Mädchen der Highlands, obwohl sie teils englisch ist. Ihre Magd ist meine Frau. Sie kam hierher, als der Laird das englische Mädchen Elizabeth hierherbrachte, um sie zu heiraten. Es gab keine freundlicheren Menschen als James und Elizabeth MacDonald und kein lieblicheres Kind als ihre Tochter."

„Meine Schwester Brenna hat sie einmal erwähnt. Sie erinnerte sich, dass Elizabeth vor langer Zeit mit ihrer Tochter unseren Bergfried besucht hat." Alex fuhr mit seiner Hand über Midnights Fell und spürte, wie sorgfältig Mac sein Pferd gestriegelt hatte.

„Ist das so?" Mac hätte ihm noch mehr erzählt, aber er wurde durch den scharfen Auftritt seines Lairds zum Schweigen gebracht.

„Hüte deine Zunge, Mac." Kenneth tauchte auf seinem Pferd auf. „Ihr solltet aufbrechen, Grant. Ich werde es nicht noch einmal sagen." Er drehte sich um, stieß seine Hacken hart in die Flanken seines Pferdes und galoppierte davon.

Mac flüsterte: „Es ist leider nichts mehr so wie früher."

Alex und Brodie ritten davon, gefolgt von ihren Wachen. Ein mulmiges Gefühl in seinem Bauch sagte Alex, dass er einen Fehler begangen hatte. Wie hatte er das Mädchen nur zurücklassen können? Er war ein schottischer Laird, Oberhaupt seines Clans. Seine Leute erwarteten von ihm, das Richtige zu tun. Dazu gehörte auch, Unschuldige zu beschützen.

Aber sie waren auch auf ihn angewiesen, damit er seinen Clan und dessen Besitztümer schützte. Immerhin war einer der Gründe für diese Reise, dass er herausfinden wollte, wer diese neuen Plünderer waren und wie er sie aufhalten konnte. Eine Frau aus einem benachbarten Clan zu entführen, würde ihm nur noch mehr Ärger einbringen und er konnte seine Familie und seine Leute nicht derart gefährden. Sein Vater hatte dafür gesorgt, dass er seine Verpflichtungen kannte. Einem schönen Mädchen hinterherzujagen war leichtsinnig und gefährlich. Er konnte es einfach nicht tun.

Aber die blauäugige Schönheit ging ihm nicht aus dem Kopf. Mac hatte gesagt, sie heiße Madeline. Obwohl er nicht wusste, wie er eingreifen sollte, konnte er nicht zulassen, dass sie diesen Comming heiratete.

Alex würde das nicht erlauben. Madeline gehörte zu ihm.

Einige Tage später traten die Grant-Brüder die Reise zurück zu ihrem Bergfried an. Alex war nicht viel schlauer als bei seiner Abreise, außer in der Hinsicht, dass er dem Laird der MacDonalds nicht vertraute.

Nachdem er eine Lichtung gefunden hatte, bedeutete er seinen Männern, ein Lager für die Nacht aufzuschlagen. Einige gingen in der Hoffnung los, frisches Fleisch zum Abendessen zu finden. Alex stand in der Mitte der Lichtung und massierte seine Nackenmuskeln, um die Anspannung dort zu lockern.

„Brodie, mach ein Feuer und ich suche uns etwas zu essen." Er ging mit seinem Dolch in der Hand in den Wald hinein.

Kurze Zeit später kehrten er und mehrere Männer mit genügend Kaninchen für ein bescheidenes Abendessen zurück. Alex warf Brodie eines zum Häuten zu.

„Es ist nicht viel, aber es wird reichen müssen."

Brodie sah ihn an. „Alex, dir geht doch etwas durch den Kopf. Was ist es?"

Alex bedeutete seinem Bruder, ihm zu folgen, denn er wollte nicht, dass seine Männer von seinen Gedanken erfuhren.

„Brodie, erinnerst du dich an das Mädchen der MacDonalds?"

Brodie lächelte. „Aye, die Dunkelhaarige, die du mir geschickt hast?"

„Nay!", entgegnete Alex. „Nicht sie. Die Schwester des Lairds."

„Ich habe sie nie gesehen, wie könnte ich mich da an sie erinnern?", fragte Brodie.

„Tja, ich habe sie aber gesehen."

Brodie pfiff. „Ach, deshalb hast du all diese Fragen über ein blondes Mädchen gestellt. Warum hast du das nicht früher gesagt?"

„Vielleicht, weil ich meinen eigenen Augen nicht trauen konnte. Sie ist tatsächlich so schön wie der Stallmeister sagte."

„Bruder, wenn du sie dir immer noch nicht aus dem Kopf geschlagen hast, dann sagt mir das mehr als alles andere." Brodies Mund verzog sich zu einem breiten Grinsen. „Hast du endlich Gefallen an einem Mädchen gefunden?"

„Es ist mehr als nur das. Ich habe versehentlich ihre Kammertür geöffnet. Sie war übel zugerichtet."

Brodies Gesicht zeigte das gleiche Entsetzen, das Alex empfunden hatte, als er das verletzte Gesicht des Mädchens gesehen hatte. „Sie wurde geschlagen? Wer würde es wagen, die Schwester des Lairds zu schlagen?"

Alex hob eine vielsagende Augenbraue.

„Doch nicht etwa der Laird? Glaubst du, er würde wirklich eine Frau so zurichten?"

„Hast du nicht bemerkt, wie er mit den Dienstmädchen umgegangen ist, Brodie? Er hat sie geschlagen. Das Mädchen, das ich dir geschickt habe, hat sich vor ihm gefürchtet. Er muss grausam sein. Er hat uns so dringend auf unsere Weiterreise geschickt, weil ich ihn nach seiner Schwester gefragt habe. Da stimmt etwas nicht. Sie will mir nicht aus dem Kopf gehen." Alex griff frustriert ins Unterholz und sammelte trockene Zweige für ein Lagerfeuer, bevor sie zur Lichtung zurückkehrten.

„Bist du deshalb so unermüdlich geritten? Versuchst du, sie aus deinem Kopf zu verbannen? Aber was kannst du tun? Sie ist seine Schwester und außerdem behauptet er, sie sei mit einem anderen verlobt." Brodie entzündete das Feuer und warf seinem Bruder einen harten Blick zu.

„Ich bin heute Abend zu müde und muss schlafen. Wir werden morgen darüber nachdenken." Sie brieten ihr Fleisch fertig und aßen schweigend, aber Alex' Gedanken überschlugen sich vor Sorge. Er warf die Kaninchenknochen über die Schulter und ging zu seinem Pferd. Als er an seinem zusätzlichen Plaid zog, flatterten zwei Pergamentstücke zu Boden. Er bückte sich, um sie aufzuheben, und ein schlechtes Gefühl verkrampfte seinen

Magen, als er das erste Pergament öffnete.

Laird Grant,

Laird MacDonald schlägt seine Schwester Madeline, wann immer er es für richtig hält. Wir fürchten um ihr Leben. Es ist nicht richtig, eine Frau so zu schlagen. Sie ist gerade einmal achtzehn Jahre alt. Vor ihrem Tod hat uns Lady Elizabeth gebeten, Euch zu Hilfe zu rufen, wenn wir in Not sind. Sie sagte, Ihr wäret ein ehrenwerter Mann. Bitte helft uns.

Mac Dumfrey

Alex las die Notiz und reichte sie dann seinem Bruder.

Nachdem dieser mit dem Lesen fertig war, sah Brodie seinen Bruder mit einer hochgezogenen Augenbraue an. „Was steht auf dem anderen Pergament?"

Alex antwortete mit zusammengebissenen Zähnen: „Es ist eine Karte. Das ändert unsere Pläne."

KAPITEL DREI

MADELINE SCHOB IHRE Beine zur Seite des Bettes und setzte sich langsam auf.

„Wie lange bin ich schon hier, Alice?", fragte sie ihre Magd, ohne eine Grimasse des Schmerzes verbergen zu können.

„Drei Tage, und Ihr seid immer noch nicht stark genug, um das Bett zu verlassen", murmelte Alice, als sie das Bett umrundete, um Madeline zu helfen.

Madeline stöhnte, als sie aufstand. „Ich brauche ein warmes Bad, um meine Schmerzen zu lindern."

Nachdem Alice ein Mädchen nach heißem Wasser geschickt hatte, half sie ihrer Herrin, ihr Nachtgewand abzulegen. Maddie zwang die Tränen zurück, als die Magd den Verband um ihre Rippen löste und sanft ihre zahlreichen Blutergüsse untersuchte. Sobald das Mädchen mit dem Wasser kam, füllte Alice die Wanne und schickte es fort.

„Ich dachte, Eure Rippen könnten gebrochen sein, Madeline, aber vielleicht sind sie nur verletzt", sagte sie, als sie wieder allein waren. „Trotzdem ist es Wahnsinn, eine Frau so zu verletzen. Ihr müsst von ihm fort", beschwor sie Alice, während sie Madeline in die Wanne half.

„Und wohin soll ich gehen?", seufzte Maddie, als die Wärme ihren Körper umhüllte.

„Ich weiß, dass Ihr vorhabt, in ein Kloster zu fliehen, Mädchen. Aber habt Ihr daran gedacht, ihn zu bitten, Euch zu erlauben, Euch einem Orden anzuschließen?" Alices Stimme wurde weicher, als sie Maddies Haare aus ihrem Gesicht strich.

„Nay, denn ich weiß, wie seine Antwort lauten würde. Kenneth will mich mit Niles Comming verheiraten, um seinen Bund mit dem Mann zu stärken. Aber ich werde es nicht tun." Maddie zuckte bei der Vorstellung, wie ihr Leben als Commings Frau sein würde, zusammen. „Ich könnte nicht einmal eine Nacht an seiner Seite durchstehen, nachdem was er mir angetan hat."

Alices Stimme wurde leise, als sie sorgfältig den Rücken ihrer Herrin wusch. „Ich fürchte um Euer Leben. Mac und ich haben den Jungen, den Ihr unterrichtet habt, gebeten, einen Brief für uns zu schreiben. Laird Grant und sein Bruder waren neulich hier. Mac hat den Brief in den Sachen des Lairds versteckt, bevor dieser abgereist ist."

„Was hast du getan?", keuchte Madeline, erhob sich aus der Wanne und fiel sofort wieder hinein, als der Schmerz durch sie hindurchschoss. „Wie kannst du so etwas tun, Alice? Kenneth wird dich schlagen, wenn er es herausfindet. Und wer ist dieser Laird Grant?"

„Eure Mutter hat mir Laird Grants Namen genannt, bevor sie starb. Wir sollten ihn kontaktieren, falls wir jemals in Schwierigkeiten geraten. Wir wussten nicht, dass er verstorben war, bis seine Söhne zum Bergfried kamen. Euer Vater hielt den alten Laird für einen ehrenwerten Mann. Erinnert Ihr Euch nicht daran, sie besucht zu haben, als Ihr ein Kind wart? Ihr habt es geliebt, Zeit mit den Töchtern des alten Lairds, Brenna und Jennifer, zu verbringen. Die kleine Jennie war noch ein Baby, als wir dort waren. Der liebe Gott passt auf uns auf, deshalb hat er den neuen Laird zu uns geschickt. Das glaube ich fest. Die Grants sind gute Leute."

„Aye, ich erinnere mich an sie", sagte sie mit einem leichten Lächeln. „Brenna war nett. Es war so schön, eine Freundin in meinem Alter zu haben. Und Jennie war so klein und süß, und sie folgte ihren Brüdern überall hin. Aber warum habt ihr sie in diese Sache hineingezogen? Ich möchte nicht, dass jemand verletzt wird."

„Jemand muss Euch helfen, Mädchen. Mac und ich können nicht selbst gegen Kenneth kämpfen, so sehr wir Euch auch lieben. Ich bete nur, dass der Laird das Schreiben findet und einen Dolch in Kenneths eisiges Herz rammt."

„Was für ein schrecklicher Wunsch", sagte Maddie und tauchte etwas tiefer in das warme Wasser der Wanne. „Ich hasse Kenneth, aber ich wünsche ihm nicht den Tod. Er kann sich nicht gegen seine Natur erwehren. Es heißt, seine Mutter sei eine böse Frau gewesen. Vielleicht ist es nicht seine Schuld, dass er genauso geworden ist."

„Das macht es noch lange nicht richtig, was er tut. Er hätte sich dafür entscheiden können, anders zu sein. Er hätte von Eurer wunderbaren Mutter lernen sollen. Er hat genug Zeit mit ihr verbracht." Alice flocht Madelines lange goldene Locken, während sie ihre Haut weiter einweichen ließ. Maddie lehnte ihren Kopf zurück und genoss das beruhigende Ritual.

„Und wenn nicht, hätte er von Eurer Freundlichkeit lernen können, Maddie. Jeder weiß, dass Ihr niemals wissentlich jemanden verletzen würdet. Aber je mehr Güte Ihr zeigt, desto gemeiner wird er."

„Ich werde einen Ausweg finden, ohne jemanden zu verletzen. Außerdem, wohin sollte ich gehen, selbst wenn ich Kenneth entkommen könnte?" Maddies Stimme wurde leiser, als sie ins Wasser starrte. „Ich habe keine anderen Verwandten. Eine Abtei zu finden, die mich aufnimmt, ist meine einzige Alternative zu seinen Plänen."

Alices Stimme zitterte, als sie sprach. „Ich weiß nicht, was ich Euch sagen soll, Mädchen. Ihr wisst, dass Kenneth und Comming Euch zwingen werden, ihnen zu gehorchen, wenn Ihr hierbleibt. Die Macht der beiden zusammen ist zu groß, als dass wir uns widersetzen könnten. Der liebe Gott muss Euch entweder in ein Kloster oder in die Burg eines mächtigeren Lords helfen. Es wird nicht gut enden, wenn Ihr bleibt. Die Gefahr ist zu groß für Euch."

Alice seufzte, als sie die verirrten Locken von Maddies Gesicht zurückwischte. „Ihr gehört zu einem starken, sanften Mann, mit vielen Kindern zu Euren Füßen. Ihr wisst, dass Ihr mit den Kleinsten am glücklichsten seid, und wenn Ihr Euch einem Kloster anschließt, werdet Ihr nie eine eigene Familie haben. Aber Ihr gehört zu einem guten Mann, Maddie, nicht zu Comming. Ich hoffe, Grant Laird beachtet unsere Botschaft."

Maddie stützte ihren Ellbogen auf die Seite der Wanne und lehnte ihren Kopf auf ihre Hand. Jeden Abend hatte ihre Mutter ihr vor dem Schlafengehen eine Geschichte erzählt. Sie hatte dabei über Maddies Rücken gestreichelt und ihr fantastische Geschichten von Feen und Drachen erzählt. Aber die Geschichten hatten sich im Laufe der Zeit verändert – in ihrem letzten Lebensjahr hatte Maddies Mutter ihr immer Geschichten von einem blonden Ritter erzählt, der sie als seine Braut beanspruchen würde. Manchmal kam der Ritter einfach und stellte sich ihr und ihrer Familie vor, andere Male rettete er sie aus schrecklichen Situationen.

Sie seufzte, als sie an ihre verzwickte Lage dachte. War ihre derzeitige Situation schlimm genug, dass sie es verdiente, von einem Ritter in glänzender Rüstung gerettet zu werden? Oh, wie sehr sie es hoffte.

„Wusstest du, dass ich einen Traum hatte?", fragte Maddie und sah die einzige Frau an, der sie vertraute.

„Wovon habt Ihr geträumt, mein Kind?"

„Von einem dunkelhaarigen Mann. Es war ein Fremder. Er kam zu mir und tröstete mich. Er kommt mir bekannt vor, aber ich habe ihn noch nie gesehen. Er gibt mir das Gefühl, bei ihm genauso sicher zu sein wie bei meinem Vater. Aber er ist nicht blond wie er und er ist viel größer." Maddie fuhr mit dem Finger durch das Wasser, während sie nachdachte.

„In meinen Träumen berührt er mich. Er ist so sanft. Ich denke, er liebt mich. Aber ich weiß, dass es niemals wahr werden kann."

„Warum nicht, Mädchen?"

Eine verlorene Träne sammelte sich in Madelines Augenwinkel. „Weil ich niemals mehr zulassen könnte, dass mich ein Mann berührt."

Alex und Brodie saßen zusammen auf einem Baumstamm auf einer Lichtung, die etwas von ihren Männern entfernt war. Die friedliche Stille der Morgendämmerung und des Hochlandwaldes umgab sie, und die kühle Morgenluft half Alex, einen klaren Kopf zu bekommen. Er rieb sich die rauen Bartstoppeln und lauschte auf das Rascheln der Tiere im Unterholz.

„Wenn wir den größten Teil des Tages durchreiten, sollten wir bei Einbruch der Dunkelheit bei den MacDonalds ankommen", sagte er, „und dann können wir nach dem versteckten Eingang auf der Karte suchen. Wir werden den Tunnel ein paar Stunden nach Einbruch der Dunkelheit betreten. Ich hoffe nur, dass er noch begehbar ist. Wenn der vorherige Laird der Einzige ist, der von ihm wusste, könnte es schwierig werden."

„Die meisten Burgen verfügen über geheime Tunnel."

„Das stimmt, aber es ist ungewöhnlich, dass sie selbst der Laird nicht kennt." Alex stand auf, ging zu einem Minzbusch hinüber und zupfte ein paar Blätter zum Kauen ab.

Brodie antwortete nicht sofort. Er verschränkte die Arme vor der Brust, bevor er sprach. „Alex, bist du dir sicher, dass du das tun willst? Dir ist klar, dass du einen Krieg auslösen könntest, wenn MacDonald uns hinter der Aktion vermutet?"

„Aye, ich verstehe deine Besorgnis, aber ich kann ihr nicht einfach den Rücken kehren. Ich habe die blauen Flecken in ihrem Gesicht und an ihrem Hals gesehen."

„Vielleicht ist sie gestürzt."

„Der Stallmeister schrieb, dass der Laird sie schlägt. Wie kann ich ein unschuldiges Mädchen im Stich lassen? Jemand muss ihr helfen."

„Ist es das, was Vater getan hätte?" Brodie starrte in seine Augen.

Alex sah nicht weg. „Aye, ohne Zweifel. Du weißt, dass unser Vater so etwas nicht ignorieren würde. Erinnerst du dich nicht an den Abend, an dem er und Mutter mit uns dreien über Frauen sprachen und darüber, wie sie behandelt werden sollten? Unser Bruder Robbie hat gemerkt, wie ernst dieses Thema für Vater war, denn er hat während des gesamten Gesprächs keinen einzigen Witz gemacht. Und das ist fast unmöglich für ihn."

Brodie gluckste und blickte zum klaren blauen Himmel hinauf. „Aye, ich erinnere mich. Ich habe Robbie noch nie so ernst gesehen."

„Er wusste, wie wichtig es den beiden war, dass wir unsere Führungsrolle im Clan Grant ernst nehmen."

„Du meinst wohl deine Führungsrolle?"

„Nay, Vater sagte, dass wir alle Anführer des Clans sind, nicht nur ich als Laird." Alex rieb sich nachdenklich den Schlaf aus den Augen. „Hättest du sie gesehen, könntest du sie auch nicht vergessen. Nur aus Angst, einen Clankrieg zu beginnen, habe ich den Bergfried ohne sie verlassen. Ich wollte keinen Konflikt verursachen."

„Aber warum willst du es jetzt doch riskieren?", fragte Brodie mit hochgezogener Augenbraue. „Was hat sich verändert?"

„Es bittet uns jemand um Hilfe, der vom alten Laird ins Vertrauen gezogen wurde. Offensichtlich hielt der alte MacDonald große Stücke auf seinen Stallmeister. Wenn sie meine Tochter wäre, würde ich auch hoffen, dass ihr jemand hilft."

Alex beschloss, den stärksten Grund für seine Rückkehr zu verbergen, weil er jeglicher Logik entbehrte. Diese meerblauen Augen hatten ihn letzte Nacht im Schlaf heimgesucht und er würde alles tun, um die Angst aus ihnen zu vertreiben.

Sein Bruder schlenderte zu seinem Pferd, schwang sein Bein hoch und stieg in weniger als einer Sekunde auf. „Nun, dann lass es uns tun."

KAPITEL VIER

MADELINE KEHRTE VON ihrem Unterricht mit den Kleinen zum Bergfried zurück und stapfte langsam den Hügel hinauf. Sie liebte die Zeit mit den Kindern. Sie waren immer so froh und munter, immer bereit, sich anzustrengen. Sie beneidete sie um ihre Unschuld.

Von außen sah der Bergfried so stark aus wie eh und je, aber nichts war mehr wie zuvor, wenn sie eintrat. Die mächtigen Steinmauern hielten sie jetzt gefangen, anstatt sie zu beschützen. Sie blickte über die Außenmauern und wünschte, ihr Ritter wäre irgendwo da draußen. Die Sonne ging am Horizont unter.

Alice hatte versucht, sie in ihrer Kammer zu halten, aber es hatte zu sehr auf ihre Stimmung gedrückt, allein dort zu bleiben. Sie brauchte die Kinder als Antrieb. Sie hoffte insgeheim auf viele eigene Kinder, aber um ein Kind zu bekommen, müsste sie sich natürlich erst einem Mann nähern. Sie dachte an die wenigen Männer, an die sie sich aus der Grant-Festung erinnerte. Brenna und Jennie hatten ihre Brüder geliebt, aber Maddie hatte nie eine gute Beziehung zu Männern gehabt, außer zu ihrem Vater und zu Mac, Alices Ehemann.

Wenn nur ihre Eltern noch bei ihr wären! Unter ihrem Schutz wäre nichts von alldem passiert, aber sie waren seit zwei Jahren tot. Maddie vermisste sie so sehr. Wie sie sich wünschte, nur noch einmal mit ihrer Mutter sprechen zu können. Ihr Vater war so freundlich und sanft gewesen. Sie vermisste die Nachmittage, die sie auf Ausritten verbracht hatten, und wie ihre Mutter sie in den Schlaf gewiegt hatte. Jeder Tag war damals wunderbar gewesen, aber jetzt waren viele ihrer Tage absolute Albträume. Sie hatte niemanden mehr und konnte nur noch Alice und Mac vertrauen.

Es hat keinen Sinn, zurückzuschauen, dachte Madeline. Sie verlangsamte ihre Schritte und versuchte auf diese Weise, den Schmerz ihrer verletzten Rippen zu lindern. Als sie den

Bergfried erreichte, hielt sie den Atem an und sah sich in der Hoffnung um, Kenneth ausweichen zu können. Sie hatte ihn seit der letzten Tracht Prügel nicht mehr gesehen. Früher am Tag war sie in die Küche gegangen, um mit der Köchin das Essen durchzugehen. Sie hoffte, dass gutes Essen und Trinken ihren Bruder für eine Weile besänftigen würden.

Maddie ging durch den Torbogen, ohne ihn zu sehen, aber als sie sich in Richtung ihrer Kammer wandte, prallte sie sofort gegen ihn.

„Ah, Maddie, wie geht es dir heute? Besser?", fragte Kenneth mit einem Grinsen im Gesicht. „Dann ist es wohl an der Zeit für ein weiteres Gespräch, oder hast du deine Meinung bezüglich Comming geändert?" Kenneth beugte sich mit eisigem Blick zu ihr vor.

„Nay, Kenneth, ich habe meine Meinung nicht geändert. Ich werde ihn nicht heiraten."

Kenneth packte sie am Arm und zog fest daran. „Du wirst tun, was ich sage, Madeline. Und wenn ich dich schlagen muss, bis du nicht mehr gehen kannst, werde ich es tun", stieß er hervor und quetschte die zarte Haut an der Innenseite ihres Oberarms. Madeline senkte den Kopf, um die nötige Kraft zu schöpfen, nicht aufzuschreien. Im großen Saal war alles still geworden und Soldaten und Diener hatten den Kopf abgewandt, um nicht zu sehen, welche Grausamkeit Kenneth ihrer geliebten Madeline zufügte.

„Bleib heute Abend in der Nähe, Madeline. Ich denke, wir müssen uns noch einmal ausführlich unterhalten." Kenneths Lippen verzogen sich zu einem Lächeln, als er sie grob von sich stieß. „Wie immer freue ich mich darauf!"

Madeline drehte sich um und ging zur Treppe, wobei sie darauf achtete, jeden Diener, an dem sie vorbeikam, zu grüßen. Er konnte sie schlagen, so viel er wollte. Sie würde sich ihm nicht fügen. Als sie ihre Kammer erreichte, huschte sie leise hinein und ließ sich auf das Bett sinken.

Erst dann ließ sie die Tränen fließen.

Was blieb ihr auch anderes übrig? Ihre Eltern hatten ihr beigebracht, die Älteren zu respektieren. Aber was sie auch tat, sie konnte es Kenneth nicht recht machen. Er hatte sie schon hart behandelt, lange bevor Comming um ihre Hand angehalten hatte. Sie verstand es nicht.

Ihr Vater hatte nie die Hand gegen eine Frau erhoben. Warum war Kenneth nur so bösartig? War der Rest der Welt einfach so? Behandelten die meisten Männer Frauen so gefühllos? Immerhin war Comming auch nicht besser als Kenneth und sie wusste, dass die Bauern gelegentlich ihre Frauen schlugen. Wieder schwirrte ihr der Gedanke an ihren Ritter in glänzender Rüstung durch den Kopf. Aber würde ein solcher Mann sie ebenfalls schlagen, bis sie sich fügte?

Vielleicht hatten ihre Mutter und ihr Vater sie vor den Grausamkeiten der realen Welt geschützt. Wenn das stimmte, wusste sie nicht, ob sie an dieser Welt teilhaben wollte. Wenn sie in ein Kloster eintreten würde, wäre sie zumindest vor solchen Hässlichkeiten geschützt. Ihrer Mutter zufolge gab es an solchen Orten viele verwaiste Kinder. Vielleicht könnte sie es sich zur Lebensaufgabe machen, sich um sie zu kümmern. Sie brauchten jemanden, der ihre Unschuld und ihr Vertrauen schützte.

Aber dafür brauchte sie einen Plan. Irgendwie musste sie von hier fort.

Hilf mir, Vater, hilf mir.

Laut Karte begann der geheime Durchgang in einer Höhle im Wald und führte tief unter den Bergfried der MacDonalds. Alex und Brodie banden ihre Pferde auf einer kleinen Lichtung unweit des auf der Karte angegebenen Ortes fest. Sie hatten die Wachen in einiger Entfernung zurückgelassen, damit sie Ausschau nach Fremden halten konnten. Nun schlichen die Brüder leise durch die Bäume, untersuchten die Gegend auf Anzeichen des Eingangs und sprachen wenig, während sie aufmerksam den Wald absuchten. Alex umklammerte die Karte, war sich aber unsicher, wie weit sie noch von der Burg der MacDonalds entfernt waren. Er starrte in die dunkle Nacht, die nur von einer schmalen Mondsichel durch die Bäume erhellt wurde. Der schwarze Ruß, mit dem er sein Gesicht zur Tarnung eingerieben hatte, juckte, aber er wischte ihn nicht ab.

„Hier, Alex!", rief Brodie.

Als Alex seinen Bruder erreichte, fing Brodie an, an überwucherten Ästen und Ranken zu reißen. „Ich denke, hier ist es."

„Hoffentlich ist diese Karte verlässlich", brummte Alex, als er durch die Brombeeren kletterte. Er und sein Bruder zerrten an einer alten Holztür. Verrostete Scharniere ächzten, bis die Tür schließlich nachgab. Sie huschten ins Innere und zündeten eine Fackel an, um zu sehen, was sich in der Dunkelheit verbarg. Nachdem sie riesige Mengen an Spinnweben entfernt hatten, winkte links im Dunkeln ein Tunnel. Alex' Herz pochte schnell in seiner Brust. Die Geräusche davonlaufender Tiere hallten durch die Höhle. Als sie sich vorsichtig auf den Weg machten, sprach keiner von ihnen. Ein Hauch des Unbekannten kroch Alex' Nacken hinauf und er erschauderte. Aber die Erinnerung an die blauen Flecken auf Madelines heller Haut trieb ihn weiter.

Als sie eine Abzweigung im Tunnel erreichten, überprüfte Alex die Karte im Fackelschein. Sie folgten der Gabelung nach links und schlichen weiter, bis sie nah genug waren, um Geräusche aus dem Inneren der Burg wahrzunehmen. Doch obwohl sie die Stimmen unterscheiden konnten, konnten sie keine Worte verstehen. Alex bedeutete Brodie, anzuhalten.

Madeline entspannte sich in ihrer Kammer und versuchte, sich auszuruhen, obwohl sie wusste, dass es nur eine Frage der Zeit war, bis Kenneth sie aufsuchte. Doch egal, wie oft er sie verletzte, sie schwor sich, standhaft zu bleiben.

„Steh nicht auf, Mädchen", sagte Alice und tätschelte Madelines Schulter. „Dieser böse Mann sucht dich wieder heim. Aber ich denke, wir können ihn noch ein paar Tage fernhalten, wenn du im Bett bleibst." Da klopfte es bereits an der Tür und Egan, Kenneths Stellvertreter, schrie: „Bring mir das Mädchen!"

„Bleib dort, Madeline, ich werde ihn wegschicken", flüsterte Alice.

Madeline stieg aus dem Bett und griff nach Alices Händen. „Es nützt nichts. Ich werde mit ihm gehen. Kenneths Wut wird nur noch größer, wenn er warten muss. „

„Aber in ein paar Tagen wirst du stärker sein. Geh noch nicht mit ihm. Wer weiß, was er dir diesmal antun wird!", rief Alice panisch.

„Ich komme, Egan." Madeline drehte sich um und hob ihr Kinn. „Ich komme schon zurecht, Alice. Ich muss tun, was mein Stiefbruder mir gebietet."

Madeline folgte diesem Schrank von einem Mann den dunklen Gang entlang und die Treppe hinunter, die zu Kenneths Arbeitskammer neben dem großen Saal führte. Egan stieß die Tür auf, als sie ankamen. Sie trat dem ekelhaften Mann aus dem Weg und schritt mit nach hinten durchgedrückten Schultern und hoch erhobenem Kopf in den Raum. Ihr Blick begegnete dem ihres Stiefbruders mit Entschlossenheit. Sie würde ihm nicht das Vergnügen gönnen, ihre Angst zu sehen.

Kenneth stand hinter einem großen Tisch mit verschiedenen Werkzeugen. Sie war schon einmal ausgepeitscht worden, aber einige dieser Instrumente hatte sie noch nie gesehen. Schmutzige lange und kurze Schürhaken, die ihr allein beim Anblick den Magen umdrehten. Sie hatte keine Ahnung, wozu sie dienten. Maddie hob ihren Blick wieder, um den ihres Stiefbruders zu erwidern, und sah die Wut und den Wahnsinn in ihm kochen. Madeline holte tief Luft, als sie wieder auf den Tisch starrte.

„Nun, was sagst du, Maddie? Bist du bereit, Comming zu heiraten?", fragte er, während er eine Reitpeitsche vom Tisch nahm.

Maddie dachte lange nach, bevor sie antwortete. Sie hatte ihm nie von der Vergewaltigung erzählt. Vielleicht würde er ihr erlauben, zu bleiben, wenn sie es tat. Aber Kenneth hatte sich nie für ihre Gefühle oder ihr Glück interessiert. Er schien sich um nichts und niemanden zu kümmern. All seine Pferde hatten vom häufigen Auspeitschen Spuren an ihren Flanken. Er trat jeden Hund, der ihm in die Quere kam, und auf Menschen nahm er auch nicht mehr Rücksicht als auf Tiere.

Er war jedoch nicht immer so gewesen. Ihr Vater hatte ihn im Zaum gehalten, aber seit dem Tod ihrer Eltern drang niemand mehr zu ihm durch. Seine kranken Handlungen eskalierten. Sie war sich sicher, dass Kenneth ihr ungeachtet der Umstände kein Mitgefühl entgegenbringen würde. Ihm von Comming zu erzählen, würde ihm nur einen weiteren Grund geben, sie zu demütigen. Nay, sie würde Kenneth diesen Genuss nicht gewähren. Schweiß brach auf ihrer Stirn aus, als Kenneth die

Reitpeitsche streichelte. Aber sie weigerte sich, vor ihm in Deckung zu gehen. Sie würde stark bleiben. „Nay, Kenneth, ich werde ihn nicht heiraten", sagte sie und wagte es, wieder in seine Augen zu sehen.

Kenneths Grinsen wurde breiter, als er über den Tisch spähte. „Wir werden sehen, wie lange es dauern wird, bis du deine Meinung änderst. Comming wird in ein paar Tagen mit einem Priester hier sein, und du wirst ihn heiraten. Du wirst diesen Raum erst verlassen, wenn du damit einverstanden bist. Es liegt an dir, wie viel Schmerz du aushältst. Egan, hol einen Wachmann her."

Egan verließ eilig den Raum. Kenneth grinste sie an und hoffte wahrscheinlich, dass sie um Gnade flehen würde, wenn sie zusammen allein waren, aber sie weigerte sich, kleinbeizugeben. Als Egan mit einem anderen Mann namens Iain zurückkam, traten die Männer sofort zu beiden Seiten von Maddie. Ihre Nähe ließ sie vor Angst zittern. Sie konnte mit den Schlägen umgehen, aber was hatte Kenneth noch für sie geplant? Ihr Magen drehte sich erneut um, als sie über die vielen Möglichkeiten nachdachte.

Warum tat er ihr das an? Madeline schloss die Augen, um Kraft in ihrem Inneren zu schöpfen. Sie stieß ein leises Gebet aus. *Bitte, Gott, lass es schnell gehen.* Die Wahrheit war, dass sie nicht wusste, wie viel mehr sie ertragen konnte. Ihr Geist war stark und schnell, aber ihre Schmerztoleranz war in letzter Zeit an ihre Grenzen geraten. Eine kurze Vision des Mannes aus ihren Träumen – ihr Ritter – kam ihr in den Sinn, aber sie verflog schnell wieder, verscheucht von einem metallischen Klirren vor ihr. Ihre Augen flogen auf.

Kenneth nahm ein langes Werkzeug mit einer scharfen Spitze und legte es mit dem spitzen Ende ins Feuer. Dann nahm er die Reitpeitsche und sagte zu Iain und Egan: „Haltet sie fest." Er trat hinter sie und riss den Rücken ihres Kleides auf, sodass es unter ihre Taille fiel. Als er mit der Peitsche zweimal auf den Boden knallte, spürte Madeline, wie ihre Beine unter ihr nachgaben. Als er dann seinen Arm hob, um den ersten Schlag der Peitsche auf ihren Rücken niedergehen zu lassen, warf Maddie noch rechtzeitig einen Blick über ihre Schulter, um sein

Lächeln zu sehen.

Alex und Brodie erstarrten. Alex glaubte, das Pfeifen einer Peitsche zu hören, aber es war schwer zu sagen, woher das Geräusch stammte. Er hörte noch einmal hin und folgte dann dem Geheimgang in die richtige Richtung. Als sie sich der Quelle des Geräusches näherten, konnten sie die Peitsche hören, die eindeutig auf Haut traf.

Brodie flüsterte: „Es kann kein Mädchen sein, sonst würden wir Schreie oder Schluchzen hören."

Alex schlich vorwärts und bedeutete Brodie, zu schweigen. Links war ein Lichtspalt zwischen den Steinen zu sehen. Alex bewegte sich lautlos und näherte sich, bis er die Lage in der Kammer hinter den Steinen erfassen konnte. Sein ganzer Körper verkrampfte sich, als er realisierte, was dort gerade geschah. Madeline war mit dem Gesicht ihm zugewandt und wurde von zwei Männern gehalten. Er sah es deutlich durch die kleine Öffnung. Ihr Kopf war gesenkt, sodass Alex ihren Gesichtsausdruck nicht erkennen konnte, aber er erhaschte einen kurzen Blick auf Kenneth, der mit einer Peitsche in der Hand hinter ihr stand.

Alex erstarrte und die ganze Welt schien sich in Zeitlupe zu drehen. Kenneth hob höhnisch die Peitsche über seinen Kopf und Alex hätte schwören können, dass der Bastard lächelte, als er die Peitsche auf die nackte Haut seiner Schwester herabsausen ließ. Sie gab trotz des Hiebs keinen Laut von sich. Kenneth setzte die Peitsche ab und packte sie an den Haaren. „Wirst du nun gehorchen, Maddie?"

Langsam öffnete Maddie die Augen. Ihre Wimpern bebten und enthüllten die blauen Augen, die Alex in seinen Träumen verfolgt hatten. Er hatte Probleme, sich zu konzentrieren. Tränen liefen ihr über das Gesicht und ihr blondes Haar kräuselte sich vom Schweiß auf ihrer Stirn. Sie gab immer noch keinen Mucks von sich, aber als sie ihr Kinn hob, funkelte Feuer in ihren Augen. „Nay", sagte sie.

Alex musste all seine Willenskraft zusammennehmen, um keine Dummheit zu begehen. Er wandte sich Brodie zu, der ihn ansah und fragte: „Ist sie es?" Alex nickte und suchte im Tunnel nach einer Tür.

Im selben Moment stürmten zwei Wachen in die Kammer und riefen: „Laird, wir haben ein Problem! Die Hütten brennen!"

Kenneth wandte sich an Maddie. „Wir werden das hier später beenden." Dann warf er einen Blick auf Egan und Iain und sagte: „Lasst sie hier zurück." Damit stürmten sie in den großen Saal und von dort aus in den Hof.

Maddie griff nach dem Tisch, um sich abzustützen. Sie wollte schreien, weil ihr Rücken wie Feuer brannte, dort, wo die Peitsche ihre zarte Haut aufgerissen hatte. Sie musste fort von hier. Wie viel mehr konnte sie ertragen? Ihr Blick wanderte über die Werkzeuge auf dem Tisch. Es hätte sie viel, viel schlimmer treffen können. Bevor sie sich umdrehte, um zu gehen, fuhr sie mit dem Arm über den Tisch und warf die Utensilien auf den Boden.

Ihr Kopf ruckte überrascht hoch, als ein Mann durch eine versteckte Tür in der Wand stürmte und sie an den Armen packte. Maddie stemmte sich gegen ihn und wimmerte: „Nay, bitte nicht!" Aber sie war nicht stark genug, um gegen die muskulösen Arme anzukämpfen, die sie ergriffen hatten.

„Lasst mich bitte los! Wer seid ihr? Geht weg." Maddie starrte in stahlgraue Augen und schüttelte leugnend den Kopf. Sie wusste, dass ihr Wille schwand, aber sie musste diese neue Bedrohung bekämpfen. Woher war er gekommen? Wer war er? Aber dann wurde ihr klar, dass sie ihn aus ihren Träumen kannte. Sie hatte dort sein freundliches Gesicht gesehen.

Er hob sie in seine Arme und trug sie in einen Tunnel. Sie stemmte sich gegen seine Brust, aber ihre Hände trafen auf Stein. Ihre Tränen flossen in Strömen, als sie merkte, dass sie erneut von einem Mann überwältigt worden war. Dieser Mann wirkte zwar anders, aber das machte ihre Lage nicht besser.

Als sie sich weiter wehrte, sagte er zu ihr: „Madeline, ich bin Alexander Grant aus dem Dulnain Valley. Ich werde Euch nicht verletzen. Mac bat mich um Hilfe. Mein Bruder und ich werden Euch beschützen. Vertraut mir!"

Seine Augen drangen bis in ihre Seele und flehten sie an, seinen Worten Glauben zu schenken. Sie sollte ihm vertrauen?

Einem Mann, der weder ihr Vater noch Mac war? War das überhaupt möglich? Aber dies war der Mann aus ihren Träumen. Ihr wurde klar, dass sie ihre Finger in seine Schultern gekrallt hatte, und sie zwang sich, sich zu entspannen.

Madeline musterte sein Gesicht, erkannte aber aufgrund des verschmierten Rußes und des dunklen Tunnels nicht viel. Er hatte einen markanten Kiefer, langes, dunkles Haar und einen durchdringenden Blick. Ihr Arm schlang sich um seinen Hals und strich über die weichen Locken. Als sie die Haut an seinem Hals berührte, riss sie ihre Hand weg, als wäre sie verbrannt worden.

Das war also Brennas Bruder? Er weckte seltsame Gefühle in ihrem Bauch. Er sprach mit ihr, aber sie konnte ihn nicht verstehen. Ihr Kopf lehnte an seiner Schulter. Sie hatte Probleme, sich zu konzentrieren. Alles, was sie fühlen konnte, war der Schmerz in ihrem Rücken und die starken Arme, die sie stützten. Sie gingen weiter einen dunklen Gang entlang, aber Maddie wusste nicht, wohin sie mit ihr wollten. Sie beschloss, ihm zu vertrauen. Zumindest vorerst.

Also lehnte sie ihren Kopf an ihn und fragte: „Seid Ihr mein Ritter? Nay, das kann nicht sein. Ihr seid nicht blond." Er roch vertraut, nach Kiefern, Pferden und Leder, überhaupt nicht nach dem Gestank, der von den Wachen ihres Stiefbruders ausging. Der Mann strahlte Wärme aus, also schlang sie beide Arme um seinen Hals und schloss ihre Augen. Sie spürte seinen Atem warm an ihrer Stirn. „Ich werde mit Euch kommen, Laird Grant, aber nur für eine Weile", flüsterte sie gegen seine Brust.

Alex zog Maddie fest an sich. Er sah auf ihr Engelsgesicht hinab und verlor sofort den Faden seiner Gedanken, so abgelenkt war er von ihren vollen rosafarbenen Lippen, als sie seufzte. Wie sie wohl schmeckten?

Was war nur mit ihm los? Warum konnte er sich nicht einfach auf die anstehende Aufgabe konzentrieren? Sie stieß einen weiteren kleinen Seufzer aus und fuhr mit ihren Fingern durch seine Haare. Alex küsste sie flüchtig auf die Stirn und zwang sich, in Bewegung zu bleiben.

Am Ende des Tunnels ging Brodie voran, um sicherzustellen,

dass die Luft rein war. Sobald er ihm das vereinbarte Zeichen gab, trug Alex die inzwischen schlafende Madeline zu seinem Pferd. Ob sie schlief oder vor Schmerzen ohnmächtig geworden war, konnte er nicht sagen. Er legte sie kurz am Boden ab, während sie die Pferde vorbereiteten, aber sie regte sich nicht.

Nur als er sie wieder hochhob, erwachte sie kurz und fragte: „Wohin bringt Ihr mich?"

„Fort von hier, Mylady. An einen sicheren Ort", antwortete Brodie. Er nickte Alex mit einem Grinsen im Gesicht zu. „Ich werde sie mit zur mir aufs Pferd nehmen. Sie ist ein hübsches Mädchen."

Alex warf seinem Bruder einen versteinerten Blick zu.

„Sie reitet mit mir", knurrte er.

KAPITEL FÜNF

ALEX UND BRODIE trafen sich mit ihren Wachen und ritten mehrere Stunden lang, ohne anzuhalten. Madeline schlief von einem gelegentlichen Winden abgesehen tief im Sattel. Alex hielt sie auf der Seite, um ihren verwundeten Rücken zu schützen. Sie war völlig weggetreten. Ihre Schmerztoleranz musste unglaublich hoch sein. Er hatte die Rückseite ihres Kleides hochgezogen, um ihre Haut zu schützen, aber Blut war durch das raue Material gesickert. Seine Mutter hätte niemals zugelassen, dass solch zarte Haut ein so grobes Tuch trug. Sie verdiente nur in die feinsten Gewänder.

Dass Maddie trotz ihrer offenen Wunden und des schnellen Ritts schlief, zeigte ihm, wie erschöpft sie sein musste. Er hatte keine Ahnung, wie viele Peitschenhiebe sie ertragen hatte, aber selbst einer war schon zu viel. Wie konnten ihre eigenen Verwandten sie nur so herzlos behandeln? Alex biss jedes Mal die Zähne zusammen, wenn er an Kenneth MacDonald dachte.

Er warf einen Blick auf ihr schlummerndes Gesicht. Prellungen, Auspeitschungen – was hatte sie noch von ihrem eigenen Stiefbruder ertragen müssen? Offensichtlich respektierte der Mann seine eigene Familie nicht. Sie sah so unschuldig aus, so hübsch. Er erinnerte sich vage an die Familie MacDonald, die sie vor einigen Jahren besucht hatte. Seine kleine Schwester Jennie hatte an Madeline gehangen. Alex erinnerte sich an ein dünnes, ruhiges Mädchen mit blonden Haaren. Sie hatte immer noch lange Beine und blassgoldenes Haar, aber davon abgesehen hatte sie sich sehr verändert. Verflogen war die Unbeholfenheit des jungen Mädchens, an das er sich erinnerte. Die Weichheit, die seine Arme spürten, war die einer Frau. Ihre Kurven fühlten sich herrlich an seinem Körper an, so als ob sie dort hingehörten.

Sie bogen vom Weg in den Wald ein und suchten einen Bach. Es war noch dunkel, aber es war Zeit, Madeline zu wecken und ihre Wunden zu reinigen. Die Pferde mussten trinken und er hoffte, etwas essen zu können, bevor sie ihre Reise zu seinem Bergfried fortsetzten. Alex glaubte nicht, dass sie verfolgt wurden, und sie waren inzwischen weit vom Weg entfernt.

Nachdem sie angehalten hatten, stieg Brodie von seinem Pferd und griff nach Madeline. Sie erwachte erschrocken und nach einem kurzen Blick schlich sich Angst in ihre Augen. „Lasst mich herunter!", fuhr sie Brodie an.

„Wie Ihr wünscht, Mylady", antwortete Brodie und setzte sie auf dem Boden ab.

„Wo bin ich?", fragte sie und starrte Alex, Brodie und die Wachen an, die sich um die Lichtung versammelt hatten.

Alex bedeutete Brodie, sich zurückzuziehen. „Wir sind einen halben Tag vom Bergfried Eures Stiefbruders entfernt. Erinnert Ihr Euch nicht an letzte Nacht?"

Maddie schüttelte den Kopf. „Ich erinnere mich daran, dass ich bei meinem Stiefbruder war." Sie zuckte zusammen, als sie sich von Alex abwandte. „Mein Rücken!", rief sie aus. Sie starrte die Männer an, als ihre Erinnerung langsam zurückkehrte. „Ihr habt mich in einen Tunnel hinter Kenneths Kammer gebracht. Wer seid Ihr?"

„Wie ich Euch gestern Abend gesagt habe, Mylady, ich bin Laird Alexander Grant und das ist mein Bruder Brodie. Wir haben von Eurem Stallmeister eine Nachricht erhalten, dass Euer Leben in Gefahr ist. Wir versuchen, Euch dabei zu helfen, Eurem Stiefbruder zu entkommen."

Maddie schüttelte ungläubig den Kopf. „Ist das wahr? Ich bin nicht mehr bei meinem Stiefbruder? Ihr werdet mich nicht zu ihm zurückbringen?"

„Nay, er wird Euch nie wieder berühren. Das verspreche ich Euch, Mylady." Alex streckte die Hand aus, um ein Blatt aus seinen Haaren zu fischen. Er wollte mehr tun, seine Arme um sie legen und sie festhalten, aber er war sich sicher, dass er sie damit noch mehr verschrecken würde. Argwöhnisch musterte sie jede seiner Bewegungen und das aus gutem Grund.

Sie neigte ihren Kopf leicht zu ihm. „Vergebt mir meine Manieren, Laird Grant. Ich danke Euch, dass Ihr mich aus den Händen meines Stiefbruders gerettet habt. Ich weiß nicht, ob er diesmal aufgehört hätte. Aber wohin bringt Ihr mich?"

„Ich denke, es ist am besten, fürs Erste zu unserem Bergfried zurückzukehren. Meine Schwester Brenna ist Heilerin und kann Euch bei Euren Verletzungen helfen", erklärte Alex. „Wir sollten Eure Wunden waschen, damit sie nicht eitern, Mylady. In der Nähe gibt es einen Bach, in dem Ihr Euch waschen könnt."

Sie nickte, also führte Alex sie zum Bach. „Ihr habt viel getrocknetes Blut auf Eurem Rücken. Wünscht Ihr meine Hilfe? Ihr habt mein Wort, dass ich ehrenhaft handeln werde."

Die Lady trat von ihm zurück und starrte ihn mit solch blauen Augen an, dass es ihm fast den Atem verschlug. „Nay. Ich danke Euch, aber ich schaffe es allein. Würdet Ihr mir etwas Privatsphäre gewähren, bitte? Schickt Eure Männer in die andere Richtung." Madeline stand mit hoch erhobenem Kinn am Wasser.

Alex bewunderte die Haltung dieser jungen Frau. Die meisten Mädchen in ihrer Situation würden unkontrolliert schluchzen.

„Wenn Ihr etwas braucht, Mylady, lasst es mich wissen. Ich werde nicht weit sein. Hier ist ein Stück Seife, das Ihr benutzen könnt." Damit drehte sich Alex um und ging zurück zur Lichtung, wo die anderen warteten. Er wandte dem Fluss den Rücken zu und bestand darauf, dass seine Männer dasselbe taten, aber er hörte dennoch Madelines gequältes Keuchen, als sie ins Wasser trat.

Maddie zog ihr schmutziges Kleid aus und watete in den Bach. Das Wasser war kühl, aber erträglich. Sie ließ sich langsam ins Wasser sinken und schrie erstickt auf, als ihr rohes Fleisch brannte. Sie schaffte es schließlich, ihren Oberkörper ins Wasser zu tauchen, aber ihr dünnes Hemd klebte immer noch an ihrem Rücken. Sie befürchtete, dass die Wunden eitern könnten, wenn sie die Verletzungen nicht bald reinigte.

Tränen verfingen sich in ihren Wimpern, aber sie blieb stark. Sie kannte keinen dieser Männer. Sollte sie ihnen wirklich so viel Vertrauen schenken?

Sie sahen gut aus, besonders der Mann namens Alexander. Als sie ihn zum ersten Mal gesehen hatte, hatte sie ihn für den Mann aus ihren Träumen gehalten, aber nun war sie sich nicht mehr so sicher. War er nach ihrem König benannt worden? Irgendwie schien ihr das angemessen. Immer, wenn er in ihre Richtung blickte, wurde sie nervös. Ihr Vater hatte sie wohlbehütet, sodass sie nicht an Fremde gewöhnt war, aber es kam ihr nicht normal vor, sich durch den Blick eines attraktiven Mannes verunsichert zu fühlen. Es war nicht nur sein Gesicht, sondern auch seine Größe – Alex war ein großer, kräftiger Mann. Dennoch wusste sie, ohne zu verstehen woher, dass er ein ehrenwerter Mann war.

Es war zu viel geschehen, als dass sie in diesem Moment darüber nachdenken konnte. Um ehrlich zu sein, war sie froh, ihrem Stiefbruder entkommen zu sein, aber Alice würde sich Sorgen um sie machen. Mac hatte Laird Grant einen Brief geschickt und hoffentlich würde ihre Magd vermuten, dass sie bei den Grant-Brüdern war.

„Laird Grant", rief sie. „Wie lange wird es dauern, bis wir Euren Bergfried erreichen?"

Alex erschien am Rande des Baches und seine Anwesenheit überraschte sie erneut. Sie starrte ihn an, bis sie sich daran erinnerte, wo sie gerade war. „Dreht Euch bitte um! Ich bin nur in meinem Unterkleid", rief Maddie.

„Verzeihung, Mylady", sagte Alex und gehorchte. „Wir haben noch einen Ritt von ein oder zwei Tagen vor uns."

Madeline seufzte resigniert. Sie sah den großen Highlander an, der mit dem Rücken zu ihr gewandt dastand. Sie wünschte, es gäbe eine Frau, die sie um Hilfe bitten könnte, aber ihr blieb keine andere Wahl, als sich ihm anzuvertrauen.

„Laird Grant, ich brauche Hilfe, um den Stoff aus meinen Wunden zu bekommen. Könnt Ihr mir wohl zur Hand gehen?"

„Natürlich, aber Ihr zieht es vielleicht vor, Euch umzudrehen. Ich muss mein Plaid ausziehen. Ich habe nur eine zusätzliche Tunika dabei und kann nicht alle meine Kleider nass machen." Sie sah zu, wie Alex seine Stiefel auszog, und drehte sich schnell um, bevor er sein Plaid beiseite warf. Es plätscherte, als er ins Wasser trat, dann konnte sie spüren, wie er direkt hinter ihr Halt machte. Sie zitterte im Wasser.

„Mylady, ich werde mein Bestes geben, um Euch nicht zu verletzen", sagte er leise. Als er an dem Stoff zog, zuckte sie zusammen. „Aber ich fürchte, es wird ein bisschen weh tun", flüsterte er.

Maddie stählte sich und sagte: „Nur zu. Lasst es uns hinter uns bringen."

Alex zog den Stoff sorgfältig vom getrockneten Blut. Seine Hände waren so sanft, dass Madeline nicht anders konnte, als einen Blick über ihre Schulter auf den noblen Laird zu werfen. Er war jetzt noch schöner, weil er den schwarzen Ruß von seinem Gesicht gewaschen hatte. Er hatte die breitesten Schultern, die sie je gesehen hatte, und sein Oberkörper bestand nur aus Muskeln. Sie fuhr sich unbewusst mit der Zungenspitze über die Lippen, als ihre Augen über seine gebräunte Haut wanderten.

Als er sie dabei erwischte, wurde sie rot und drehte schnell ihren Kopf zurück. Er arbeitete weiter vorsichtig an ihrem Rücken und sein warmer Atem strich über ihren Nacken. Maddie zuckte zusammen, als er einen Teil des Stoffes von ihren Wunden befreite. Plötzlich kam ihr der Gedanke, dass er glauben könnte, sie hätte etwas Schreckliches getan, um eine solche Behandlung von ihrem eigenen Verwandten zu verdienen.

„Mein Stiefbruder verlangt, dass ich Niles Comming heirate", murmelte sie leise.

„Und auf diese Art wollte er Euch zwingen?", fragte Alex. „Niles Comming ist dafür bekannt, Frauen schlecht zu behandeln. Auch wenn Ihr Eurem Laird normalerweise nicht widersprechen solltet, wart es in diesem Fall klug, es zu tun." Als er das Hemd völlig von ihrer Haut gelöst hatte, sagte er: „Gebt mir das Stück Seife, dann wasche ich Euren Rücken."

Madeline reichte ihm die Seife und biss sich auf die Lippe, während sie auf den Schmerz wartete. Aber seine Berührung war erneut so sanft, dass es nur ein wenig brannte. Er wusch ihren ganzen Rücken und sie schmolz unter seinen Händen dahin. Ein leises Stöhnen entkam ihren Lippen.

Seine schroffe Stimme riss sie zurück in die Wirklichkeit. „Ich denke, es ist geschafft, Mylady. Ich werde Euch allein lassen, damit Ihr Euch fertig waschen könnt."

„Danke, Laird Grant", sagte Maddie, als er sich abwandte.

Sie beendete das Bad so schnell wie möglich und kehrte ans

Ufer zurück. Dann hielt das zerrissene Kleid in den Händen und seufzte. Er hatte ein weiteres Kleid ruiniert, aber es war das Beste, das ihr blieb. Sie schaffte es, den Stoff am Rücken so weit zuzuknoten, dass sie halbwegs bedeckt war.

Mit ihrem nassen, zerrissenen Kleid kehrte Maddie auf die Lichtung zurück. Sie zupfte an den Seiten, um zu verhindern, dass der Stoff zu eng an ihrem Körper lag, aber sie merkte sehr wohl, dass die meisten Männer, einschließlich Alex und seinem Bruder, sie anstarrten. Alex gab ein knurrendes Geräusch von sich und sofort wandten sich alle Wachen ab. Maddie errötete und senkte den Kopf, als ihr klar wurde, was sie von ihrer abgenutzten Kleidung halten mussten. Als sie ihren Blick wieder auf Alex richtete, bemerkte sie, dass sein Gesicht finster geworden war und er seine Lippen zu einem grimmigen Strich zusammenpresste. Er trat abrupt von ihr zurück und machte sich an seinem Pferd zu schaffen. Was hatte sie getan, um ihn so wütend zu machen? Sie bemerkte, dass der Bruder des Lairds ebenfalls den Blick abwandte und sich auf das Kaninchen konzentrierte, das er über dem Feuer röstete. Was war los mit ihnen?

„Kommt und esst etwas, Mädchen." Brodie winkte sie neben sich auf den Baumstamm.

Madeline setzte sich in einem Balanceakt auf das andere Ende des Baumstamms und griff nach etwas Fleisch, das Brodie für sie abgerissen hatte. Sie wollte ihn nicht beleidigen, aber sie konnte nicht neben ihm sitzen. Ihr Magen knurrte beim Anblick des gebratenen Fleisches. Sie biss hinein und errötete, als Saft über ihr Kinn tropfte. Das leckere Stückchen war besser als alles, was sie in der letzten Woche gegessen hatte. Die Hitze des Feuers erreichte sie und wärmte ihr nasses Kleid. Dennoch zitterte sie beim Gedanken an ihre Lage.

Alex ließ sich neben sie auf den Baumstamm fallen. Sofort brach ihr der Schweiß auf der Stirn aus. Sein Geruch stieg ihr in die Nase und ein ganzer Schwarm Schmetterlinge flatterte in ihrem Bauch. Warum musste er direkt neben ihr sitzen? Sie wollte ihn nicht so nah bei sich haben, aber wie konnte sie sich entfernen, ohne unhöflich zu sein? Wenn er seine Hand ausstreckte, konnte er sie ergreifen oder sie schlagen. Sie schluckte den Kloß in ihrem Hals hinunter und zwang sich, den Blick von ihm abzuwenden.

Sie war vertraut mit der Angst, die sie überwältigte, wenn Männer in der Nähe waren, aber dieses seltsame Gefühl in ihrem Magen, dieses zusätzliche Rauschen in ihren Adern – das war neu für sie. Warum war er anders? Abrupt stand sie auf. Sie schnappte sich ein weiteres Stück Fleisch, um ihre Unbeholfenheit zu verbergen, und ging zu einem Baumstamm auf der anderen Seite des Feuers. Als Brodie seinen Bruder ansah und verschmitzt grinste, runzelte sie die Stirn.

„Ich beiße nicht, Mädchen", sagte Alex, als er in ein Stück Kaninchenfleisch biss.

„Zumindest nicht Euch", fügte Brodie mit einem Kichern hinzu, als Alex weiter an seinem Knochen mit etwas Fleisch zerrte.

„Verzeiht mir, Laird, aber der Rauch hat mich gestört", sagte Madeline und senkte den Blick. Sie musste schnell das Thema wechseln. „Wann reiten wir weiter?"

„Sofort", sagte Alex und sprang auf. „Brodie, kümmere dich um das Feuer und mach dich bereit zum Aufbruch. Wir können nicht lange bleiben, falls MacDonald Männer nach uns geschickt hat."

„Vielleicht sollte ich diesmal mit Brodie reiten, Laird. Ich möchte Euch nicht zur Last fallen." Maddie warf einen Blick von einem Bruder zum anderen und ihr brach wieder der Schweiß aus, als sie daran dachte, einem von ihnen so nah sein zu müssen. Zumindest schien Brodie nicht böse auf sie zu sein. Er hatte immer ein Lächeln im Gesicht. Um ehrlich zu sein, erschreckte Alex sie, besonders wegen dieser seltsamen Gefühle, die er in ihr hervorrief. Vielleicht wäre sie bei seinem Bruder sicherer.

„Was auch immer Ihr wünscht, Mylady." In seiner Stimme lag ein seltsamer Ton. Konnte es Enttäuschung sein?

Nachdem sie das Lager geräumt und alle ihre Sachen gepackt hatten, wartete Maddie geduldig bei Brodies Pferd. Alex kam schließlich herüber, hob sie hoch, als wäre sie eine Feder, und setzte sie vor seinen Bruder.

„Sei vorsichtig, Brodie", stieß Alex hervor, bevor er sich umdrehte.

„Was hat er damit gemeint, Brodie? Ich bin nicht aus Glas",
flüsterte Maddie.

Alex lachte laut genug auf, um sie zu erschrecken. „Es bedeutet, dass ich meinen Bruder im Auge behalten werde, nicht
Euch, Mylady."

Sie galoppierten den ganzen Tag und hielten nur an, um die
Pferde zu tränken und sich selbst kurz zu stärken. Madeline gab
ihr Bestes, um aufrecht zu sitzen und nicht an Brodie zu reiben,
aber vom permanenten Auf und Ab im Sattel hatte sie längst
einen wunden Hintern. Obwohl sie mit Stolz behaupten konnte,
eine gute Reiterin zu sein, war sie noch nie so viel oder so weit
geritten. Sie wusste nicht, was ihr am Ende des Tages mehr
wehtat, ihr Rücken oder ihr Hintern.

Als es wieder dunkel wurde, fand Alex eine kleine Lichtung,
auf der sie übernachten konnten. Madeline wollte unbedingt
Halt machen, denn wegen der ständigen Schmerzen hatte sie
im Sattel kein Auge zugetan.

Alex half ihr vom Pferd und hielt sie fest, als ihre Knie nachgaben. Sie versuchte, ihn wegzuschieben, aber er rührte sich
nicht.

„Habt Geduld, Mylady. Ihr wart zu lange im Sattel. Die Kraft
wird schon in Eure Beine zurückkehren."

Sein Griff lockerte sich schließlich. Er hatte ja keine Ahnung,
wie belastend es für sie war, ihm nahe zu sein. Es erinnerte sie
an den anderen starken Mann, den sie kannte, und an das, was
er ihr angetan hatte … Es erschreckte sie aber auch noch auf
andere Weise – auf eine schwindelerregende, seltsame Weise,
die ihr das Gefühl gab, in Gefahr zu sein, das bisschen Kontrolle zu verlieren, das ihr blieb.

Die Wachen eilten in den Wald, während Alex einen Platz
fand, wo sie sich setzen konnte. Er zog ein Stück Käse und
etwas getrocknetes Rindfleisch aus seiner Tasche. „Das muss
für heute Abend reichen", sagte er zu ihr. „Geht zuerst in die
Büsche, dann werden wir essen."

Alex wartete in der Mitte der Lichtung, bis Madeline zurückkam.

Er legte ihr ein zusätzliches Plaid auf den Boden, bevor er

das Rindfleisch und den Käse herumreichte. Sie aßen schweigend. Vor Erschöpfung fiel ihr gelegentlich der Kopf auf die Brust, aber sie wusste, dass sie essen musste, um bei Kräften zu bleiben. Sie war sich nicht sicher, warum Alex die Truppe so zur Eile drängte, aber sie hoffte, dass es geschah, um ihre Sicherheit zu gewährleisten. Alex würde wahrscheinlich nicht eher aufatmen, bis sie die Ländereien der Grants erreichten.

„Ihr müsst Euch etwas ausruhen, Mylady, da wir nicht lange hierbleiben werden", sagte Alex. „Wir müssen in Bewegung bleiben."

Alex ließ sich unweit von Madeline auf dem Boden nieder, drehte ihr den Rücken zu und schlief sofort ein. Brodie war ziemlich weit weg und die Wachen befanden sich auf der anderen Seite der Lichtung. Madeline ließ sich auf der weichen Wolle nieder und versuchte, zu schlafen.

Doch Niles Comming schlich sich in ihre Gedanken. Sie erinnerte sich daran, wie er sie ans Bett gefesselt hatte und sie beobachten musste, wie Niles sich befriedigte, während er ihr sagte, was er ihr alles antun würde, wenn sie erst einmal verheiratet wären. Die Augen fest zuzudrücken half nicht dabei, diese unerwünschten Bilder zu verjagen. Sie sprang schweißgebadet vom Plaid auf, ihr Atem ging schwer und sie begann, auf- und abzuwandern. Schließlich hob sie das Plaid auf, um es weiter von Alex entfernt erneut auszubreiten. Dann sah sie ihn an.

Alex schien nicht der Typ zu sein, der sie im Schlaf angreifen würde, aber wie konnte sie sicher sein? Waren nicht alle Männer wie Niles? Sie warf einen Blick auf Brodie und fragte sich, welchem der Brüder sie vertrauen konnte. Würde einer ihr helfen, wenn der andere sie im Dunkeln berührte? Wahrscheinlich nicht – sie waren blutsverwandt. Schließlich ließ sie das Plaid etwa auf halber Strecke zwischen den beiden Grants fallen, legte sich wieder hin und versuchte zu schlafen, aber es war ihr fast unmöglich.

Alex öffnete die Augen, als er eine Bewegung auf der Lichtung spürte. Er sah zu, wie Madeline ihr Plaid von ihm weg und näher an Brodie heranbewegte. Konnte sie ihn wirklich so wenig leiden? Aber dann sah er die pure Angst in ihren Augen.

Er wollte sie unbedingt in seine Arme nehmen und sie beruhigen, aber er wusste, dass sie das nur noch ängstlicher machen würde. Er sagte sich, dass sie allen Grund hatte, Männern zu misstrauen, und dass er Geduld beweisen musste.

Zog sie Brodie ihm vor? Er konnte die Vorstellung nicht ertragen. Er hatte sich nie mehr nach einem Mädchen gesehnt als nach ihr, als sie in ihrem nassen Kleid, das an ihrer Haut klebte, und mit ihren blonden zerzausten Locken vor ihm gestanden hatte. Er hatte sich schnell abgewandt in der Hoffnung, dass sie die Reaktion unter seinem Plaid nicht bemerkte. Heiliger Himmel, er musste sich unter Kontrolle bringen. Er bezweifelte, dass sie es bemerkt hatte. Sie war wahrscheinlich verwirrt von all den Ereignissen und dem Trauma der letzten Wochen. Alex schloss die Augen und schlief mit der Vision eines goldhaarigen, blauäugigen Engels ein.

Einige Stunden später wurde er von einem Schrei geweckt. Er sprang mit dem Dolch in der Hand auf, sah dann aber, wie Madeline auf den Boden schlug. „Mylady, was ist?", rief er. Brodie sprang ebenfalls auf und suchte auf der Lichtung nach Angreifern.

Madeline setzte sich abrupt auf und sah sich verzweifelt um. Dann wich die Spannung sichtbar aus ihrem Körper und sie seufzte tief. Alex kam zu dem Entschluss, dass sie geträumt haben musste. Sie stand auf und ließ den Kopf hängen. „Entschuldigt bitte. Ich muss einen Albtraum gehabt haben. Bitte verzeiht mir."

Sie war selbst mitten in der Nacht herrlich anzusehen, obwohl ihr die Haare unordentlich ins Gesicht fielen. Alex hatte Mitleid mit dem armen Mädchen. Sie würde wahrscheinlich für eine Weile Albträume haben, immerhin schmerzte selbst ihm der Kopf bei der Erinnerung an ihren Bruder, der mit einer Peitsche in der Hand hinter ihr stand. Er sah sich auf der Lichtung um und sagte: „Lasst uns aufbrechen. Wir müssen so bald wie möglich nach Hause kommen."

Maddie nahm sein Plaid und gab es ihm. Nachdem sie sich bedankt hatte, stolperte sie zu Brodies Pferd. Sie hatte in den letzten Stunden offensichtlich nicht viel geschlafen.

Alex kletterte auf sein Pferd und streckte ihr seine Hand

entgegen. „Ihr werdet den Rest des Weges bei mir mitreiten, Mylady." Er bemerkte die dunklen Ringe unter ihren Augen und machte sich Vorwürfe, sie so zu drängen und nicht den Rest der Nacht ausruhen zu lassen, aber ihm blieb keine andere Wahl. Sie mussten von ihrem Bruder weg. Er hob sie auf sein Pferd und legte sein weiches Plaid zwischen sie, um ihre Wunden abzufedern. „Das sollte etwas helfen." Er lehnte sie zurück, zog an den Zügeln seines Pferdes und flüsterte ihr ins Ohr: „Schließt Eure Augen. Ich werde nicht zulassen, dass Euch etwas passiert."

Maddie lehnte sich an Alex und stieß einen Seufzer aus, der ihn im Herzen traf. Sie waren noch nicht weit geritten, als er spürte, dass sie sich endlich genug entspannt hatte, um einzuschlafen. Er konnte sogar ihren Atem an seiner Brust fühlen, ein Rhythmus, der ihn aus irgendeinem Grund beruhigte. Es machte ihn unglaublich glücklich, diesen Augenblick nur mit ihr zu teilen und ihr Vertrauen zu spüren.

Und Alex wusste, dass sie ihr Vertrauen niemandem so einfach schenkte, was es noch besser machte.

KAPITEL SECHS

MADDIE BLICKTE ÜBER die Felder zu einer riesigen Burg und war von ihrer Größe verblüfft. Der Steinbau erhob sich auf einem kleinen Hügel und ein Turm zierte jede Ecke des Hauptgebäudes. Zinnen verbanden die Türme und sie konnte gerade so Wachen erkennen, die auf dem Wehrgang auf- und abgingen.

Es schien einen inneren und einen äußeren Burghof zu geben. Um den äußeren Hof herum befand sich eine weitere Mauer, um die Bewohner der Burg zu schützen. Ihre Abwehr war stark. Sie wäre in Alex' Bergfried sicher – genauer gesagt würde sie sich sicher fühlen, etwas, das lange nicht geschehen war. Wenn Kenneth oder dieser Comming sie holen wollten, kämen sie sicher nicht so leicht an sie heran.

Die Schönheit der Landschaft um Alex' Zuhause herum raubte ihr den Atem. Der Bergfried befand sich mitten in einem großen Tal und ein kleiner Fluss schlängelte sich durch die Bäume, die ihn umgaben. Am Rande des Tals wuchsen Kiefern- und Eichenwälder. Zwischen dem Wald und den Festungsmauern lagen sorgfältig gepflegte Felder und ein kleiner, ruhiger See befand sich links hinter den Feldern in der Heide.

Alex' Atem wärmte ihren Nacken.

„Was denkt Ihr, Mylady?", flüsterte er.

„Laird Grant, es ist wunderschön. Wie zufrieden Ihr sein müsst, eine so prächtige Burg zu haben." Sie seufzte, als sie sich umdrehte, um in seine Augen zu schauen. „Es ist überhaupt nicht wie mein Zuhause."

Alex zog sie näher an sich und ohne genau zu verstehen warum, legte Maddie ihre Hände auf seinen Arm. Sie ritten den Rest des Weges schweigend, aber die sanfte Vertrautheit zwischen ihr und dem Laird erfüllte sie mit einem Gefühl der Sehnsucht. Sie verspürte nicht den Drang, von ihm abzurücken, und zum ersten Mal seit zwei Jahren war ihre Seele von Gelassenheit erfüllt.

Innerhalb und außerhalb der Festungsmauern standen strohgedeckte Häuschen, aus denen die Leute nun kamen, um sie zu begrüßen, als sie vorbeiritten. Sie warfen neugierige Blicke in ihre Richtung. Als sie sich der Außenmauer näherten, ertönte ein Horn und das schwere eiserne Fallgitter erhob sich, um sie einzulassen. Madelines Nerven waren angespannt. Sie war sich nicht sicher, wie sie empfangen werden würde. Würden sich Brenna und Jennie an sie erinnern? Würden sie sie willkommen heißen?

Die Dämmerung brach gerade herein, als sie mit ihren Pferden in den Vorhof ritten. Alex ritt neben Brodie und sprang von seinem Pferd. Er griff nach Madeline und ließ sie sehr langsam an seinem Körper herabgleiten. Ihr erster Instinkt riet ihr, ihn wegzustoßen, aber sie begann, diesem Mann zu vertrauen. *Wahrscheinlich tut er es, um mich nicht zu verletzen*, dachte Madeline. Seine Hände verweilten an ihrer Taille und stützten sie, bis ihre Kraft zurückkehrte.

„Vorsichtig, Mylady", flüsterte Alex. „Ihr wart eine ganze Weile im Sattel."

„Danke, aber es geht mir gut", antwortete sie, richtete sich auf und nahm etwas Abstand.

Alex warf dem Stallburschen die Zügel zu, nahm Maddie am Ellbogen und ging auf den Bergfried zu. Zwei Frauen rannten von den Stufen auf sie zu. Das konnten nur Brenna und Jennie sein.

„Maddie!", schrie die jüngere der beiden und ihre kurzen Beine führten sie direkt in Maddies Arme. Alex' kleine Schwester Jennie umarmte Maddie so stürmisch, dass diese schwankte.

„Pass doch auf, Jennie!", rief Alex.

Jedes Gesicht in der Nähe wandte sich um und starrte ihn an.

Maddie erholte sich schnell. „Es ist alles in Ordnung, Laird Grant. Sie freut sich – und ich tue es auch. Es ist wunderbar, meine alten Freundinnen wiederzusehen."

Brennas Gesicht verzog sich zu einem herzlichen Lächeln. „Was für eine Überraschung, Maddie! Wir haben Euch nicht erwartet."

Maddie drehte sich um und sah sie mit Tränen in den Augen

an. „Ich bin sehr dankbar, dass Eure Brüder mich im rechten Augenblick geholt haben." Sie beugte sich vor, um ihre Freundin zu umarmen.

„Ihr wisst, dass wir uns freuen, Euch zu sehen, Maddie, aber ist etwas passiert?", flüsterte Brenna in ihr Ohr. „Seid Ihr deshalb hier?" Sie legte zur Beruhigung eine Hand auf Maddies Rücken, worauf diese vor Schmerzen zurückschreckte.

Alex griff nach der Hand seiner Schwester. „Lady Madeline hat eine lange Reise hinter sich. Sie braucht Ruhe. Bitte nimm sie mit nach oben und kümmere dich um ihre Wunden, während Brodie und ich etwas zu essen holen."

„Vergebt mir, Maddie. Wir werden in mein Gemach gehen. Ich denke, wir haben viel zu besprechen."

Im großen Saal angekommen fand Brenna schnell ihre Magd. „Fiona, bitte bereite ein Bad in meiner Kammer vor und schicke Jennie mit einem Teller Essen nach oben." Sie führte Maddie zur Treppe und bedeutete ihrer Schwester, mit Fiona zu gehen.

Alex rief ihnen nach: „Bring sie bitte in dem Gemach neben meinem unter."

Hätte es ein anderer Mann als Alex gesagt, so hätte sie sich gegen die Anordnung des Lairds gesträubt, aber aus irgendeinem seltsamen Grund war sie froh über seine Worte. Mit Alex in ihrer Nähe wäre sie in Sicherheit.

Aber Maddie musste zugeben, dass mehr dahintersteckte als nur der Wunsch, beschützt zu werden.

Alex und Brodie gingen zum Podium und schnappten sich zwei Krüge Bier. Ihr Bruder stürmte einen Moment später in den Raum und schloss sich ihnen an.

„Seid gegrüßt!", rief Robbie. „Ich habe gehört, ihr habt ein Mädchen mitgebracht. Was ist passiert? Gab es Probleme mit den Banditen?"

Alex erzählte Robbie die Einzelheiten und stellte sicher, dass er nichts ausließ. Die Brüder waren in ähnlichem Alter – Alex war achtundzwanzig, Robbie sechsundzwanzig und Brodie fünfundzwanzig, weshalb sie sich sehr nahestanden. Alex schätzte die Meinung der beiden und war glücklich darüber, dass seine Brüder bei ihm lebten.

Brodie schüttelte den Kopf. „Ich weiß nicht, wie ein Mann eine Frau so behandeln kann, Robbie. Wir haben gesehen, wie Kenneth MacDonald das Mädchen ausgepeitscht hat. Zum Glück wurden er und seine Wachen aus der Kammer gerufen, sonst hätten wir beide gegen die drei Kerle kämpfen müssen. Alex war mehr als mordlustig, als er gesehen hat, was sie mit dem Mädchen machten."

Brodie und Robbie wandten sich an Alex, um dessen Antwort zu hören. „Sie hatten Glück, aus dem Raum gerufen zu werden, sonst wären sie jetzt tot. Ich würde zu gern mein Schwert in Kenneths Herz rammen. Und ich werde nicht zögern, es zu tun, falls ich ihn wiedersehe."

Die drei Brüder saßen am Tisch, als die Dienstmädchen Töpfe mit Geschmortem und dunkles Brot hereinbrachten.

„Und wann wird das vermutlich sein?", fragte Robbie. „Gab es Zeugen? Wurdet ihr verfolgt?"

„Ich glaube nicht, dass uns jemand gesehen hat", sagte Alex und spießte ein Stück Fleisch vom Teller auf. „Ich will unseren Clan nicht gefährden, aber dieser Mann ist eine Bedrohung. Sein Bergfried ist heruntergekommen und seine Diener fürchten ihn. Ich habe kein gutes Gefühl, was Kenneth MacDonald angeht. Ich gehe davon aus, dass er sich rächen wird, wenn er erfährt, dass wir seine Schwester haben. Es wäre ein Fehler, darauf zu warten, bis er etwas unternimmt."

Brodie warf Alex einen besorgten Blick zu. „Wenn wir dem König eine Nachricht senden, wird er sich vielleicht darum kümmern."

„Es wird vierzehn Tage dauern, bis der König die Nachricht erhält, und wer weiß, ob er darauf reagieren wird. Wir müssen unsere eigenen Pläne machen", erklärte Alex und spießte ein weiteres Stück Fleisch auf. „Dieser Bastard wird Madeline nicht anfassen, solange ich der Laird von Dulnain Valley bin."

Die Dienstmädchen brachten eine Wanne in Madelines Kammer und füllten sie mit Eimern voll dampfendem Wasser. Währenddessen half Brenna ihr, ihr zerrissenes Kleid auszuziehen. Sie knüllte die blutigen Fetzen zusammen und reichte sie ihrer Magd. „Verbrenne sie."

Madeline drehte Brenna den Rücken zu. Als sie die Striemen und Blutergüsse an Maddies ganzem Körper sah, schnappte Brenna laut nach Luft. „Bei allen Heiligen, Maddie, was ist nur mit Euch passiert?"

Maddie konnte nicht sprechen. Sie stieg schnell in die Wanne in der Hoffnung, Brenna oder die Dienstmädchen daran zu hindern, all ihre Narben zu sehen, und hielt ihren Körper mit ihren Händen bedeckt. Es fühlte sich seltsam an, sich vor jemand anderem als Alice auszuziehen. Die Scham und Demütigung über die Spuren der Misshandlung ihres Stiefbruders waren fast unerträglich.

Nur Alice hatte bislang die bleibenden Narben, die er ihr zugefügt hatte, gesehen. Die alte Frau hatte versucht, eine dauerhafte Narbenbildung mit speziellen Kräutern und Salben zu verhindern, hatte damit aber keinen Erfolg gehabt. Kenneth hatte sehr wohl gewusst, was er tat, und Maddie wurde rot, als sie daran dachte, warum Kenneth sie derart gezeichnet hatte. Damit war sie jedes Mal gedemütigt, wenn sie jemand sah.

„Brenna, ich habe kein anderes Kleid. Ich bin unvorbereitet geflohen. Ich konnte meine Sachen nicht mitnehmen." Maddie warf einen Blick auf Brennas verwirrtes Gesicht, seufzte und senkte den Kopf. „Mein Stiefbruder hat mich geschlagen, weil ich mich geweigert habe, den Mann zu heiraten, den er für mich auserwählt hat."

„Oh, Maddie." Brenna drückte das Wasser aus dem Leinentuch über den Wunden ihrer Freundin aus. „Ich habe das Glück, dass mein Bruder hier der Laird ist. Alex ist ein freundlicher und geduldiger Mann. Viele nennen ihn hart, aber sein Herz ist weich." Für einen Moment herrschte Stille in der Kammer, aber schließlich sprach Brenna wieder. „Sicherlich hätten meine Brüder Euch Zeit gegeben, um ein paar Sachen einzupacken, Maddie."

„Nay, ich war in Kenneths Arbeitskammer, als sie mich vorfanden, und ich bin dankbar für diesen Zeitpunkt. Ich habe Euren Brüdern noch gar nicht richtig dafür gedankt, dass sie mich hierhergebracht haben. Niles Comming, der Mann, mit dem Kenneth mich verheiraten will, ist noch schlimmer als mein Bruder."

Brenna wandte sich von ihrer Freundin ab, sah aber noch die Tränen in Maddies Augen. „Reden wir jetzt nicht davon! Wir werden es später tun. Ihr seid erschöpft, Ihr armes Ding. Fiona, hol meine Salbe und ein paar saubere Leinenstreifen für die Wunden. Maddie, ich habe viele Kleider, die Ihr tragen könnt. Ihr seid ein bisschen dünner als ich, aber ich denke, es wird gehen, bis wir Euch ein paar eigene Kleider nähen können." Brenna half ihr, ihre langen goldenen Locken zu waschen, und ordnete sie dann auf ihrem Kopf, um die Wunden unbedeckt zu lassen.

Die Tür wurde mit einem Knarren geöffnet und Jennie trug stolz eine Platte mit Käse und Brot herein. Maddie sprang instinktiv auf und wollte aus der Wanne steigen. Sie ließ sich erst wieder nieder, als ihr klar wurde, dass keine Gefahr bestand. Jennie stellte die Platte auf eine Truhe neben dem Bett, aber als sie die blauen Flecken und Wunden an Maddies Körper sah, presste sie eine Hand auf ihren Bauch und rannte aus dem Raum.

Alex und Robbie drehten die Köpfe, als sie die kleinen Füße die Treppe hinunterstolpern hörten. Jennie rannte auf sie zu und Tränen liefen über ihre Wangen. Sie warf sich auf Alex und schlang ihre Arme um seinen Hals.

„Oh, Alex", schluchzte sie und vergrub ihr Gesicht an seiner Brust.

„Was ist los, kleine Blume?", fragte er und streichelte ihren Rücken.

Jennie hob ihren Kopf und presste heraus: „Maddieeee."

Alex fuhr fort, ihren Rücken zu streicheln und sprach beruhigend auf sie ein, bis sie zwischen den Schluchzern wieder zu Atem kam. „Alex, jemand hat sie geschlagen. Maddie hat überall blaue Flecken. Ich sah sie in der Wanne. Sie blutet. Wie konnte jemand ihr das antun? Sie ist doch so nett. Ich habe sie so lieb!"

Alex wischte die Tränen von Jennies Gesicht. „Ich weiß, kleine Blume, aber ich werde nicht zulassen, dass jemand sie jemals wieder schlägt. Vertraust du deinen Brüdern, dass wir dich und Brenna beschützen?"

Jennie nickte nachdrücklich.

„Und jetzt werden wir auch Maddie beschützen."

„Danke, Alex und Brodie, dass ihr meine Freundin gerettet habt." Jennie gab ihnen jeweils einen Kuss auf die Wange.

„Und was ist mit mir, Eichhörnchen?", fragte Robbie und zeigte auf sein Gesicht.

Jennie grinste und beugte sich vor, um ihn ebenfalls zu küssen. „Und danke, Robbie, dass du Brenna und mich beschützt."

Obwohl er sanft mit Jennie war, die sich auf seinem Schoß niederließ, starrte Alex seine Brüder über den Kopf seiner kleinen Schwester hinweg an. Der Gedanke an die blauen Flecken und Striemen auf Madelines zartem Körper ließ sein Blut kochen. Er brauchte seinen Brüdern nicht zu erklären, was sein gewittriges Gesicht zu bedeuten hatte.

Sie wussten es.

KAPITEL SIEBEN

KENNETH GING AUF und ab und fuchtelte wild mit den Armen umher. Er starrte Egan an. „Wer hätte das tun können? Madeline verlässt nie den Bergfried. Wer könnte wissen, was hier vor sich geht?"

„Ich habe Euch gewarnt, sie nicht so zu schlagen, wie Ihr es getan habt. Die Diener lieben sie nun einmal", erklärte Egan.

Kenneth fuhr wütend fort. „Dann bringt die Diener wieder her. Vielleicht helfen noch ein paar Schläge dabei, ihre Zungen zu lösen. Ich werde sie schlagen, bis sie reden!" Wut erfüllte Kenneth. Normalerweise achtete er auf sein blondes Haar und seine Kleidung, aber jetzt war alles an ihm in Unordnung. Vielleicht würde es helfen, seinen Zorn auszuleben. Es war das Einzige, was ihn beruhigen konnte.

Seine Mutter hatte ihn schon in jungen Jahren gelehrt, dass sein Blut edel war und er eines Tages sein Erbe antreten würde. In der Zwischenzeit hatte sie ihm gezeigt, wie man die Diener in die Schranken wies, und ihm den Einsatz verschiedener Gürtel und Peitschen sorgfältig demonstriert. Wenn Kenneth die Dienerschaft nicht genug geschlagen hatte, damit seine Mutter zufrieden war, hatte diese die Peitsche gegen ihn gerichtet. Er hatte schnell gelernt. Diener waren zu dumm, um etwas anderes zu tun, als Befehle zu befolgen. Welchen Unterschied machte es also? Eine gut geführte Burg hatte man nur, wenn die Dienerschaft spurte.

Verdammte Madeline! Sie behandelte die Diener immer mit Respekt und jetzt hielten sie alle den Mund, um sie zu beschützen. Sie war immer so nett. Ihre dumme Magd musste doch etwas wissen. Er hatte sie ausgepeitscht, bis sie nicht mehr stehen konnte, und dennoch hatte sie geschwiegen. Aber jemand musste etwas gesehen haben.

„Wissen wir etwas über die Entführer, Egan?"

„Wir wissen nur, dass sie durch den alten Tunnel gekommen sind. Ich kann nicht glauben, dass die alte Tür überhaupt noch geöffnet werden konnte. Wir haben nur zwei Fußabdrücke erkannt. Einer von ihnen muss sie nach draußen getragen haben. Die Abdrücke waren zu groß für ein Mädchen. Dann ritten sie auf zwei Pferden davon."

„Sattele die Pferde. Wir reiten zu Comming. Er wird wissen, wer das getan hat." Kenneth grinste.

„Und dann werden wir sie alle töten!"

KAPITEL ACHT

ALEX DREHTE EINE weitere Runde um den Tisch, während Brodie und Robbie alles aßen, was sie zwischen die Finger bekamen. Er konnte nicht an Essen denken, bis er wusste, wie es Madeline ging. Er hatte die ganze Nacht nicht schlafen können. Sein Wunsch, den Korridor hinunter zu gehen und in Maddies Kammer zu spähen, um sicherzustellen, dass sie sich wohl fühlte, war stark genug gewesen, um jeden Gedanken an Schlaf zu vertreiben.

Alex fuhr sich erneut mit der Hand durch die Haare und ging dann zur Tür, um zum dritten Mal die kleine Jennie und ihre Hunde zu besuchen. Er hatte den Rest der Männer nach draußen geschickt, damit er ein paar Minuten mit der Familie genießen konnte.

„Alex, warum läufst du immer noch durch den Saal? Willst du nicht frühstücken?" Jennie hob den Kopf, um ihren Bruder anzustarren. „Du bist heute sehr nervös. Warum ärgert dich Maddie so?"

„Warum sie mich ärgert? Ich bin nicht verärgert und ich denke ganz bestimmt nicht an Lady Madeline. Als Laird muss ich über viele Dinge nachdenken." Alex schnaubte, um sich selbst davon zu überzeugen. Doch in Wahrheit wusste er, dass Jennie recht hatte. Er hatte viele andere Dinge, über die er nachdenken musste, er konnte sich im Augenblick nur einfach nicht an sie erinnern. Er sah Jennies Hunde finster an, bevor er seinen Kopf herumriss, um seinen Bruder anzustarren.

„Aye, Jennie. Alex ärgert sich über etwas anderes", sagte Brodie grinsend. „Es ist dasselbe, was ihn in den letzten Tagen bewegt hat. Wenn ich nur wüsste, was unseren Laird plagt." Brodie warf Robbie einen Blick zu, der darauf fast an seinem Essen erstickte.

Alex sah zu seinen Brüdern. „Es reicht, sonst fordere ich euch beide zum Wettkampf heraus. Ich kann es locker mit euch beiden aufnehmen."

Robbie gackerte vor Lachen und stand so abrupt auf, dass er seine Bank umwarf. „Komm schon, Alex, was regt dich so auf?"

Aber Alex ignorierte seinen Bruder, denn er hörte endlich Schritte auf der Steintreppe. Brennas Gesicht war düster, als sie die Stufen herunterkam.

Alex konnte es kaum erwarten. „Wie ist ihre Verfassung, Brenna?" Das Geplänkel seiner Brüder verstummte, sobald seine Schwester den Fuß der Treppe erreicht hatte.

„Oh, Alex, es war schwer, die Fassung zu bewahren, als ich Maddie gestern Abend bei ihrem Bad half." Brenna kam händeringend zum Tisch. „Sie wurde viele, viele Male geschlagen. Einige ihrer blauen Flecken sind ziemlich alt. Ich weiß nicht, wie das Mädchen überhaupt noch laufen kann. Sie hat ein paar verletzte Rippen. Wie hat sie es geschafft, auf einem Pferd zu reiten?"

Jennie rannte zum Tisch. „Ich habe dich gestern Abend schon gebeten, Lady Madeline zu beschützen, Alex. Du musst es mir versprechen!" Sie griff nach der Hand ihres Bruders, als sie diese Worte sagte.

Alex flüsterte Jennie und Brenna zu: „Madeline ist eine starke junge Frau. Ihre Charakterstärke war offensichtlich, als ich sie vorfand. Ihr Bruder ist ein kranker Mann, aber sie hat sich nie vor seinen Hieben geduckt oder auch nur einen Schrei ausgestoßen." Alex drückte Jennies Hand. „Aye, ich werde sie beschützen, Mädchen. Ich werde mein Versprechen nicht vergessen." Sein Blick kehrte zu Brenna zurück. „Wie geht es ihr heute Morgen?"

„Ich ging auf Zehenspitzen in ihre Kammer. Sie schläft noch. Sie hat ein paar anstrengende Tage hinter sich. Wir müssen ihr Zeit geben, sich auszuruhen und zu heilen. Ich muss etwas essen, Alex. Können wir uns bitte setzen? Mir ist seit gestern Abend ganz flau im Magen." Brenna winkte, damit mehr Essen gebracht wurde, setzte sich dann neben Brodie und zog Jennie zu sich, während sie auf den Haferbrei wartete.

Alex ließ sich nachdenklich auf die Bank sinken. Er musste sich darauf konzentrieren, seine Männer für den Kampf vorzubereiten. Es gab zwar noch keinen Grund für ihn, den anderen seine Sorge mitzuteilen, aber für den Schutz seines Clans war es von größter Bedeutung, Vorbereitungen zu treffen.

Bevor er jedoch irgendetwas tat, musste er Madeline sehen. Er bedeckte beide Augen mit seinen Händen, als er versuchte, den Sturm in seinem Kopf zu beruhigen.

Brodies Stimme brachte ihn zurück in die Wirklichkeit. „Glaubst du, der Laird der MacDonalds plant einen Angriff?"

Alex spielte mit seinem Essen und antwortete: „Nay, noch nicht. Kenneth ist ein Feigling. Ich mache mir mehr Sorgen, dass Niles Comming das Mädchen holen will. Sie erzählte mir, dass sie die Verlobung, die MacDonald für sie arrangiert hat, abgelehnt hat. Commings Truppen sind stark genug, um eine Bedrohung für uns darzustellen."

„Ich habe sie noch nicht einmal gesehen. Ist sie hübsch, Brodie?", fragte Robbie. „Wie ist sie? Ich erinnere mich nicht an sie, selbst wenn sie vor Jahren einmal hier war."

Brodie stieß Robbie einen Ellbogen in die Seite, starrte ihn dann an und sagte: „Aye, sie ist in der Tat sehr hübsch. Du wirst ihr bald begegnen. Sie könnte eines Tages deine Verwandte werden, Robbie. Vielleicht werde ich das Mädchen heiraten."

„Du wirst sie *nicht* heiraten, Brodie, und du auch nicht, Robbie!"

Brenna drehte sich zu ihrem Bruder um und riss überrascht die Augen auf. „Aber Alex, siehst du nicht, dass das die perfekte Lösung sein könnte? Wenn sie sich bereit erklärt, Robbie oder Brodie zu heiraten, hätte Comming keinen Grund mehr, ihr nachzustellen, und sie wäre außerhalb von Kenneths Reichweite. Oder möchtest du sie vielleicht lieber in ein Kloster schicken?"

Alex stand schnell auf und knurrte: „Das Mädchen wird nicht ins Kloster gehen, und wenn sie jemanden heiraten muss, dann mich. Maddie gehört mir, Brüder! Vergesst das nicht!"

Alex wartete ihre Antwort nicht ab und ging zur Tür, stockte aber, als er links von sich etwas hörte. Madeline stieg langsam die Treppe herunter. Sein Herz setzte einen Schlag aus, als er diesen Anblick in blauem Samt betrachtete. Was war in letzter Zeit mit ihm los? Frauen hatten ihn noch nie derart beschäftigt.

Er war ein Krieger, ein Laird, Chief seines Clans. Wie konnte dieses dünne Mädchen ihn jedes Mal erstarren lassen, wenn er sie sah? Er lenkte seine Schritte in Madelines Richtung und verneigte sich vor ihr. „Guten Morgen, Mylady. Ich hoffe, dass Ihr gut geschlafen habt?"

Madeline trat einen Schritt zurück, bevor sie antwortete. „Aye, ich habe sehr gut geschlafen, Laird Grant, danke."

Es entging Alex nicht, wie sie vor ihm zurückwich. Warum zum Teufel tat sie das immer? Sie wirkte wie ein schüchternes kleines Kaninchen in seiner Gegenwart. Er beugte sich vor und flüsterte: „Ich hoffe auch, dass Ihr inzwischen wisst, dass ich Euch niemals verletzen würde, Mylady. Es gibt keinen Grund, Angst vor mir zu haben."

„Ich habe keine Angst vor Euch, Alex. Es ist nur, nun ja", stammelte sie, „Ihr seid so groß ... dass mir manchmal das Genick wehtut, wenn ich Euch ansehe."

Sie sah ihn mit ihren blauen Augen an und lächelte nervös. Alex konnte keinen klaren Gedanken mehr fassen. Wie sehr er sich danach sehnte, sich vorzubeugen und ihre süßen Lippen zu kosten. Schritte unterbrachen seine Gedanken, als eine seiner Wachen den Saal betrat. Er merkte, dass er es nicht ertrug, einen anderen Mann so nah bei ihr stehen zu sehen. Er sah sich im Saal um. Niemand schien eine Bedrohung für sie zu sein, aber der bloße Gedanke daran, dass jemand sie verletzen könnte, nach allem, was sie durchgemacht hatte, war ihm unerträglich. Er runzelte die Stirn, als er überlegte, wie er sie am besten beschützen konnte.

Bevor er sich völlig lächerlich machte, verbeugte er sich und sagte: „Verzeihung, aber ich muss mich um meine Männer im Hof kümmern, Mylady." Alex drehte sich um und verließ den Saal.

Madeline ging zum Podium und knickste, als Brodie sie seinem Bruder vorstellte, aber sie war zerstreut. „Habe ich etwas getan, um Euren Bruder zu verärgern, Brodie?", brachte sie schließlich hervor. „Er schien wütend."

Brodie und Robbie kicherten und wechselten Blicke. „Wütend? Nay, Mylady, Ihr habt ihn nicht verärgert", sagte

Robbie mit einem Lächeln. „Nay, Brodie und ich könnten nicht glücklicher über die heutige Gefühlslage unseres Bruders sein. Habe ich recht, Bruder?"

Brodie nickte und drehte sich zu Maddie und seinen Schwestern um. „Ladys, wir müssen tun, was unser Laird uns gebietet."

Brenna machte ein entsetztes Gesicht, aber Maddie hatte keine Ahnung, warum. Hatte sie etwas verpasst?

„Guten Morgen, Maddie", sagte Brenna schließlich. „Wie fühlt Ihr Euch?"

Jennie riss sich von den Hunden los, mit denen sie kuschelte, und rief: „Guten Morgen, Maddie. Ich bin so froh, dass Ihr hier bei uns seid. Möchtet Ihr mit meinen Hunden spielen?"

Maddie lachte und sagte: „Ich würde gern mit deinen Hunden spielen, aber im Moment bin ich ziemlich hungrig." Sie setzte sich an den Tisch und wandte sich an Brenna. „Danke, dass Ihr mir Euer schönes Kleid geliehen habt. Ich habe schon lange nicht mehr etwas so Schönes getragen." Sie hatte sich seit dem Tod ihrer Eltern kein neues Kleid mehr machen lassen. Kenneth hatte ihr immer gesagt, dass es nicht genug Geld für neues Tuch gab. Aber in diesem weichen Samtkleid fühlte sie sich beinahe hübsch.

„Ihr seht umwerfend darin aus, Maddie. Es ist wie für Euch gemacht. Ich hoffe, es ist nicht zu eng an Eurem Rücken."

„Nay, Fiona hat mir extra Leinen auf den Rücken gelegt. Es geht schon, danke für Eure Fürsorge."

„Ich werde Eure Verbände später wechseln und mehr Salbe auftragen. Warum serviert Ihr Euch nicht etwas Haferbrei und wir reden etwas, wenn Ihr möchtet." Brenna tätschelte Maddies Hand und sagte: „Vielleicht möchtet Ihr mir sagen, was mit Euch zugestoßen ist."

Maddie seufzte. „Es tut noch zu weh. Ich würde lieber noch nicht über Kenneth reden."

„Könnt Ihr mir etwas über Niles Comming erzählen? Wie lange seid Ihr schon mit ihm verlobt? Habt Ihr ihn überhaupt schon kennengelernt?"

Maddies Bauch verkrampfte sich bei der Erinnerung an diesen Mann. Wäre sie jemals in der Lage, über Comming zu sprechen, ohne dass ihr übel wurde?

„Aye, wir sind uns begegnet und es war nicht angenehm. Ich werde diesen Mann nicht heiraten, egal was Kenneth sagt." Maddies Gesicht wurde rot und sie starrte auf ihre Hände in ihrem Schoß. Sie wollte alles vergessen, was zwischen ihnen passiert war. „Wenn es sein muss, trete ich in ein Kloster ein." Sie konnte ihr Zittern nicht kontrollieren und flüsterte: „Können wir später darüber sprechen?"

„Natürlich. Wir werden heute tun, was Ihr wünscht", sagte Brenna. „Vielleicht möchtet Ihr einen Spaziergang draußen machen und ich kann Euch im Burghof herumführen."

„Das würde mir gefallen. Vielen Dank." Maddie nickte und zwang sich zu einem Lächeln. Sie kämpfte gegen ihre Tränen an, denn sie war entschlossen, nicht vor Brenna zu weinen. Wie war sie nur so tief gefallen? Jetzt war sie auf Leute angewiesen, die nicht zu ihrem Clan gehörten. Sie würden sie ernähren und sie kleiden. Sie würde in einer Kammer an einem Ort schlafen, an den sie nicht wirklich gehörte. Wie sie ihren Stiefbruder hasste, weil er sie in diese Situation gebracht hatte.

Was sollte sie jetzt mit ihrem Leben anfangen? Sie hatte, zumindest soweit sie wusste, keine weiteren Verwandten. Sie hatte keine Mitgift und sie hatte ihre Jungfräulichkeit an Comming verloren. Wer würde sie jetzt noch heiraten? Ihr Leben war ein Scherbenhaufen und sie konnte bei niemandem Hilfe suchen. Da erinnerte sie sich an eines der Sprichworte ihrer Mutter: Sorge dich um die kleinen Schritte, nicht um die großen.

Sie beschloss, dass dies ihr Ziel für heute sein würde. Sie würde sich auf die kleinen Schritte konzentrieren, nicht auf die großen – wie Alexander Grant.

KAPITEL NEUN

ALS BRENNA UND Maddie nach draußen traten, blies eine warme Herbstbrise ihre Röcke in die Luft. Maddie kicherte und packte den Stoff, bevor er ihre Knie erreichte. Die kleine Jennie hüpfte neben ihnen her und die Hunde folgten dicht hinter ihr. Maddie bemerkte den Stolz in Brennas Augen, als sie durch den Kräutergarten gingen. Da Brenna die Heilerin des Clans war, verbrachte sie natürlich viel Zeit hier. Maddie fing die schwachen Aromen von Petersilie und Basilikum auf, als der Wind stärker wurde.

Sie schlenderten weiter zum Gemüsegarten und Maddies Blick fiel auf die Fülle von Purpur, Gold und Orangetönen in ordentlichen Reihen, aber das Beste an diesem Garten war seine Aussicht. Sie blickte auf die sich kräuselnde Oberfläche des Sees und hörte fast das ferne Plätschern des Wassers an den Ufern. Maddie wandte das Gesicht gen Himmel, um den Wind zu begrüßen, und seufzte, als die Sonne ihre Wangen wärmte. Sie lächelte und strich sich eine Haarsträhne aus dem Gesicht. Sie fühlte sich daran erinnert, welch schöne Geschenke der Herr täglich bot. Vielleicht wäre die Stille eines Klosters tatsächlich das Richtige für sie. Dort könnte sie ihre Tage in den Gärten verbringen und die süße Einsamkeit der Natur genießen.

Sie strahlte Brenna an. „Dies muss Euer Lieblingsort sein. Die Aussicht auf Euer Land ist wunderschön."

„Mein Lieblingsort ist es ganz bestimmt nicht, Maddie", bemerkte Jennie. „Meine Schwester lässt mich manchmal hart hier im Dreck arbeiten. Ich mag das gar nicht. Ich würde viel lieber mit meinen Hunden spielen."

Maddie lachte über die Ehrlichkeit des Kindes und fuhr mit ihren Fingern durch Jennies dunkle Locken. „Deine Haare sind wie die deines Bruders." Sie runzelte die Stirn und fragte sich, woher dieser Gedanke plötzlich gekommen war. Sie hatte nicht vorgehabt, an Alex zu denken.

Brenna führte sie zur Kapelle. Maddie näherte sich vorsichtig der Tür. Mit vor Staunen weiten Augen strich sie ehrfürchtig über die glatten Schnitzereien und nahm die Einzelheiten der schönen Holzarbeiten in sich auf. Sie musste an die Kapelle denken, die Kenneth in eine zusätzliche Waffenkammer umfunktioniert hatte. Wie sie die erhabene, andächtige Stille dieses Ortes vermisste!

„Brenna, lebt auch ein Priester bei Euch?" Sie liebte die Akustik in diesem schönen Raum.

„Nay, wir haben einen reisenden Priester, Vater MacGregor. Er ist ein wunderbarer Priester, aber er hat mehrere Orte in den Highlands zu besuchen. Er wird bald wiederkommen."

„Vater MacGregor! Oh, wie wunderbar!" Maddie konnte nicht anders, als vor Aufregung in die Hände zu klatschen. „Ich habe ihn seit dem Tod meiner Eltern nicht mehr gesehen. Er hat uns früher auch besucht, aber er kommt schon seit Langem nicht mehr. Ich dachte, er wäre vielleicht erkrankt. Es geht ihm also gut?"

„Aye, er war gesund, als wir ihn das letzte Mal gesehen haben."

„Macht es Euch etwas aus, wenn ich die Kapelle allein besuche?"

„Natürlich nicht. Ihr könnt herkommen, wann immer Ihr wollt." Brenna öffnete die schwere Tür für Maddie und sie traten wieder ins Sonnenlicht hinaus, um Jennie und ihre Hunde einzufangen, die in ihrer eigenen Welt zu leben schienen.

Brenna zeigte Maddie viele Gebäude, als sie durch die Vorburg schlenderten, einschließlich der Lagerhäuser, den Weinkellern und der Schmiede. Madeline wurde vielen Mitgliedern des Clans vorgestellt. Sie musste zugeben, dass sie es genoss, diese kennenzulernen. Die Leute waren alle freundlich und hilfsbereit und niemand wirkte bedrohlich. Die Grants waren ein hart arbeitender Clan, wie sie überall beobachten konnte. Es erinnerte sie daran, wie ihr eigener kleiner Clan gewesen war, bevor ihr Vater gestorben war.

Als sie in die Waffenkammer gingen, wurden Maddies Schmerzen unter ihren Rippen und an ihrem Rücken heftiger. Sie seufzte, als ihr klar wurde, dass ihr ein weiterer langwieriger Heilungsprozess bevorstand, und schickte ein Stoßgebet zum Himmel, damit sie die Kraft hätte, ihren Kummer klaglos zu ertragen. Zusammen mit der Erinnerung an ihre Eltern half ihr dies normalerweise, ihr Leid schweigend zu erdulden.

„Maddie, möchtet Ihr in die Burg zurückkehren? Vielleicht solltet Ihr Euch etwas ausruhen? Schmerzt Euer Rücken etwa?"

„Nay, es geht mir gut. Ich bin es gewohnt, nach einer Züchtigung zu arbeiten. Was ist mit Euch? Ruht Ihr Euch normalerweise aus, nachdem Alex Euch diszipliniert hat?" Maddie sah zu Brenna auf, als diese hörbar scharf ausatmete. Jennie erstarrte.

„Oh, Nay, Maddie. Alex schlägt uns nicht", sagte Brenna leise. „Jennie, bring die Hunde in den Stall, ja?"

Maddie nickte, nachdem Jennie gegangen war, und ging weiter. Sie bemühte sich, ihre Gefühle zu verbergen, aber ihre Gedanken waren in Aufruhr. Alex schlug seine Schwestern nicht?

Kenneth schlug seine Diener, wann immer er Lust dazu hatte, und sie hatte gesehen, wie Laird Niles Comming sowohl Kenneths als auch seine eigenen Diener gezüchtigt hatte. Taten das nicht alle Lairds? Kenneth hatte gesagt, es sei der einzige Weg, die Diener gehorsam zu machen. Sie selbst könnte nie jemanden schlagen. Einmal hatte eine Magd versehentlich ihr Lieblingskleid aufgerissen, aber es war nicht einmal ein hartes Wort über ihre Lippen gekommen. Der Gedanke, jemanden wegen einer solchen Kleinigkeit zu schlagen, erschien ihr völlig absurd.

Hoffnung keimte in ihrem Herzen auf. War Alex wirklich ein Laird, der seine Untertanen nicht schlug? Ein Laird, der ihrem gütigen Vater im Temperament ähnlicher war als ihr Bruder und dieser Comming?

Maddie hatte gemischte Gefühle gegenüber Alexander Grant. Er ließ sie erzittern, so viel stand fest, aber sie hatte keine Angst vor ihm. Und sie war ihm so dankbar, dass er sie gerettet hatte.

Obwohl sie nicht wusste, was die Grants zu ihrer Burg geführt hatte, war sie dankbar, dass sie aufgetaucht waren. Dennoch konnte sie die Verwirrung, die dieser Mann in ihrem Herzen verursachte, nicht einordnen. Manchmal stockte ihr der Atem, wenn sie es wagte, ihn anzusehen. Heute Morgen im großen

Saal war sie beeindruckt gewesen, wie unglaublich gut er aussah, besonders wenn er frei von Ruß und Schmutz war. Sie fragte sich, warum er noch nicht geheiratet hatte, da er doch sicher eine große Schar an Bewerberinnen hatte. Welche Frau würde ihn ablehnen?

Bestimmt würde Alex sich nicht für jemanden interessieren, der so unscheinbar war wie Madeline. Kenneth hatte ihr mit Genuss und zur Genüge gesagt, dass er enormes Glück bräuchte, um trotz ihres säuerlichen Äußeren jemanden zu finden, der bereit war, sie zu heiraten. Madeline wusste, dass sie nicht schön war, und außerdem hatte sie keine Mitgift mehr zu bieten, um einen respektablen Partner anzuziehen.

Bei allen Heiligen, warum dachte sie denn überhaupt über die Ehe nach? Sie würde niemals heiraten. Wenn sie einen Mann heiratete, würde er natürlich erwarten, sie zu berühren … und noch viel mehr als das zu tun. Was richtete Alex nur mit ihrem Verstand an? Madeline schüttelte den Kopf, um den Dunst aus ihrem Gehirn zu verjagen, und zwang sich, ihre Aufmerksamkeit wieder auf Brenna zu richten.

Vom inneren Burghof aus gingen sie zu den Ställen, wo Brenna sie dem Stallmeister Hugh vorstellte.

„Der alte Hugh ist schon ewig bei uns. Er kennt unsere Pferde wie kein Zweiter", erklärte Brenna stolz. „Hugh, das ist Lady Madeline, eine liebe Freundin, die eine Weile bei uns bleiben wird."

Maddie lächelte den Stallmeister an. „Es freut mich, dich kennenzulernen, Hugh. Du erinnerst mich an unseren eigenen Stallmeister. Er heißt Mac und ist mit meiner Magd Alice verheiratet. Ich schätze die beiden sehr."

„Und offensichtlich schätzen sie Euch auch sehr, Mylady. Mein Laird sagte mir, dass der Stallmeister ihm geschrieben hat, was Euer Stiefbruder tut."

„Ich weiß. Und deshalb mache ich mir jetzt solche Sorgen um sie. Kenneth kann sehr grausam sein, wenn er will, besonders den Dienern gegenüber. Er schlägt alle seine Diener regelmäßig, aber er durfte Alice nie berühren, weil sie die Magd meiner Mutter war. Wer weiß, was jetzt mit ihr passieren wird?"

Maddies Stimmung wurde finster, als sie den Gedanken weiterspann. Viele der Kinder, denen sie auf ihrem Weg begegneten, beobachteten sie fasziniert, und einige folgten ihnen sogar.

Madeline strich einem von ihnen übers Haar und lächelte. „Wenn ihr möchtet, kann ich später zurückkommen und euch eine Geschichte erzählen."

Das kleine Mädchen nickte und umarmte Madelines Bein. Maddie warf einen Blick über die Schulter, als sie wegging. „Ich komme wieder, versprochen." Die Kinder winkten ihr zu und riefen, dass sie auf ihre Rückkehr warteten.

Maddie blieb stehen, als sie den Übungsplatz erreichten, und starrte auf das Meer aus Schwertern und Schilden. Was für ein beeindruckender Anblick, eine so große Anzahl von Kriegern zu sehen, die alle unter Alex' Kommando standen. Sie hatte keine Probleme, ihn ausfindig zu machen. Er war größer als die meisten und bildete einige der jüngeren Wachen am Rande des Platzes aus. Ihre Handflächen begannen in der Nähe so vieler Männer zu schwitzen, aber sie wusste, dass es Zeit war, sich für ihre Rettung zu bedanken. Ihre Mutter hatte ihr beigebracht, Leistungen, die zu ihrem Wohl erbracht worden waren, gebührend anzuerkennen, und ihre Manieren erlaubten es ihr nicht, eine so riskante Tat wie die der Grant-Brüder zu übergehen.

„Brenna, wenn es Euch nichts ausmacht, würde ich gern einen Moment mit Eurem Bruder sprechen."

Alex drehte sich um, als sich jemand dem Platz näherte. Sein Blick fiel sofort auf Madeline. Er bemerkte, wie sie vorsichtig Abstand zu seinen Männern hielt, als sie in seine Richtung kam. Je näher sie kam, desto mehr schnürte sich seine Kehle zu und seinem Herzen wurde es eng in der Brust. Verdammt nochmal, welch seltsame Macht hatte dieses Mädchen über ihn?

Maddie trat vorsichtig näher an Alex heran. „Laird Grant, auf ein Wort?" Sie nickte kurz den Wachen zu, die sie alle mit einem eifrigen Lächeln im Gesicht anstarrten.

Alex nahm seinen Helm ab und antwortete: „Natürlich, Mylady." Er gab seinen Wachen ein Zeichen, bevor er die kurze Entfernung überbrückte, die ihn von ihr trennte. „Wie kann ich Euch behilflich sein?"

„Laird Grant", begann sie, „ich fürchte, ich habe Euch und

Eurem Bruder noch nicht richtig dafür gedankt, dass Ihr Euer Leben riskiert habt, um mir zu helfen. Ich bin wirklich dankbar, dass Ihr mich von meinem Stiefbruder fortgeholt habt, ohne jemandem Schaden zuzufügen."

„Mylady, Ihr braucht mir nicht zu danken." Er trat vor und Madeline trat ein paar Schritte zurück, obwohl sie weiter lächelte. *Schon wieder weicht sie vor mir zurück*, dachte er. Er bewegte sich nicht mehr und vermutete, dass er nach der harten Kampfübung vielleicht unangenehm roch. Doch dann sprangen seine Gedanken zurück zu der Situation, in der er sie vor ein paar Nächten vorgefunden hatte.

„Macht Euch keine Sorgen um Euren Stiefbruder. Er hat Euch schwer verletzt, nicht wahr? Ich hätte alles getan, um seine Grausamkeit zu unterbinden. Es ist nicht richtig, eine Frau zu schlagen, aus welchem Grund auch immer, geschweige denn wegen einer Verlobung. Bitte entschuldigt, dass ich Euch nicht eher von ihm befreit habe. Falls er Euch holen will, könnt Ihr sicher sein, dass ich Euch beschützen werde. Er wird Euch nicht wieder verletzen!" Alex' Männer wandten sich zu ihm um und starrten ihn an, nachdem er die letzten Worte praktisch geschrien hatte.

Doch Madeline schien erschrocken vor ihm zurückzuweichen, also zwang er sich, sich zu beruhigen, um sie nicht weiter zu verängstigen.

„Aber ich möchte nicht, dass meinetwegen jemand verletzt wird", flüsterte Madeline.

Alex' Zorn brodelte erneut auf. War diese Frau auf den Kopf gefallen? Sie selbst durfte verletzt werden, aber sonst niemand?

„Wenn Euer Stiefbruder oder Niles Comming versuchen, Euch zu holen, dann wird definitiv jemand verletzt werden." Er versuchte, seine Wut zu drosseln, schaffte es aber nicht.

Maddie trat zurück und drückte ihre Hand an ihre Brust.

„Niemand wird Euch je wieder berühren!" Alex konnte fühlen, wie das Feuer in seiner Brust brannte, als er sprach. Sein ganzer Körper war angespannt. Der Gedanke daran, dass jemand Maddie Schaden zufügte, ließ ihn vor Wut die Hände zu Fäusten ballen.

Er wusste, dass seine Leidenschaft sie wahrscheinlich

erschreckte, aber er konnte nicht anders. Frustriert starrte er auf den Boden und musste gegen den Drang ankämpfen, mit den Füßen zu stampfen. Sie hatte keinerlei Selbstwertgefühl. Er würde ihr zeigen müssen, dass sie etwas Besonderes war, aber er wusste nicht wie. Diese Frau nahm ihm die Fähigkeit, klar zu denken. Als er seinen Blick wieder hob, versank er in ihren blauen Augen.

Ihr schönes Gesicht und ihre zarte Haut waren alles, was er sehen konnte.

Ihre Stimme riss ihn aus seinen Gedanken. „Danke, Laird. Und bitte übermittelt auch Eurem Bruder meinen Dank." Maddie schenkte ihm ein schüchternes Lächeln und floh.

Alex sah ihr nach und seufzte. *Großartig, ich habe sie wieder verängstigt. Warum benehme ich mich in ihrer Nähe wie ein Trottel?* Er sagte sich, dass er ein Laird mit vielen Verantwortlichkeiten war. Er konnte nicht seine ganze Zeit damit verbringen, an eine Frau zu denken. Er schwor sich, in Zukunft einen klaren Kopf in Madelines Nähe zu behalten. Er würde nicht zulassen, dass er ihretwegen ihre Pflichten vernachlässigte. Mit diesem Entschluss wandte er sich wieder seinen Männern zu.

„Robbie, wo bist du?" Alex grinste, als sein Blick auf seinen Bruder fiel. Robbie war der Einzige in seinem Clan, der ihn im Schwertkampf wirklich forderte, und er brauchte jetzt definitiv jemanden, mit dem er ordentlich und hart üben konnte.

Robbie grinste und sah über Alex' Schulter der davongehenden Madeline nach. „Verdreht sie dir denn den Kopf?"

Alex holte mit seinem Schwert aus und sein Bruder erwiderte die Geste. Er griff wiederholt an, aber Robbie lenkte seine Schläge gekonnt ab und das Geräusch von zusammenstoßendem Stahl klang durch die Luft.

Robbie tanzte im Kreis, beide Hände fest um den Schwertgriff gelegt. „Hat der Grund für deine Wut vielleicht goldene Haare, Bruder?"

Nach einem anstrengenden Kampf gab Robbie schließlich auf und klopfte Alex auf den Rücken.

„Schön zu sehen, dass zur Abwechslung mal du der Verwirrte bist. Ab und zu verliert jeder mal die Kontrolle."

Alex starrte seinen Bruder an. „Ich weiß nicht, wovon du redest. Ich verliere nie die Kontrolle. Niemals!" Damit stapfte er davon.

Nun hatten ihn seine verwirrenden Gefühle für Maddie auch noch zum Lügner gemacht.

KAPITEL ZEHN

MADDIE BESCHLOSS, DIE Jüngsten des Clans aufzusuchen, denn das würde sie garantiert zum Lächeln bringen. Sie fand Jennie und gemeinsam gingen sie zur Vorburg, wo sie alle Kinder versammelten, die eine ihrer Geschichten hören wollten.

Sie saß mit Jennie auf dem Boden, umgeben von Kindern unterschiedlichen Alters. Sie hatte sie alle mit einer Geschichte von Waldfeen entzückt und konnte die Freude in ihren Blicken sehen. Wie süß sie doch waren! Ihre Schmerzen machten ihr ein wenig zu schaffen, aber die Kinder machten alles erträglicher. Als Madeline ihre Geschichte fortsetzte, erschien Alex aus dem Nichts und ihre Blicke trafen sich. Sie errötete und hielt einen Moment lang inne, bevor sie mit ihrer Erzählung fortfuhr.

Madelines Puls raste, als sie Alex dabei erwischte, wie er sie beobachtete. Sie beendete ihre Geschichte und winkte ihm zu, aber er lächelte nur und ging weiter zum Bergfried. Als sie die Kleinen um sich herum ansah, stellte sie sich vor, wie es wäre, einen Ehemann wie Alex zu haben, und wie es wäre, eigene Kinder zu haben. Als sie nacheinander alle Jungen und Mädchen umarmte und ihnen bald eine weitere Geschichte versprach, seufzte sie und senkte den Kopf. Dieses Leben klang wunderbar, aber sie könnte es nie leben. Sie hatte die Berührung eines Mannes erlebt und wollte diese Erfahrung nie wieder machen. Wie ertrugen andere Frauen das nur?

Zum Glück hatte sie nach dieser Nacht mit Niles bereits wieder geblutet und so sehr sich Maddie auch gewünscht hatte, dass diese schreckliche Ehe niemals zustande kam, so war es Alice gewesen, die über Maddies Blutung Freudentränen vergossen hatte.

Aber vielleicht wäre es erträglicher, einen Mann wie Alex zu heiraten. Er war ein viel sanfterer Mann. Wie oft musste man sich vereinigen, um ein Kind zu machen? Vielleicht wusste

Brenna es. Obwohl sie höchstwahrscheinlich noch Jungfrau war, war sie eine Heilerin und hatte daher vielleicht bei der Geburt einiger Kinder geholfen. Vielleicht hatte sie unter den Frauen Gespräche gehört. Maddie würde einen Weg finden müssen, sie danach zu fragen.

Hör auf zu träumen. Es kann niemals sein, beharrte die grausame Stimme in ihrem Kopf. *Er kann jedes Mädchen haben, das er will. Warum sollte er dich wollen?*

Nay, sie würde in ein Kloster gehen. Sie hatte keine Wahl.

Brenna näherte sich aus der Richtung ihrer Gärten und blieb stehen, weil sie anscheinend die Sorge auf Maddies Gesicht bemerkte. „Ist alles in Ordnung, Maddie? Es muss doch etwas geben, was ich für Euch tun kann."

„Es geht mir gut, Brenna, macht Euch keine Sorgen. Darf ich Euch im Garten helfen?"

„Vielleicht morgen, Maddie. Ich denke, es ist Zeit, Euren Verband zu wechseln und mehr Salbe auf Euren Rücken aufzutragen."

Alex beugte sich über die Zinnen. Dies war sein Lieblingsplatz. Er atmete die kühle Nachtluft tief ein und hoffte, so seine aufgewühlten Gedanken zu ordnen. Als ihm bewusstwurde, dass er in der Gegend unter ihm nach einem goldenen Schopf suchte, schüttelte er verärgert den Kopf. Natürlich war Maddie nicht hier, sondern wahrscheinlich bereits in ihrem Bett.

„Alex, darf ich mit dir sprechen?"

Er drehte sich um, als Brenna näherkam. „Natürlich. Du darfst immer mit mir sprechen. Worum geht es?"

„Meintest du es ernst, was du über die Heirat mit Maddie gesagt hast?"

Alex seufzte, während er aufstand und seine Arme vor der Brust verschränkte. „Nay, Brenna, ich habe zu viele Pflichten, um Zeit zum Heiraten zu haben. Ich bezweifle, dass Madeline mich überhaupt in Betracht ziehen würde, aber ich versuche, sie besser kennenzulernen. Ich genieße es, sie in meiner Nähe zu haben, aber sie scheint das Gefühl nicht zu erwidern. Jedes Mal, wenn ich mich ihr nähere, weicht sie zurück. Ich versuche, sie nicht zu erschrecken, aber es scheint, dass ich es trotzdem tue."

„Du weißt, dass sie ein zartes Herz hat. Ich denke, sie ist im Moment einfach verwirrt. Ich hoffe, du hast nicht vor, sie wegzuschicken."

„Nay, es wäre zu gefährlich für sie, bis die Situation zwischen ihrem Bruder und Comming geklärt ist. Ich hätte die Ehe nicht erwähnen sollen, zumindest noch nicht, aber du weißt genauso gut wie ich, wie gern Robbie und Brodie mich damit aufziehen."

„Aye, sie hatten ihren Spaß mit dir. Aber es ist selten, dass ein Mädchen dein Interesse weckt, Alex. Vielleicht würde es funktionieren, wenn du versuchst, Madeline langsam zu umwerben. Ich denke, ihr würdet gut zusammenpassen, und jeder kann sehen, wie wunderbar sie mit Kindern ist. Sie ist ein süßes Mädchen."

„Aye, das sehe ich. Sie scheint sich in meiner Umgebung nicht zu entspannen, aber ich werde noch nicht aufgeben. Hat sie etwas über Comming gesagt, Brenna?"

„Nay. Wenn ich sie frage, sagt sie, dass sie noch nicht bereit ist, darüber zu reden. Sie braucht Zeit."

„Aye, ich weiß, dass sie viel durchgemacht hat. Ich werde ihr Zeit geben. Sie hat viel zu verarbeiten."

Die folgenden Tage vergingen schnell und Maddie stellte fest, dass sie erschöpft war. Sie war überrascht, wie viel sie schlief, aber ihre Energie kehrte langsam zurück. Brenna kümmerte sich um ihre Wunden und trug täglich Salbe auf. Die Zeit brachte wie immer langsam Erleichterung.

Sie saß stundenlang draußen in der Nähe des Bergfrieds und erzählte den Kleinen Geschichten. Kinder hatten ihr schon immer ein Lächeln ins Gesicht gezaubert. Sie liebte ihre Unschuld und vergaß ihre eigenen Sorgen.

Alex verbrachte die meiste Zeit damit, seine Männer auszubilden, und es quälte Maddie, dass es ihre Schuld war, dass sie auf einen möglichen Angriff vorbereitet sein mussten. Trotzdem bereute sie es nicht, sich von ihrem Bruder befreit zu haben. Ihre Tage waren hier so viel glücklicher. Sie malte Bilder, die sie beim Geschichtenerzählen verwenden konnte, und Brenna hatte ihr einige Handarbeiten gegeben, um sie zu beschäftigen.

Alle Grants behandelten sie sehr nett, auch die Bediensteten. Sie verdrängte das Unvermeidliche. Eines nicht zu fernen Tages würde sie gehen müssen. Aber wo gehörte sie hin?

An einem Morgen nach dem Frühstück überzeugte Brenna Maddie, sich ihr im Garten anzuschließen. Jennie war losgelaufen, um mit den Dienern Äpfel zu pflücken, also waren die beiden allein.

„Hier ist es friedlich, Maddie. Deshalb mag ich diesen Ort so sehr." Brenna ergriff die Hand ihrer Freundin, als sie zu dem kleinen, wunderschön angelegten Fleckchen Erde gingen.

„Aye, Brenna, es ist ein wunderbarer Ort." Maddie sah auf die goldenen Blumen, die die Außenseite des Gartens säumten. Lavendelpflanzen erfüllten die Luft mit ihrem süßen Duft. Sie pflückte eine Blume und steckte sie in ihre Locken. „Ihr müsst mir eines Tages etwas über die Pflanzen beibringen."

„Wir können gleich heute damit anfangen. Ihr könnt mir helfen, einige meiner Kräuter zu versetzen." Beide trugen alte Kleider, in denen sie gut arbeiten konnten. Es war ungewöhnlich, dass die Burgherrin sich die Hände schmutzig machte, aber Brenna hatte ihr gesagt, dass sie so entspannen könnte.

Gemeinsam jäteten sie Unkraut und setzten Pflanzen um. Maddie war überrascht, wie sehr sie es genoss, die Beete zu bearbeiten, und hoffte, dass sie eines Tages die Früchte ihrer Gartenarbeit sehen würde. Nachdem sie ein paar Stunden in der Sonne gekniet hatten, bedeutete Brenna Maddie, ihr zu folgen. „Kommt mit mir, um etwas Wasser zu trinken." Sie fanden eine Steinbank unter einem schattenspendenden Baum und tranken etwas.

Für einige Momente saßen sie still da und genossen das Geräusch des Vogelgesangs über sich und den Anblick der Grant-Ländereien, die sich vor ihnen in prächtigen Herbstfarben ausbreiteten. Maddie liebte rotes Laub und einige Bäume hatten sich bereits gefärbt.

Maddie seufzte und sah ihre Freundin an. „Wisst Ihr, welche Pläne Euer Bruder für mich hat, Brenna?"

„Ich bin mir nicht sicher, was Ihr damit meint. Das ist nicht seine Entscheidung, sondern Eure. Was möchtet Ihr tun?"

„Ich habe keine anderen Verwandten und werde Comming

niemals heiraten, daher glaube ich nicht, dass mir viele Möglichkeiten bleiben. Ich kann Euch und Eurer Familie nicht ewig zur Last fallen. Ihr habt schon so viel für mich getan. Ich denke, vielleicht ist es an der Zeit, darüber nachzudenken, ins Kloster zu gehen."

Brenna beugte sich vor und griff nach den Händen ihrer Freundin. „In ein Kloster? Maddie, warum sagt Ihr so etwas?"

„Welche andere Wahl habe ich, Brenna?" Maddies Stimme brach, als sie versuchte zu lächeln.

„Ihr könnt bei uns bleiben. Wir haben viel Platz. Vielleicht finden Alex und ich einen netten Mann, den Ihr heiraten könnt. Oder ist es Euer Wunsch, in einem Kloster zu leben?"

„Nay, ich kann nicht behaupten, dass ich mich dazu berufen fühle. Ich würde die Ruhe genießen, aber ich wäre nur glücklich, wenn es dort Kinder gäbe." Maddies Finger spielten mit ihrem Rock.

„Warum heiratet Ihr nicht einen anderen Mann? Ihr seid so wunderbar mit den Kleinen. Ihr gehört in ein Haus voller Kinder!" Brenna beugte sich vor und nahm sie in ihre Arme. „Ihr habt ein edles Herz und verdient alles Glück der Welt. Lasst Eure schrecklichen Erinnerungen hinter Euch."

„Ich liebe Kinder, aber ich bin mir nicht sicher." Maddie fand nicht die richtigen Worte und hatte Mühe, ihre Gelassenheit zu bewahren. Es war an der Zeit, ihrer Freundin die Wahrheit zu sagen.

„Worin seid Ihr Euch nicht sicher, Maddie?" Brennas Stimme wurde leiser und sie rückte ein Stückchen von Maddie ab, um sie anzusehen.

Eine Träne lief langsam über Maddies Wange. Sie schüttelte den Kopf und schlug die Hände vors Gesicht.

„Was ist?" Brenna wartete geduldig und umarmte sie erneut.

Maddie hob langsam ihren Blick, um ihre Freundin anzusehen. „Niles hat mir vor einiger Zeit Gewalt angetan. Ich bin keine Jungfrau mehr. Wer würde mich so haben wollen?"

„Oh. Maddie. Will Kenneth deshalb, dass Ihr Niles heiratet?" Brenna strich Maddie eine Haarsträhne aus den Augen.

„Nay. Niles dachte, er hätte das Recht auf meine Jungfräulichkeit, weil wir bereits verlobt waren. Als ich mich weigerte, nahm er sie sich. Es war schrecklich und jetzt weiß ich nicht, ob ich das Ehebett ertragen könnte. Nachdem Comming mir das angetan hat, habe ich mich geweigert, ihn zu heiraten." Maddie verlor schließlich die Fassung und Schluchzer erschütterten ihren Körper. „Was soll ich nur tun? Ich bin so verwirrt."

„Wie schrecklich! Habt Ihr Kenneth davon erzählt?", fragte Brenna.

„Nay, Kenneth bringt keinerlei Mitgefühl für mich auf. Er würde sagen, dass es Laird Commings gutes Recht war, schließlich bin ich seine Verlobte. Versteht Ihr mein Dilemma? Was sagt Ihr jetzt?" Sie wischte sich mit dem Ärmel die Tränen fort.

„Es beantwortet viele Fragen. Aber ich habe keine Erfahrung mit dieser Art von Situation, daher weiß ich nicht, wie ich Euch helfen kann. Aber es muss jemanden geben, der einen Rat hat. Vielleicht sollten wir mit meinem Bruder Alex sprechen."

„Nay! Es wäre mir zu peinlich, diese Angelegenheit mit Eurem Bruder zu besprechen. Bitte bringt mich nicht dazu, es ihm sagen zu müssen, Brenna. Ich werde selbst entscheiden, was zu tun ist. Wenn Vater MacGregor eintrifft, werde ich vielleicht mit ihm über die Möglichkeit sprechen, ins Kloster zu gehen."

Brenna seufzte, bevor sie sich auf die Lippe biss. „Nun gut, ich stimme zu, solange Ihr mir versprecht, Euch mindestens vierzehn Tage Bedenkzeit zu nehmen. Ihr habt zu viel durchgemacht." Brenna rieb Maddies Arm. „Besteht die Möglichkeit, dass Ihr Niles' Kind in euch tragt?"

Maddie spürte, wie ihre Wangen rot wurden, als sie auf den Boden starrte. „Nay, ich habe bereits wieder geblutet."

„Bitte vergesst nicht, was ich gesagt habe. Ihr seid herzlich eingeladen, bei uns zu bleiben." Brenna half ihr von der Bank auf und umarmte sie noch einmal kurz.

„Danke, Brenna. Ich schulde Euch und Eurer Familie so viel."

„Gern geschehen. Wir sind für Euch da. Glaubt es mir! Ich werde Euch helfen, wo ich nur kann." Sie blickte zum Himmel auf. „Ich denke, wir haben hier heute genug gearbeitet. Ich werde ein paar frische Kräuter für die Köchin pflücken und dann können wir zum Bergfried zurückkehren."

„Wenn es Euch nichts ausmacht, würde ich gern ein Weilchen allein sein, bevor ich zurückgehe." Maddie wischte sich die Tränen vom Gesicht und glättete ihr Kleid.

„Natürlich. Dann sehen wir uns im Saal wieder."

Maddie schlenderte den Hauptweg entlang, der vom Bergfried fortführte. Sie blieb kurz stehen, um die frische Herbstluft einzuatmen ... und sich zu beruhigen. Als sie sich in der Vorburg umsah, bemerkte sie einen großen Unterschied in der Burg der Grants im Vergleich zu ihrem Zuhause. Alle hier waren *glücklich*. Alle winkten oder lächelten, sogar der Schmied, und sie konnte einfach nicht anders als zurückzulächeln.

Alex musste ein sehr guter Laird sein. Die Leute respektierten ihn, was Maddie nicht verwunderte. Die Höfe und Hütten waren in gutem Zustand und nicht heruntergekommen wie viele der Gehöfte in ihrem Clan. Es fehlte nie an Essen auf dem Tisch, wenn es auch nicht opulent war, und viele seiner Leute wurden im großen Saal verköstigt.

Sie dachte daran, wie sich die Dinge in ihrem eigenen Bergfried seit dem Tod ihrer Eltern verändert hatten. Der Saal war immer makellos gewesen, solange ihre Mutter noch gelebt hatte. Jetzt war er trotz ihrer Bemühungen schmutzig. Kenneth erlaubte seinen Männern sogar, ihre Essensreste auf die Binsen im Saal zu werfen, wenn sie mit dem Essen fertig waren. Er hielt es für Maddies Aufgabe, alles sauber zu halten. Aber bei so vielen Hunden, die sich um das Futter stritten, war das unmöglich. Außerdem hatte Kenneth viele der Diener verschreckt, sodass Maddie ohne die nötigen Helfer geblieben war.

Im Essbereich des großen Saals der Grant-Burg waren keine Hunde erlaubt. Brenna hielt ihre Binsen sauber, indem sie sie mit Kräutern und getrockneten Blumen mischte, um ihre Frische zu erhalten. Das Ambiente war einfach ein ganz anderes.

Als sie den Hügel hinunterging, wanderte ihr Blick zum Übungsplatz. Sie seufzte, als sie Alex erspähte, und fühlte sich ein bisschen wehmütig wegen dem, was niemals sein konnte. Wie auf ein Stichwort drehte er sich um und ihre Blicke trafen sich. Sie wollte ihm kurz zuwinken, befürchtete aber, dass er wütend auf sie wäre, weil sie seine Arbeit unterbrach. Also schlenderte sie zu den Ställen, um die Pferde zu besuchen. Sie erinnerten sie an Mac. Die Ställe waren für sie zu Hause immer ein Ort des Trostes gewesen. Sie hoffte, dass es hier genauso sein würde.

Alex war gerade dabei, einen seiner Soldaten zu unterweisen, als sein Nacken zu kribbeln begann. Madeline musste in der Nähe sein. Er hatte sie seit Tagen nicht gesehen, aber nur ihr Blick hatte diese Wirkung auf ihn. Wut und Schmerz zugleich befielen ihn. Warum ging sie ihm immer aus dem Weg?

„Laird, habt Ihr das so gemeint? Ich glaube, ich weiß jetzt, wovon Ihr gesprochen habt." Der Kämpfer hielt sein Schwert in einer anderen Position vor Alex. „Ist das nicht richtig so?"

Alex drehte sich um und starrte seinen Mann an. Wovon redete er? Er entließ ihn mit einer Handbewegung und drehte sich um, um nach Maddie zu suchen. Doch er konnte sie nirgendwo finden. Eine ungewöhnliche Enge zog seine Brust zusammen, als er in der Vorburg nach ihr suchte. Es war nicht sicher für sie, allein hier herumzuspazieren.

Er drehte sich zu seinem Bruder um. „Robbie, ich habe etwas zu erledigen. Übernimm das Kommando, bis ich zurückkomme."

Robbie nickte und nahm die Unterweisung der Kämpfer wieder auf. „Brodie, kannst du das fassen? Ich hätte nie gedacht, dass eine Frau unseren Alex so in ihren Bann ziehen könnte."

Alex starrte seinen Bruder an. „Diese Frau hat mich nicht in ihren Bann gezogen, Robbie. Sie steht derzeit unter meiner Obhut und ich versuche lediglich, sie zu beschützen."

„Nach dem Desaster mit Anna Comming war ich mir nicht sicher, ob ich dich je wieder so sehen würde", bemerkte Brodie.

Alex stockte abrupt, machte auf dem Absatz kehrt und zeigte mit dem Finger auf Brodie. „Erwähne nie wieder den Namen dieser Frau in meiner Gegenwart. Hast du mich verstanden?"

„Aye, Laird Grant, ich verstehe", stieß Brodie hervor und starrte seinen Bruder an. „Aber da wir nicht wissen, was geschehen ist, fällt es uns schwer zu verstehen, warum du nicht darüber sprechen willst, was zwischen euch vorgefallen ist. Anna ist doch ein hübsches Mädchen."

„Es ist unwichtig, was passiert ist. Erwähne nur einfach ihren Namen nie wieder." Alex ging zu den Ställen. Er hätte seinen

Brüdern wahrscheinlich von dem Fiasko seiner Verlobung erzählen sollen, aber er wollte keine Feindseligkeit gegenüber dem Nachbar-Clan schüren. Manche Dinge wurden besser stillschweigend begraben.

Doch jetzt blaffte er sogar seine Brüder an. Was machte Maddie nur mit ihm?

KAPITEL ELF

ALEX STÜRMTE IN den Stall, nur um zu sehen, wie Maddie seinem Pferd einen Apfel fütterte. Er erstarrte beim Anblick seines Hengstes, der aus ihrer Hand fraß, während sie seinen Kopf streichelte und ihm etwas zuraunte.

„Hugh, was fällt dir ein?", rief er. „Du weißt doch, wie böse mein Pferd wird, oder hast du den Verstand verloren, alter Mann?"

Maddie erschrak über seinen Ausbruch. „Laird Grant, es ist nicht seine Schuld. Er wusste nicht, was ich hier tue."

Alex zuckte zusammen, als er Angst und Furcht in Maddies Augen sah. „Mylady", sagte er leise, „ich werde dem alten Hugh nichts tun."

Hugh lachte, als er sah, wie Maddie Alex' Pferd verhätschelte. „Wie Ihr sehen könnt, Chief, braucht Ihr Euch keine Sorgen um Maddie zu machen. Midnight erkennt eine freundliche Seele sofort. Oder fürchtet Ihr, dass er sie vielleicht mehr mag als Euch?"

Alex starrte ihn an. „Vergiss es", sagte er. „Deshalb bin ich nicht hier. Mylady, Ihr solltet nicht allein durch die Vorburg schlendern. Ich möchte nicht, dass Ihr den Saal ohne Begleitung verlasst. Niemand weiß, wann Euer Stiefbruder jemanden schicken könnte, der Euch entführen will. Meine Tore sind tagsüber geöffnet. Jeder könnte sich einschleichen."

Feuer brannte in ihren Augen, bevor sie den Kopf senkte. „Es tut mir leid, Laird. Ich war mit Brenna im Garten und dachte, ich könnte dem alten Hugh und Euren Pferden einen Besuch abstatten. Ich war gestern bei den Kindern im Vorhof und es war alles ruhig, deshalb dachte ich nicht, dass Gefahr bestehen könnte."

„Lass uns allein, Hugh", sagte Alex zu seinem Stallmeister.

Nachdem Hugh gegangen war, seufzte Alex und musterte Maddie. Er verlor sich in ihren Augen und ihren Lippen und wollte sie unbedingt küssen. Alles, woran er denken konnte, war, sie in seine Arme zu ziehen, denn ihr süßer Duft nach Weiblichkeit und Lavendel trieb ihn in den Wahnsinn. Er streckte die Hand aus, um sie zu berühren, aber sie wich zurück.

Alex schüttelte leicht den Kopf, warf einen Blick auf die Pferde und nutzte die Ablenkung, um seine Kontrolle wiederzugewinnen.

„Mylady, Ihr hattet gestern eine Gruppe um Euch. Heute seid Ihr allein. Ich möchte Euch nicht allein unter meinem Clan wissen." Alex' Stimme wurde lauter, als er fortfuhr, und die Vorstellung, dass ein weiterer Mann sie berühren und verletzen könnte, überkam ihn. „Und Ihr braucht eine Eskorte, wenn Ihr den Bergfried verlasst!" Er wusste, dass er inzwischen fast schrie, aber er wollte sie um jeden Preis beschützen. „Ihr werdet meine Befehle befolgen, Madeline MacDonald, sonst sperre ich Euch in Eurem Gemach ein!"

Madelines Augen sahen ihn eisig an. „Verzeiht mir. Ich dachte, ich sei ein Gast in Eurem Haus, keine Gefangene." Sie rannte an ihm vorbei den Hügel hinauf zum Bergfried.

Alex stemmte die Hände in die Hüften und seufzte tief.

Hugh trat hinter der Wand hervor und sagte: „Gut gemacht, Junge. Ihr habt sie nur noch weiter von Euch gestoßen." Der alte Mann kicherte und hob die Augenbrauen. „Laird, ich kenne Euch, seit Ihr ein Kind wart, und ich habe noch nie gesehen, dass ein Mädchen Euch so durcheinanderbringt. Aber es wurde ja auch langsam Zeit." Der Stallmeister klopfte ihm herzlich auf die Schulter. „Soweit ich weiß, ist sie freundlich und gutmütig. Gar nicht wie dieses andere Mädchen."

Der alte Hugh war einer der wenigen Männer, die den wahren Grund dafür kannten, warum Alex sich noch keine Frau genommen hatte.

Vor Jahren, bevor seine Eltern gestorben waren, war Alex mit Anna Comming, Niles' Schwester, verlobt worden. Er hatte sie nicht gut gekannt, aber sein Vater hatte darauf bestanden, dass Alex heiratete, um Erben zu zeugen. Nach vielen Gesprächen mit seiner Mutter hatte Alex dem Plan schließlich zugestimmt.

Bald darauf kam Comming die Grants besuchen, um Alex seine Schwester vorzustellen. Niles hatte es eilig, die Hochzeit zu feiern, da er immer nach Wegen suchte, seinen Reichtum und seinen Grund zu erweitern. Anna war eine dunkelhaarige Schönheit, aber in ihren Augen lag eine Kälte, der Alex nicht vertraute. Es war der alte Hugh gewesen, der Alex vor einem katastrophalen Fehler bewahrt hatte. Er hatte ihn eines Nachts in den Stall gerufen – gerade rechtzeitig, um seine Verlobte auf frischer Tat zu ertappen. Alex fand Anna in all ihrer Pracht, wie sie vom Stellvertreter ihres Bruders im Heu besprungen wurde. Beide wussten, dass er zusah, aber sie hörten nicht auf. Stattdessen hatte Anna ihn über die Schulter ihres Geliebten angelächelt und ihn näher gewunken. Aber was ihn am meisten abgestoßen hatte, war der Anblick von Niles, der grinsend in einer Ecke stand und zusah, während er einer von Alex' Mägden brutal die Brüste quetschte.

Alex hatte sein Schwert gezogen, aber Niles war unbewaffnet gewesen. Also hatte er nur geknurrt: „Ihr und Eure Leute seid bei Morgengrauen von meinem Land verschwunden." Nur aus Respekt vor seiner Mutter hatte er davon abgesehen, sie alle auf dem Boden der Grants zu töten.

Die Magd war verschreckt gewesen, aber Alex hatte sie nach Hause begleitet, mit ihren Eltern gesprochen und Vorkehrungen getroffen, um sicherzustellen, dass sie nicht in Gefahr war.

Er hatte niemandem von dieser schrecklichen Nacht erzählt, nicht einmal seinem Vater. Er hatte ihn lediglich darüber informiert, dass die Verlobung gelöst worden war, und sein Vater hatte ihm genug vertraut, um nicht weiter nachzufragen.

Madeline war die erste Frau, die seitdem die harte Schale um sein Herz durchbrochen hatte. Sie war überhaupt nicht wie Anna, deren Augen kalt und berechnend gewesen waren. Maddies Augen waren unergründlich und mitfühlend. Sie war unschuldig und es war seine Pflicht, sie zu beschützen. Und doch konnte er sich nicht davon überzeugen, dass er nur ihr Beschützer war. Wenn er sie nur einmal in seinen Armen halten und ihre Lippen kosten könnte, wäre sein Verlangen vielleicht gestillt.

„Hugh, es ist egal, was ich tue, es ist immer falsch für Madeline. Sie rennt vor mir davon wie ein scheues Reh. Ich glaube nicht, dass sie sich für mich interessiert."

„Vielleicht würde sie Euch an sich heranlassen, wenn Ihr aufhören würdet, das Mädchen anzuschreien. Ihr müsst sie mit Freundlichkeit behandeln, Laird. Ich weiß, dass Ihr das könnt. Hört auf, sie so zu behandeln, als wäre sie einer Eurer Soldaten."

„Sie ist so schön, dass es mich um den Verstand bringt."

Hugh lachte und klopfte ihm auf die Schulter. „Aye, das sehe ich. Versucht, sanft mit Ihr zu sprechen, Alex. Sie ist ein empfindliches Geschöpf."

Alex sattelte Midnight und ritt durch die Tore, gefolgt von ein paar seiner Wachen. Maddie war ihm ein Rätsel. Sie weckte Gedanken und Gefühle in ihm, die er noch nie zuvor erlebt hatte. Was wollte er? War er bereit, eine Frau zu nehmen? Würde es seine Führungsfähigkeiten gefährden, wenn er so starke Gefühle für sie hegte? Er genoss es, an Madeline zu denken und sie sich in seinen Armen vorzustellen. Aber er erkannte auch, dass sie noch nicht bereit war.

Er galoppierte mit Midnight zum See, der zu dieser Jahreszeit normalerweise verlassen war, da das Wasser kalt war. Nachdem er Maddie vor diesem Heuhaufen angesehen hatte, war kaltes Wasser genau das, was er jetzt brauchte.

Wagte er es, jemand anderem sein Herz zu öffnen? Er sah keine Ähnlichkeiten zwischen den beiden Frauen und hoffte, dass er sich nicht in Madeline täuschte. Sie war die einzige Frau, die ihn von seinen Pflichten als Laird ablenken konnte. Vielleicht war das nicht gut, aber er konnte sich einfach nicht bremsen.

KAPITEL ZWÖLF

SOBALD MADDIE DEN großen Saal erreichte, floh sie die Treppe zu ihrer Kammer hinauf. Brennas Dienstmädchen klopfte, kurz nachdem sie die Tür verschlossen hatte.

„Wenn es nicht zu viel Mühe bereitet, Fiona, wäre ich für ein heißes Bad dankbar."

„Natürlich, Mylady." Fiona knickste und ging, um einen Zuber und heißes Wasser zu bringen.

Madeline ließ sich auf ihren Stuhl fallen. Sie konnte die Tränen nicht länger zurückhalten. Laird Grant wollte sie einsperren. Was sollte sie tun? Sie würde den Verstand verlieren, wenn er sie zwingen würde, in ihrer Kammer zu bleiben. Männer machten ihr Angst, weshalb sie die Idee, von mehreren fremden Männern auf Schritt und Tritt begleitet zu werden, gar nicht guthieß. Wie konnte sie ihnen vertrauen? Dass sie dem Clan Grant angehörten, war noch lange keine Garantie dafür, dass sie sie mit Respekt behandeln würden. Und selbst dann wären sie ihr wahrscheinlich viel zu nah, als dass sie sich wohlfühlen könnte.

Kenneths Männer hatten sie oft angestarrt und sie in Verlegenheit gebracht und sie ging davon aus, dass Alex' Männer sich genauso verhalten würden. Wollte sie wirklich ihr Leben in Angst verbringen? Dann könnte sie genauso gut ins Kloster gehen. Zumindest müsste sie dort nicht befürchten, noch einmal von einem Mann begrapscht zu werden.

Es überraschte sie, dass Alex sie nie sonderlich erschreckte. Nicht einmal dann, wenn er tobte. Und als sie auf Midnight zur Burg geritten waren, hatte seine Berührung ihr nichts ausgemacht. Ganz im Gegenteil. Sie hatte es genossen, seine Arme um sich zu haben. Sie hatte sogar ihre Hand auf seinen Arm gelegt, ohne zusammenzuzucken. Sie verstand das nicht.

Es klopfte an der Tür und zwei Diener eilten mit dem Zuber und ein paar Eimern mit dampfendem Wasser herein. Maddie wandte den Kopf ab und trocknete ihre Tränen. Nachdem sie gegangen waren, wollte sie die Tür gerade verriegeln, als sie ein Klopfen vernahm.

Sie öffnete die Tür und sah, wie die kleine Jennie sie anlächelte. „Darf ich reinkommen, Maddie?"

„Natürlich, Jennie, ich wollte gerade ein Bad nehmen, aber du kannst bleiben und mir Gesellschaft leisten."

Jennie trat ein und Maddie verriegelte die Tür hinter sich. Sie zog ihre schmutzigen Kleider aus, zog die Stoffstreifen vom Rücken und stieg in den Zuber. „Oh, das fühlt sich so gut an!"

Jennie wusch Maddies Rücken und war für ein so kleines Mädchen sehr behutsam.

„Tun Eure Wunden immer noch weh, Maddie? Habt Ihr deshalb geweint?" Jennies unschuldige Neugier spiegelte sich in ihren Augen wider.

„Nay, Jennie, sie tun nicht genug weh, um mich zum Weinen zu bringen, aber manchmal schmerzen sie noch."

„Warum habt Ihr dann geweint? Gefällt es Euch hier nicht?"

„Ich scheine in letzter Zeit zu viel zu weinen. Ich bin hier sehr glücklich, meine Kleine, aber dies ist nicht mein Zuhause. Meine Gefühle sind so widersprüchlich, dass ich nicht mehr weiß, was in mir vorgeht. Aber ich bin so froh, dass du mich besuchst. Warum erzählst du mir nicht mehr über deine Haustiere?" Maddie war es unangenehm, ihre Gefühle mit einer so jungen Person zu besprechen, und hoffte, das Mädchen mit ihrer Frage abzulenken.

„Alex hat mir meinen ersten Welpen geschenkt, nachdem Mama in den Himmel gekommen ist. Wir haben das Hündchen Hope genannt. Papa sagte, dass Mama dieser Name gefallen würde. Nachdem mein Papa auch in den Himmel gekommen ist, schenkte mir Alex Faith, weil er sagte, meine Eltern würden durch die Hunde auf mich aufpassen. Er sagte, sie würden nie von meiner Seite weichen. Ich habe Hope und Faith sehr lieb. Sagt es Alex nicht, aber sie schlafen manchmal bei mir. Brenna weiß es, aber sie verrät es nicht."

Jennies Lächeln war ansteckend. Es war wundervoll, was Alex für seine Schwester getan hatte. Sie konnte nicht glauben, dass ein Mann so einfühlsam sein konnte, einem kleinen Mädchen zu helfen, mit dem Verlust ihrer Eltern umzugehen, indem er ihr ein Hündchen schenkte. Sie schüttelte bei dem Gedanken den Kopf und konnte sich nicht vorstellen, dass Kenneth oder Niles jemals so aufmerksam mit ihren Mitmenschen sein könnten.

„Jennie, ich kann mir vorstellen, dass du deine Mutter sehr vermisst. Es ist immer schwierig, die eigenen Eltern zu verlieren, aber du bist so jung", flüsterte Maddie, als sie Jennie durch tränennasse Wimpern ansah.

„Aye, ich vermisse meine Eltern sehr. Manchmal träume ich davon, auf dem Schoß meines Vaters zu sitzen oder meine Mama zu umarmen. Das sind meine Lieblingsträume, weil ich sie nach dem Aufwachen immer noch fühlen kann. Aber Alex, Brenna, Brodie und Robbie sind sehr gut zu mir. Ich weiß, dass sie mich manchmal verwöhnen, aber ich mag es. Versprecht mir, dass Ihr mein Geheimnis nicht preisgeben werdet, Maddie. Ich mag es, wenn sie mich verwöhnen. Besonders Alex. Er ist so groß, wie mein Papa es war. Er lässt mich immer auf seinem Schoß sitzen und manchmal tue ich so, als wäre er mein Vater, obwohl ich weiß, dass er es nicht ist. Einige der Diener sagen mir, dass ich zu groß bin, um auf seinem Schoß zu sitzen, aber es ist mir egal. Ich fühle mich dort immer sicher."

Maddie konnte nicht anders, als zu seufzen. Es stimmte. Alex war stark und Trost spendend, zärtlich und gleichzeitig beschützerisch. Als Maddie auf seinem Pferd mitgeritten war, hatte sie das seltsame Gefühl gehabt, in Alex' Arme zu gehören. Dort war sie in Sicherheit, genau wie Jennie es beschrieb. Nur hatte sie sich das bis jetzt nicht eingestanden. Aber wie dem auch war, ihr Traum konnte niemals wahr werden ...

Maddie zwinkerte der lächelnden Jennie zu. „Nun, jetzt hast du einen weiteren Schoß, auf den du dich setzen kannst, mein Mädchen. Du kannst immer gern auf meinem Schoß sitzen. Ich glaube nicht, dass du zu alt dafür bist."

Jennie half Maddie aus der Wanne und reichte ihr ihre Kleider. „Ich hoffe, es gefällt Euch hier, Maddie. Ich möchte, dass Ihr bei uns bleibt. Ihr könnt zu unserer Familie gehören. Bitte sagt, dass Ihr bleiben werdet."

Maddie trocknete sich ab und sah zu Jennie. Sie wollte das

Mädchen nicht anlügen. „Ich hoffe, dass die Dinge besser werden, mein Mädchen. Du warst mir eine große Hilfe, aber ich denke, es ist Zeit, dass wir uns für das Abendessen vorbereiten. Ich werde mich anziehen und in den Saal kommen, sobald ich fertig bin. Danke, dass du mir Gesellschaft geleistet hast."

KAPITEL DREIZEHN

KENNETH KAM ETWA anderthalb Tage, nachdem er seine Burg verlassen hatte, mit seinen Männern in der Burg der Commings an. „Was ist Euer Begehr?", verlangten die Wachen am Torhaus zu wissen.

„Öffne das verdammte Tor oder ich werde dich persönlich auspeitschen, sobald ich reinkomme!", brüllte er den Wachmann an. „Ich muss sofort mit Comming sprechen. Es gibt Probleme."

Nach Rücksprache mit Commings Stellvertreter führten die Wachen Kenneth und seine Männer in die Vorburg. Dort ließen sie ihre Pferde im Stall zurück und gingen zum großen Saal.

„Nur Ihr und Euer Kommandant, der Rest muss draußen warten", bellte Commings Mann. Kenneth überließ Iain die Leitung der Männer und bedeutete Egan, mit ihm zu gehen.

Oh, wie er es hasste, Befehle von Menschen entgegenzunehmen, die unter ihm standen. Für wen hielten sich diese niederen Leute? Wussten sie nicht, wer er war?

Immerhin war er der Laird der MacDonalds, was an sich schon eine amüsante Geschichte war. In seinen Adern floss genauso viel MacDonald-Blut wie in den Adern von Niles Comming. Die Unverfrorenheit seiner Mutter war erstaunlich gewesen.

Die Eltern seiner Mutter hatten vor Jahren eine Taverne besessen. Seine Großeltern hatten ihre einzige Tochter, Mildred, seine Mutter, fast jeden Tag arbeiten lassen, seit sie fünf Jahre alt war. Er schmunzelte, denn seine Mutter war sehr viel besser darin, Befehle zu erteilen als zu arbeiten. Als sie ungefähr fünfzehn Jahre alt gewesen war, hatte seine Mutter entschieden, dass sie nicht mehr in der Taverne arbeiten wollte. Sie hatte es satt, Böden zu scheuern, Töpfe zu schrubben und Bettwäsche zu waschen. Bei all den Männern, die in der Taverne ein und aus gingen, hatte sie gelernt, dass sie in der Horizontalen sehr viel mehr verdienen konnte.

Sie hatte ein Auge auf den Laird der MacDonalds, James, geworfen. Er war groß und gutaussehend und sie hatte geglaubt, ihn dazu bringen zu können, sie zu heiraten. Eines Abends tranken mehrere Lairds in der Taverne und sie schenkte dem Chief der MacDonalds ihr süßestes Lächeln, während sie ihm den stärksten Whisky ihres Vaters einschenkte. Als James in seine Kammer hinaufstieg, folgte sie ihm und bot sich ihm an. Laird MacDonald war mehr als willig, hätte es da nicht ein kleines Problem gegeben: Er war ohnmächtig geworden.

Doch selbst das war für Mildred nur ein kleiner Stolperstein gewesen. Als es ihr kurz darauf gelang, schwanger zu werden, schob sie Laird MacDonald die Verantwortung zu.

Kenneths Mutter und ihr Vater waren klug genug gewesen, um den Laird vor seinesgleichen zur Rede zu stellen, und obwohl sich der Clan-Chief der MacDonalds außer an Mildreds Gesicht nicht an viel anderes erinnern konnte, gab er schließlich nach und gab zu, dass das Kind seines sein könnte. Er willigte vor Zeugen ein, dass Mildreds Sohn der MacDonald-Erbe sein würde, wenn seine Frau ihm keine Söhne gebären würde. Kenneth kicherte vor sich hin. Seine Mutter hatte ihn jeden Tag daran erinnert, dass er angeblich edlen Blutes war und es verdient hatte, zur herrschenden Klasse zu gehören. Und ihr Plan war schließlich aufgegangen.

Nur Maddie stellte ein Problem dar. Nun, da sie geflohen war, wusste Kenneth nicht, wie er mit Niles Comming fertigwerden würde.

Wenige Augenblicke später stapfte Niles die Treppe herunter. „Ich hoffe, dass es um etwas Wichtiges geht, MacDonald. Was ist das Problem?"

„Maddie ist verschwunden. Ich musste neulich Abend den Bergfried verlassen, nachdem in einer Hütte Feuer ausgebrochen war. Als ich zurückkam, war sie verschwunden. Sie muss entführt worden sein."

„Entführt? Habt Ihr eine Lösegeldforderung erhalten, Ihr Narr? Wie kann Euch ein simples Frauenzimmer wie Maddie entwischen? Ihr solltet sie besser schleunigst finden!", brüllte Niles Kenneth an.

„Es gibt noch keine Lösegeldforderung. Aber wer sonst sollte sie wollen? Sie ist wertlos.“

„Sie ist wertlos? Sie ist eine hübsche Frau und mir hat gefallen, was ich mir von ihr genommen habe. Ihr habt sie mir versprochen!“

„Sie ist wahrscheinlich davongelaufen. Ihr habt die Laken so blutig gelassen, als hättet ihr gleich fünf Mädchen entjungfert. Was um alles in der Welt habt Ihr mit ihr gemacht? Ihr habt sie verängstigt und jetzt weigert sie sich, Euch zu heiraten.“

„Sie weigert sich?“ Comming streckte die Hand aus und packte Kenneth am Hals. „Ihr solltet sie besser finden. Wir haben eine Vereinbarung, und ich beabsichtige nach wie vor, sie zu meiner Frau zu machen. Ich kann sie bändigen, im Gegensatz zu Euch, wie ich sehe.“ Niles ließ Kenneth los und stieß ihn durch den Raum. Dann stapfte er im Saal hin und her und raufte sich die Haare.

„Vielleicht hat ein anderer kleiner Clan der MacDonalds sie. Sie waren Eurem Vater alle treu ergeben. Oder vielleicht versucht sie, nach England zurückzukehren. Ihre Magd ist Engländerin, nicht wahr?“

„Wir haben bereits die anderen Landhäuser der MacDonalds überprüft, aber niemand hat sie gesehen“, sagte Kenneth und rieb sich die Kehle. „Ich habe ihre Magd bewusstlos geprügelt, aber sie konnte mir nichts sagen. Ich hatte gehofft, Ihr hättet eine Idee. Ihr kennt die Clans in der Gegend besser als ich.“

„Der Einzige, den ich kenne, der dumm genug wäre, uns herauszufordern, ist Alexander Grant. Er hat es nie verwunden, meine Schwester zu verlieren, und ich hörte, dass er in der Gegend war. Vielleicht will er sich rächen.“ Niles fuhr sich mit der Hand über das Kinn. „Er muss es gewesen sein. Er weiß, dass ich der beste Schwertkämpfer in ganz Schottland bin. Er würde mich gern loswerden.“

Kenneth hob eine Augenbraue. „Seid Ihr Euch dessen sicher?“

„Habt Ihr über unsere Verlobung gesprochen? Wenn der Chief der Grants davon weiß, dann könnte er es gewesen sein. Ich habe Euch doch gesagt, dass Ihr den Mund halten sollt, bis alles in trockenen Tüchern ist. Wir hätten heiraten sollen, als ich dort war. Es war Eure Idee zu warten.“

Kenneth wehrte den Vorwurf schnell ab. „Ich habe niemandem davon erzählt, aber die Diener klatschen, wie Ihr wisst. Und wir hätten die Hochzeit sehr wohl vollziehen können, wenn die Braut sich auf den Beinen hätte halten können, Ihr Trottel." Niles brauchte nicht zu erfahren, dass er Alex Grant gegenüber die Verlobung erwähnt hatte.

Niles starrte Kenneth an und grinste. „Ah, vielleicht war ich etwas barsch dafür, dass es das erste Mal war. Aber sie wird schon lernen, mir gefügig zu sein." Niles lächelte und sein Blick schweifte in die Ferne. Er schüttelte den Kopf, bevor er sich wieder Kenneth zuwandte. „Vielleicht sollten wir morgen die Gegend absuchen und sehen, was wir herausfinden können. Aber wenn Maddie davongelaufen ist, wird sie es bereuen."

Kenneth runzelte die Stirn. Der bloße Gedanke, dass sie weggelaufen war, machte ihn wütend. Wenn sie sie fanden, würde er sie zum Schreien bringen. Verdammt, wie sehr es ihn nervte, wenn sie still blieb. Sie ertrug Schlag für Schlag, ohne einen Mucks von sich zu geben. Das war doch unnatürlich.

Kenneth wandte sich an Egan. „Sag Iain, dass wir morgen früh aufbrechen. Die Männer sollen sich für die Nacht hier niederlassen."

Er musste zugeben, dass Maddie abgehärtet war. Oder war er schwach geworden?

Wie dem auch war, er würde das wieder in Ordnung bringen.

KAPITEL VIERZEHN

MADDIE BETRAT DEN großen Saal, in dem Brenna und Jennie bereits am Tisch saßen. Der Saal war voller Grant-Krieger und anderer Familien aus dem Clan, aber statt einen überfüllten Eindruck zu machen, war die Stimmung einladend. Der große Saal war sehr schön, warm und freundlich. Die Binsen auf dem Boden waren sauber und frisch. An den Wänden hingen mehrere dicke, bunte Wandteppiche. Sie erkannte einen, an dem ihre Mutter damals mit Brennas Mutter gearbeitet hatte. Sie waren alle beeindruckend und viele von ihnen zeigten das Land der Grants zu verschiedenen Jahreszeiten. Der Teppich mit dem schneebedeckten Tal war ihr Favorit. Sie warf einen Blick auf den Kamin. In der Nähe des Feuers standen mehrere Stühle, alle mit weichen Kissen.

Niemand an den Esstischen schimpfte unzufrieden, während alle auf das Essen warteten. Die große, ausgelassene Gruppe wartete geduldig und Freunde und Familie unterhielten sich. So vieles war hier anders als in ihrem Zuhause – es gab keine lauten Gemeinheiten, die durch den Flur hallten, keine unzüchtigen Worte oder Berührungen, die den Dienerinnen aufgezwungen wurden, und niemand spuckte auf die Binsen.

Maddie setzte sich Brenna gegenüber und Jennie gesellte sich schnell zu ihnen. Die Grant-Männer saßen am Feuer, tranken Bier und unterhielten sich mit den Wachen, aber Alex' Blick begegnete ihrem quer durch den Raum. Er kam sofort zu ihrem Tisch und seine Brüder folgten ihm. Alex verbeugte sich höflich und sah Maddie in die Augen. „Mylady, Ihr seht heute Abend sehr schön aus."

Maddie nickte und murmelte: „Danke, Laird Grant." Sie trug eines von Brennas hellgrünen Kleidern. Der grüne Ton stand ihr gut und das Kleid schmeichelte ihren Kurven. Sie errötete bei dem Kompliment und hoffte, dass Alex nicht nur höflich sein wollte.

Aber sofort rügte sie sich für diesen Gedanken. Welchen Unterschied machte es? Obwohl er ihr das Gefühl gab, in Sicherheit zu sein, war er ein kontrollsüchtiger Rohling, und das durfte sie nicht vergessen. Sie warf einen Blick auf die anderen Männer im Raum, fühlte sich plötzlich überwältigt und starrte auf ihre Hände.

Es machte deshalb einen Unterschied, weil es lange her war, dass es jemanden interessiert hatte, wie sie aussah. Niemand zuhause kümmerte sich um sie, außer ihrer Magd, sodass ihr Aussehen für sie keine Rolle mehr spielte. Außerdem würde Kenneth keine einzige Münze für ein Kleid für sie ausgeben, wenn er das Geld für sich selbst ausgeben konnte. Jetzt dachte sie auf einmal an Alex, wenn sie sich ankleidete. Natürlich wusste sie, dass das töricht von ihr war. Er hatte kein Interesse an ihr, außer vielleicht, wenn er ihr Befehle erteilen wollte.

Aber sie wollte von jemandem zur Kenntnis genommen werden.

Alex setzte sich rechts neben sie und streifte sie dabei kurz. Maddie zog ihre Arme dicht an ihren Körper und ihre Haut brannte von der Berührung. Der Gedanke an all die starken Wachen, die im Flur saßen, überwältigte sie erneut, aber dann stieg ihr der Geruch von Alex und seiner Seife in die Nase. *Du bist in Sicherheit. Er würde nicht zulassen, dass dich jemand verletzt.* Sie atmete tief ein, konzentrierte sich auf den Mann neben ihr und ließ sich von seiner beruhigenden Präsenz erfüllen. Kühn warf sie durch ihre Wimpern einen Blick auf sein Profil, während er mit seiner Schwester sprach. Wie konnte ein Mann sie gleichzeitig vollkommen und wie in tausend Stücke zersprungen fühlen lassen? Mit welchem Zauber hatte er sie belegt? Sie spürte den überwältigenden Drang, ihm eine Haarsträhne aus dem Gesicht zu streichen, und unterdrückte ein Keuchen bei den vielen Gedanken, die ihr durch den Kopf gingen. Wollte sie ihn tatsächlich berühren?

Die Erinnerung daran, wie sich seine warmen Arme um ihre Taille angefühlt hatten, überflutete sie. Selbst in diesem Moment hatte seine Anwesenheit sie getröstet. Seine Berührung hatte sie nicht bedroht, sondern sie beschützt.

Doch jetzt wollte er sie zu seiner Gefangenen machen und das konnte sie nicht ertragen, ganz egal wie edel seine Absichten auch sein mochten.

Alex bemerkte, dass Maddie vor ihm zurückwich, als er sich neben sie setzte. Es konnte nicht offensichtlicher sein, obwohl sie ihn hier am Tisch wenigstens nicht stehenlassen konnte. Hugh hatte recht. Alex hatte die Dinge heute im Stall nur verschlimmert, aber er nahm sich fest vor, sich von nun an besser zu benehmen.

Das Mädchen war ein so lieblicher Anblick. Das grüne Kleid, ihre langen goldenen Locken und ihre blauen Augen raubten ihm fast den Verstand. Er war entschlossen, sich mehr Mühe zu geben. *Liebliche Worte für ein liebliches Geschöpf,* hatte der alte Hugh gesagt. Alex kratzte sich am Kopf, als er versuchte, sich an den Rat des alten Mannes zu erinnern. Oder waren es sanfte Worte für ein sanftes Geschöpf gewesen? Verdammt. Wie sollte er sich solch einen Unfug merken? Er hatte wichtigere Dinge zu tun, als über seine Worte zu meditieren. Konnte das Mädchen denn nicht verstehen, welche Prioritäten er hatte?

Ihre Blicke trafen sich wieder und er beschloss, einen Versuch zu starten. Aber es war so schwer, klar zu denken, wenn ihr süßer Duft seine Nase erfüllte.

Der Rest der Männer nahm ihre Plätze ein und Brenna bedeutete den Dienern, das Essen aufzutragen – ein Festmahl aus Geschmortem und Platten mit braunem, knusprigem Brot und Bratäpfeln.

Robbie sprach zuerst. „Also, Mylady, wie gefällt Euch unser Zuhause? Wir hoffen alle, dass Ihr bei uns bleibt. Oder habt Ihr andere Pläne?"

Alex schaltete sich schnell ein. „Sie bleibt bei uns." Er drehte sich abrupt um und lächelte Maddie an. *Sanfte Worte für ein sanftes Wesen.*

Jennie sprang von ihrem Sitz auf und klatschte in die Hände. „Oh aye, ich bin so glücklich, Maddie. Ich möchte, dass Ihr bleibt!"

Maddie räusperte sich leise, bevor sie sprach. „Ihr wart alle wunderbar zu mir, aber ich fürchte, dass ich Eure Gastfreundschaft nicht auf ewig ausnutzen darf. Sobald ich sicher bin, dass Kenneth mir keine Probleme mehr bereiten wird, werde ich irgendwo meinen Platz finden." Sie warf ein schwaches Lächeln in die Runde und fing an, an ihrem Essen zu knabbern.

Alex wartete, ob jemand anderes etwas erwidern würde. Sahen die anderen denn nicht, dass sie hierhergehörte? Sie gehörte zu ihm. Er musterte die Gesichter seiner Familie, aber ihm schlug nur Stille entgegen und seine Geschwister sahen ihn erwartungsvoll an.

Sie dachten also, dass er derjenige sein sollte, der ihr antwortete.

Nach ein paar Minuten seufzte er und wandte sich an Maddie. „Mylady, Ihr gehört hierher. Ich will nichts davon hören, dass Ihr fortgeht."

So, damit sollte die Sache doch geregelt sein. Sie sollte nun keine Zweifel mehr haben, wo sie hingehört. Hugh würde ihm sicherlich zustimmen, dass seine Erwiderung weich genug war. Er hatte fast geflüstert. Er war sich sicher, dass Maddie seine Entscheidung akzeptieren und ohne weitere Widerworte zustimmen würde, zu bleiben. Alex lächelte zufrieden und war überzeugt, dass sein Entschluss unumstößlich war.

Vier Gesichter wandten sich sofort Maddie zu. Alex runzelte die Stirn und starrte seine Familie an. Was hatten sie denn nun schon wieder an ihm auszusetzen? Ihre Blicke irritierten ihn. Er sah zu, wie Maddie noch ein paar Happen aß. Ihre Haut wurde rot, aber warum nur? Sicher freute sie sich doch darüber, dass sie ein neues Zuhause gefunden hatte. Er grinste über seinen Erfolg und musste sich zurückhalten, um nicht seinen Arm um ihre Schultern zu legen und sie an sich zu ziehen.

„Es tut mir leid, Laird Grant, aber ich werde nicht dort bleiben, wo ich wie eine Gefangene behandelt werde."

Es herrschte Totenstille an der Tafel und Alex klappte die Kinnlade herunter. Eine Gefangene? Wie kam sie denn darauf? Er starrte erst Maddie an und dann die anderen, die sich um den Tisch versammelt hatten. Er verweilte bei Jennie, denn er kannte ihren Gesichtsausdruck nur zu gut. Bald würden Tränen folgen.

Die kleine Jennie schaute mehrmals zwischen Alex und Maddie hin und her, bevor sie herausplatzte: „Alex, du hast Maddie heute zum Weinen gebracht. Du musst es gewesen sein. Warum bist du so gemein zu ihr?" Tränen traten ihr in die Augen und sie starrte ihn grimmig an.

Alex erstarrte verwirrt. *Wovon zum Teufel spricht sie?*

„Wenn Ihr mich entschuldigt, ich fühle mich nicht gut", sagte Maddie und erhob sich langsam.

Alex war keine Sekunde später auf den Beinen und legte all die Sanftheit, zu der er fähig war, in seine Geste, als er nach ihrem Arm griff.

Maddie wich trotzdem von ihm zurück und starrte ihn mit einem schwer zu beschreibenden Gefühl in den Augen an.

„Mylady, es tut mir leid. Würdet Ihr mich bitte auf einen Spaziergang nach draußen begleiten?"

Madeline streckte ihr Kinn vor und wandte den Blick von ihm ab. „Seid Ihr sicher, dass es nicht gefährlich für mich ist, mit nur einem Mann nach draußen zu gehen?"

Er war selbst schuld, dass sie seine voreiligen Worte nun gegen ihn einsetzte, aber er wollte sich ihr dadurch nur noch dringender erklären. „Bitte, Mylady, wir müssen reden."

Maddie nickte und ging zur Tür. Der ganze Saal verstummte, als Alex ihr folgte und ihren Arm auf seinen legte. Sie zuckte ein wenig zusammen, ließ sich dann aber auf seine Berührung ein. Er drückte leicht ihre Hand, was seine Art war, ihr zu verstehen zu geben, dass er wusste, dass dies für sie nicht einfach war, und führte sie hinaus.

Sie schlenderten ein paar Minuten lang schweigend in Richtung der Gärten und lauschten dem Ruf einer Eule in der Ferne. Vollmondlicht erhellte die Nacht. Maddie fröstelte ein wenig und schmiegte sich an ihn. Er war erstaunt, schlang aber seinen Arm um sie und verfluchte sich dafür, dass er nicht gemerkt hatte, dass es wahrscheinlich zu kalt für ihre zarte Haut war. Er rieb seine Hand über ihren Arm, um sie zu wärmen.

„Ich muss mich für meine schroffe Art vorhin entschuldigen." Alex suchte stammelnd nach den richtigen Worten, denn er wollte keinen weiteren Fehler begehen.

Sie blieb stehen und drehte sich zu ihm um. „Es ist nicht nötig, dass Ihr Euch entschuldigt, aber es wäre vielleicht das Beste, in ein Kloster zu gehen. Wann kommt Euer Priester zu Besuch?

Ich hoffe, er kann mir helfen."

Alex konnte nicht glauben, was er da hörte. Er spürte einen seltsamen, schmerzhaften Ruck in seinem Herzen beim Gedanken daran, dass sie ihn verlassen wollte – um ausgerechnet in ein Kloster zu gehen.

„Ich denke, dass wir die Formalitäten hinter uns lassen können, Madeline. Nennt mich Alex. Und wie kommt Ihr nur auf eine solche Idee?"

„Wie Ihr wollt, *Alex*. Ich kann nicht für immer hierbleiben. Ihr wisst, dass ich Euch sehr dankbar für alles bin, was Ihr für mich getan habt, aber es wäre nicht richtig, Eurer Familie weiter zur Last zu fallen."

Er suchte in seinen Gedanken verzweifelt nach einem vernünftigen Argument dafür, warum sie bei ihm bleiben musste, aber er fand keines. Er war zu betrübt über die Vorstellung, sie zu verlieren.

„Ihr gehört nicht in ein Kloster."

„Wie könnt Ihr so etwas sagen? Ihr kennt mich nicht." Sie blieb stehen und sah fragend zu ihm auf.

Wieder hatte er keine Antwort. Diese Verbindung, die er fühlte, konnte er nicht erklären. Sie war in seinem Herzen und er hatte noch nie viel über Herzensangelegenheiten nachgedacht. Aber vielleicht gab es eine andere Möglichkeit, zu erklären, was er fühlte.

Also beugte er sich vor und strich sanft mit seinen Lippen über ihren Mund. Sie wich nicht zurück, daher umfasste er zärtlich ihr Gesicht mit seinen Händen und berührte wieder leicht ihre Lippen mit seinen. Diesmal zuckte sie für einen Moment zurück, aber er hatte keine Zeit zu reagieren, bevor sie sich wieder an ihn schmiegte. Sein Herz machte einen Freudensprung und er küsste sie erneut. Als er ihre Süße schmeckte, stöhnte er und sein Kuss wurde leidenschaftlicher. Er berührte mit ihren Fingern ihr Kinn, um sie dazu zu bringen, ihm ihren Mund zu öffnen. Sie schlang ihre Arme um seinen Hals. Seine Zunge streifte ihre kurz.

Alex wusste, dass er aufhören sollte, denn Maddie war ein unschuldiges Mädchen und dies könnte ihr erster Kuss sein, aber sie fühlte sich so gut in seinen Armen an. Seine Hände wanderten über ihren Rücken und er griff nach ihr und zog sie fest an sich. Doch sobald er es tat, wusste er, dass es ein Fehler gewesen war, denn ihr ganzer Körper versteifte sich und ihre Arme stemmten sich gegen seine Brust.

„Nay!", stieß Maddie hervor und trommelte mit den Fäusten gegen Alex' Brust. „Lasst mich in Ruhe!" Tränen liefen über ihre Wangen, als sie sich von ihm losriss.

Alex packte sie sanft an den Handgelenken und flüsterte: „Maddie, es ist schon gut. Ich werde aufhören." Er sah sie an und ihm wurde flau im Magen, als er schiere Angst in ihren Augen erkannte. Angst, die er in ihr geweckt hatte. „Maddie, bitte, ich werde dich nicht verletzen."

Maddie sah zu Alex auf und erkannte, was passiert war. Ihre Gedanken waren zu Niles Comming zurückgekehrt. Gedemütigt schloss sie die Augen. Alex muss sie für verrückt halten. Sie sank gegen seine Brust, schluchzte und verlor die Fassung. Seine Arme zogen sie näher und er sprach beruhigende Worte, während er ihr Haar streichelte. Sie schlang ihre Arme um ihn und vergrub ihr Gesicht in seiner Wärme. Sie glaubte nicht, dass sie jemals in der Lage sein würde, mit dem Schluchzen aufzuhören.

Doch als sie dann innehielt, um darüber nachzudenken, was gerade passiert war, war sie aufgeregt. Alex hatte sie geküsst und sie hatte es gemocht, mehr als sie es jemals für möglich gehalten hätte.

Just in diesem Augenblick brach am Tor Tumult aus und ein Schrei unterbrach ihre Umarmung.

„Holt den Laird!"

Madeline zog sich von Alex zurück und wollte zurück zur Burg, doch Alex hielt sie zurück. „Nay, Ihr werdet bei mir bleiben."

„Ich kann nicht, Alex, ich kann einfach nicht!" Sie wehrte sich und wollte unbedingt von ihm fort. Wie konnte sie ihm das nur erklären?

„Nay, Ihr müsst lernen, mir zu vertrauen, Maddie."

Sie dachte eine Sekunde darüber nach und schüttelte dann den Kopf.

Alex' Stimme wurde leiser, als er ihre Wange streichelte. „Immer, Maddie, ich werde Euch immer beschützen. Ihr gehört zu mir."

Er ging zum Tor und zog sie hinter sich her. Sie folgte ihm, betete aber inständig, dass weder Kenneth noch Comming hier waren. Sie bemerkte, dass Alex' rechte Hand auf seinem Breitschwert lag, als sie sich dem Tor näherten.

„Chief, draußen sind zwei Bauern, die Euch sehen wollen. Sie weigern sich zu gehen. Einer sagt, er heiße Mac Dumfrey."

„Mac?", rief Maddie und versuchte, sich von Alex zu befreien, aber sein Griff war stark.

„Maddie." Er schlang seinen linken Arm um ihre Taille und flüsterte in ihr Ohr. „Nay, es ist nicht sicher. Es könnte ein Trick sein."

Robbie und Brodie rannten mit mehreren Wachen den Weg entlang und schlossen sich ihnen vor dem Tor an. Alex ließ Maddie los und nickte seinen Brüdern zu. Sie umringten Maddie sofort mit mehreren anderen Wachen, alle mit gezogenen Schwertern.

Alex trat mit fünf seiner Männer vor das Tor. Nach wenigen Augenblicken kehrte er mit einer hinkenden, zerzausten Bäuerin zurück. „Mylady, kennt Ihr diese Frau?"

„Alice! Aye. Ja, sie ist meine Magd. Alice!", schluchzte Maddie, die erfolglos versuchte, sich zwischen den Wachen hindurchzuquetschen. Mac folgte Alex durch das Tor und auf seinem Gesicht erstrahlte ein Lächeln, als er Maddie sah.

„Ich habe dir doch gesagt, er würde sich um unser Mädchen kümmern, Alice."

Alex nickte und seine Brüder traten beiseite.

„Schließt das Tor!", rief Alex.

Maddie rannte los und warf ihre Arme um Alice, aber ihre Magd zuckte zusammen, als sie sie berührte.

„Was ist los, Alice? Mac?", fragte Maddie entsetzt und sah zu ihrem Stallmeister.

„Oh, Mädchen." Er umklammerte ihre Hand. „Ihre Wunden müssen gepflegt werden. Wir haben Euch viel zu erzählen."

Alex trat vor, hob die schmutzige Frau in seine Arme, ohne darüber nachzudenken, und ging zum Bergfried.

„Meine Schwester Brenna wird sich um Eure Wunden kümmern, Mylady", sagte er, als er sie durch den Hof trug. Madeline folgte ihm und versuchte, mit seinen langen Schritten mitzuhalten.

„Ich bin keine Lady, ich bin Madelines Magd, Laird", erklärte Alice mit schwacher Stimme.

„Habt Ihr Euch um Madeline gekümmert?", fragte Alex.

„Aye, seit sie ein Kind war."

„Habt Ihr sie nicht vor ihrem grausamen Stiefbruder bewahrt? Habt Ihr nicht ihre Wunden gepflegt, als dieser Bastard sie geschlagen hat?" Alex stapfte schnell weiter, ohne jemanden außer der Magd eines Blickes zu würdigen.

„Aye, Laird Grant, mein Mann und ich haben unser Bestes gegeben." Alice konnte kaum mit dem Kopf nicken.

„Nun", sagte Alex, „wenn Ihr Euch um meine Madeline gekümmert habt, dann werde ich Euch weiter Mylady nennen."

Madeline blieb wie angewurzelt stehen, als sie Alex' Worte hörte. Sie starrte ihn an, als Alice mit dem Kopf nickte und sagte: „Danke, Laird Grant."

KAPITEL FÜNFZEHN

BRENNA BEREITETE DIE Kammer neben Maddie für Mac und Alice vor. Die Diener brachten heißes Wasser und einen Zuber für die ältere Frau. Maddie überzeugte Mac, seine Frau in Brennas und ihrer Fürsorge zu lassen, und schickte ihn in den großen Saal.

Maddie ließ sich in der Nähe der Wanne auf einen Hocker sinken. „Oh Alice, was ist nur passiert?"

„Es ist meine Aufgabe, Euch zu dienen, Madeline, nicht umgekehrt. Das hier ist nicht richtig." Die ältere Frau wischte sich die Tränen aus den Augen.

„Nay, das ist mehr als richtig. Ich fürchte, ihr habt Kenneths Wut abbekommen, nachdem ich gegangen bin. Es ist meine Schuld, dass ihr geschlagen wurdet." Maddie wusch den Schmutz der langen Reise von Alices Gesicht.

„Er ist wütend darüber, dass Ihr verschwunden seid, aber er hat keine Ahnung, wo Ihr seid. Ich habe ihm nichts verraten." Alice zuckte zusammen, als Brenna sorgfältig die Striemen auf ihrem Rücken auswusch. „Sagt mir, Kind, wie habt Ihr so vielen Peitschenhieben standgehalten? Der Schmerz ist unerträglich."

Anstatt die Frage zu beantworten, nahm Maddie Alices Hand und drückte sie. „Wie seid ihr beide entkommen?"

„Kenneth ist zur Burg der Commings geritten, also hat Mac mich davongeschmuggelt. Wir hofften, Euch hier zu finden. Es ist so schön, Euch in Sicherheit zu sehen." Alice streckte die Hand aus und zog Maddie in die Arme. „Vergebt mir. Ich habe Euch ganz durchnässt, meine Liebe. Aber ich bin so dankbar, dass Ihr Eurem Stiefbruder entkommen seid. Ich weiß, dass Eure Eltern jetzt in Frieden ruhen können."

Nachdem Madeline und Brenna die Magd gebadet und ihre Haare gewaschen hatten, halfen sie Alice, aufzustehen. Ihre Schwäche war erschreckend, aber Maddie ließ sich ihren Schreck nicht anmerken. Ihre Magd hatte genug durchgemacht.

Sie stützte sie, während Brenna Salbe auf ihre Wunden auftrug und sie mit sauberem Leinen verband. Sobald Alice ein frisches Nachtgewand trug, setzten sie sie vor das Feuer, damit Maddie ihre langen Locken bürsten konnte. Die beruhigende Bewegung wirkte, wie sie gehofft hatte, und schon bald fielen Alice die Augen zu. Die beiden Frauen halfen ihr ins Bett, und bevor sie der Erschöpfung nachgab, strich Alice über Madelines Wange und sagte: „Gott sei Dank, dass Laird Grant Euch gerettet hat."

Brenna trat hinaus, um nach Jennie zu sehen. Maddie brach schließlich zusammen und begann zu schluchzen, unfähig, den Tränenstrom auf ihren Wangen aufzuhalten. Wie viele Unschuldige hatten ihretwegen gelitten? Sie konnte den Gedanken nicht ertragen, dass ihre Leute bestraft wurden, weil sie sich ihrem Stiefbruder widersetzt hatte. Wie konnte sie sich bei Alice entschuldigen? Mac musste sie für das hassen, was passiert war. Was sollte sie nun tun?

Ihr Kopf schmerzte, als sie über ihre Optionen nachdachte, von denen ihr eine schlimmer als die andere vorkam. Morgen würde sie Zeit in der Kapelle verbringen und um Führung für ihren zukünftigen Weg beten.

Herr, bitte hilf mir. Ich weiß nicht, was ich tun soll.

Brenna fand Maddie so im Flur vor – weinend, verwirrt und tief in Gedanken versunken. Sie schlang ihren Arm um Maddies Schultern und zog sie an sich.

„Alice bedeutet Euch sehr viel, nicht wahr?"

Maddie wischte sich die Tränen mit einem Leinenstreifen ab. „Aye. Nachdem ich meine Eltern verloren habe, war sie die Einzige, der ich in der Burg vertraute. Ich kannte wenige andere Leute, weil ich noch ein Kind war. Meine Eltern haben mich wohl etwas zu sehr behütet, wie ich jetzt erkenne." Sie lächelte Brenna schwach an, als sie gemeinsam die Treppe hinuntergingen.

Mac sprang bei Maddies Anblick von seinem Stuhl auf. „Wie geht es ihr, Mädchen?"

„Sie schläft, Mac. Was genau ist passiert?"

Alex stand auf und führte Madeline zu einer Bank. Mac hatte von den unzähligen Schlägen berichtet, die Kenneth seinen

Dienern ausgeteilt hatte, um Informationen über Maddie zu erhalten. Alex wollte Maddie beschützen und hatte Mac daher gebeten, Stillschweigen über die Untaten des Lairds zu bewahren. Das Mädchen hatte bereits zu viel Schuld und Schmerz in ihrem Leben ertragen und brauchte nicht noch mehr davon.

Ein Blick auf Maddies schuldiges Gesicht genügte jedoch, um ihm zu sagen, dass sie sich bereits verantwortlich fühlte. Alex' Drang, sich am Laird der MacDonalds zu rächen, wuchs täglich weiter an.

Alex mischte sich ein, bevor Mac antworten konnte. „Mylady, wir müssen auf der Hut sein, denn Laird MacDonald will Euch unbedingt finden."

„Er ahnt nicht, dass ich hier bin, oder?" Maddies Gesicht verzog sich vor Sorge und Angst.

„Nay, noch nicht", antwortete Mac. „Er hat die Ländereien der MacDonalds nach Euch abgesucht, aber nichts gefunden. Wir wissen nur, dass er zu den Commings geritten ist, um Verstärkung zu holen. Und wir wissen, dass Comming kein Freund von Alex ist."

Maddie stand auf und ging eine Weile vor dem Tisch auf und ab, bevor sie sich zu Alex umdrehte. „Laird Grant, was habt Ihr vor? Kenneth und Comming könnten mit Soldaten beider Clans auf dem Weg hierher sein. Sie könnten Eure Burg angreifen. Ich sollte gehen." Sie rang die Hände und sah sich um, als suchte sie nach einem Ausweg. „Ich könnte es nicht ertragen, dass Euer Clan meinetwegen angegriffen wird. Was ist, wenn Menschen verletzt werden? Es wäre meine Schuld. Vielleicht sollte ich mit Comming gehen, wenn er mich holen kommt."

Alex trat dicht vor sie und sah tief in ihre klaren blauen Augen. „Wenn sie herkommen sollten, werden wir vorbereitet sein. Aus diesem Grund über ich mit meinen Männern jeden Tag. Ich werde Euch beschützen, wie ich es versprochen habe. Und Ihr werdet ganz bestimmt nicht mit Comming gehen." Alex' Stimme wurde hart, als er Niles' Namen erwähnte.

Maddie sah ihn durch tränennasse Wimpern an. Sie vertraute ihm noch nicht, das konnte er in ihren Augen sehen. Aber was konnte er tun, um ihr Vertrauen zu gewinnen? Nach ihrer Umarmung wusste er besser als je zuvor, dass er alles tun würde, um das zu erreichen und sie vor allem und jedem zu beschützen. Sein Blick wich nicht von ihr, obwohl seine Gedanken zurück zur Erinnerung an ihre üppigen Lippen und ihren Geschmack wanderten.

Maddie nickte schließlich mit dem Kopf. „Danke, Laird. Die Ereignisse des Tages haben mich erschöpft. Es ist wohl am besten, wenn ich mich jetzt in meine Kammer zurückziehe."

Alex streckte die Hand aus, um ihre Wange zu berühren, erinnerte sich dann aber daran, dass sie Publikum hatten, und wandelte seine Bewegung von einer Liebkosung zu einem kurzen Streifen ab, so als wollte er ihre Sorgen verjagen. Sie errötete trotzdem.

Mit unsicheren Schritten entfernte sie sich von ihm und umarmte Mac noch einmal. „Danke, dass du Alice zu mir zurückgebracht hast."

Ohne einen weiteren Blick auf Alex zu werfen, floh sie in ihre Kammer.

Am nächsten Morgen schreckte Maddie in ihrem Bett hoch und berührte mit der Hand die Stelle, an der Alex sie vor allen Leuten gestreichelt hatte. Ihre Wangen glühten, als sie sich daran erinnerte, wie weich und warm seine Berührung gewesen war. Die warme und zarte Kraft breitete sich sofort in ihrem Körper aus und erhitzte Stellen, von denen sie es nie erwartet hatte. Wie war es möglich, dass sie diese kleine Berührung heute noch fühlen konnte? Sie zwang sich aus dem Bett, wusch sich und zog sich hastig an, in der Hoffnung, dass dies ausreichen würde, um die unzüchtigen Gedanken aus ihrem Kopf zu vertreiben.

Dann eilte sie durch den Korridor zu Alices Kammer. Alice bat sie einzutreten, als sie klopfte. Mac war bereits in den großen Saal gegangen, um mit Laird Grant zu sprechen. Es wärmte Maddies Herz zu sehen, dass Alice wach war und im Bett saß.

„Alice, geht es dir heute besser?", fragte Maddie, setzte sich neben ihre Magd und ergriff ihre Hand.

„Aye, Mädchen, es geht mir jetzt gut, da ich von diesem verrückten Mann fort bin. Seine Grausamkeit kennt keine Grenzen." Maddie rückte näher und flocht Alices lange graue

Locken, während die ältere Frau ihr von den Vorfällen erzählte, die sich nach ihrem Verschwinden ereignet hatten. Maddie zuckte bei diesem weiteren Beweis für Kenneths Brutalität zusammen.

„Alice, ich hoffe, dass auch einige der anderen Diener gehen werden und anderswo ein neues Leben beginnen können. Sicher könnten Alex und Brenna hier Aufgaben für sie finden. Ich möchte nicht, dass sie bei Kenneth bleiben. Nicht, wenn er so tobsüchtig ist."

„Ihr müsst aufhören, Euch die Rücksichtslosigkeit Eures Stiefbruders aufzubürden. Es ist nicht Eure Schuld. Kenneths Mutter war eine boshafte Frau und diese Krankheit hat sie an ihren Sohn weitergegeben. Es hat nichts mit Euch zu tun. Erinnert Euch daran, dass selbst Euer Vater Probleme hatte, das Verhalten des Jungen zu kontrollieren, nachdem er bei uns eingezogen war." Alice suchte nach einer neuen Sitzposition, um ihren Schmerz zu lindern.

Maddie dachte an diese Zeit zurück. Kenneth und seine Mutter waren bei ihnen eingezogen, nachdem feststand, dass Kenneth der Erbe des MadDonald-Landes war, und es war von Anfang an eine Katastrophe gewesen. Bei zahlreichen Gelegenheiten hatte sie gesehen, wie Kenneths Mutter die Diener wegen Kleinigkeiten schlug. Maddies Mutter schaltete sich oft ein, um dem ein Ende zu bereiten. Die Diener verehrten sie, denn sie war eine wahrlich vornehme Frau, die glaubte, dass jeder Mensch etwas Besonderes war, unabhängig von seiner Position.

Nachdem Maddies Eltern gestorben waren, hatte Kenneth begonnen, alles zu kritisieren, was sie getan hatte, während Alice und Mac sie unterstützt und an ihre angeborene Güte erinnert hatten. Sie glaubten, Kenneths Tiraden würden eines Tages ein Ende haben, doch das geschah nie und mit dem Streit über die Verlobung begannen schließlich die Schläge.

Inzwischen war Maddie unempfindlich gegenüber den meisten Schlägen ihres Stiefbruders. Wann immer er sie angriff, zog sie sich innerlich zurück und hörte, wie ihre Mutter auf einer Frühlingswiese zu ihr sang. Die Konzentration auf die Worte des Liedes und den schönen Ton der Stimme ihrer Mutter half ihr immer, den Schmerz zu ignorieren. In letzter Zeit hatte sich ihr der Klang der Stimme ihrer Mutter jedoch entzogen. Maddie erinnerte sich zwar noch an die Worte, aber es war zu viel Zeit vergangen, seit sie ihre Mutter singen gehört hatte.

Alices Stimme brachte sie zurück in die Realität. „Madeline, Ihr müsst mir von Laird Grant erzählen. Was meinte er damit, als er Euch gestern Abend *meine Madeline* nannte?"

„Oh, Alice, er ist so ein verwirrender Mann. Er ist so gutaussehend, stark und ehrenwert … aber er kann auch sehr laut und gebieterisch sein." Madelines Gesicht errötete bei der Erinnerung daran, wie Alex' Hand ihre Wange gestreift und seine Lippen ihre berührt hatten. Nachdem sie mit den Fingern am Stoff ihres Kleides gezupft hatte, warf sie einen Blick auf ihre Magd, um deren Reaktion einzuschätzen.

„Der Mann trägt eine große Verantwortung", sagte Alice. „Er ist Laird eines großen Clans, daher ist es seine Pflicht, seine Krieger auszubilden und sein Volk zu beschützen. Mac und ich haben gesehen, wie viele Menschen auf ihn angewiesen sind", erklärte Alice.

„Du hast recht. Er nimmt seine Verantwortung sehr ernst. Er hat so viel zu tun, dass ich befürchte, ich störe ihn und nutze seine Gastfreundschaft aus. Ich weiß nicht, was ich tun soll."

Alice strich sanft über ihre Wange. „Selbst ehrenwerte Männer haben ein Privatleben, Maddie. War er jemals verheiratet?"

„Nay, ich glaube nicht. Jennie oder Brenna hätten es mir gesagt."

„Mein Engel, hat dieser Mann Interesse an Euch gezeigt?" Ein Lächeln huschte über Alices Gesicht.

Maddie starrte auf ihre Hände und biss sich auf die Unterlippe. „Nun, er hat mich gestern Abend geküsst."

Alice griff nach ihr. „Und wie habt Ihr Euch dabei gefühlt?"

Maddie blickte hastig auf und ihr Blick traf Alices scharfe Augen. „Ich bin so hin und her gerissen! Er ist ein sanfter, freundlicher Mann und seine Berührung fühlt sich … gut an. Es fühlt sich richtig an. Aber als er mich letzte Nacht geküsst hat, wurde ich an Niles erinnert und daran, was er mir angetan hat." Madeline ließ den Kopf wieder hängen. „Und ich habe ihn geschlagen, Alice. Der Mann muss denken, dass etwas mit mir nicht stimmt."

Alice legte ihre warmen Hände auf Madelines Hände. „Vielleicht solltet Ihr versuchen, ihm zu erzählen, was Euch passiert ist. Er ist ein guter Mann. Ich bin sicher, er würde Eure Ängste verstehen und vorsichtiger mit Euch umgehen."

„Ich bin keine Jungfrau mehr, was kann er noch mit mir anfangen?" Maddie ging vor dem Kamin auf und ab. „Ich habe keine Mitgift. Er könnte eine deutlich bessere Partie machen."

„Ihr seid eine wundervolle junge Dame, die jeden Mann stolz machen würde", entgegnete Alice heftig. „Ihr seid von edler Abstammung und wenn Euer Vater noch am Leben wäre, wäre dies genau die Art von Verbindung, die er für Euch arrangieren würde. Und wenn Alexander Grant nur halb so gut ist, wie ich denke, dann wird ihn Eure Jungfräulichkeit unter den gegebenen Umständen nicht interessieren. Ihr seid eine schöne, gutherzige Frau, die ihm viele starke Söhne schenken kann. Aber Ihr müsst ehrlich zu ihm sein. Es wird nichts Gutes daraus entstehen, wenn Ihr versucht, ihn zu täuschen."

„Alice, darf ich dir eine Frage von Frau zu Frau stellen?" Maddie setzte sich wieder neben sie.

„Natürlich dürft Ihr das. Ich hoffe, ich kann sie Euch beantworten."

Maddie seufzte frustriert und sah auf die Hände in ihrem Schoß. „Wie erträgst du das Ehebett?"

Alice streckte eine Hand aus und hob Maddies Kinn. „Seht mich an, Kind. Das Ehebett kann ein wunderbarer Ausdruck der Liebe sein. Die meisten Männer behandeln ihre Frauen mit Sanftmut und Respekt. Was Niles Euch angetan hat, hat nichts damit zu tun, wie es normalerweise ist. Alexander Grant ist nicht so ein Mann. Ich glaube, er wird ein sanfter, fürsorglicher Ehemann sein. Seht nur, wie fürsorglich er mit mir war."

Es klopfte an der Tür und Mac betrat den Raum. Maddie beugte sich vor und küsste Alice auf die Wange. „Danke, Alice. Ich habe dich lange in Anspruch genommen und es ist an der Zeit, dass dein Mann dich sehen kann. Wir unterhalten uns später weiter."

Maddie lächelte, als sie die aufrichtige Zuneigung zwischen Mac und Alice beobachtete. Nach all den Jahren sahen sie sich immer noch voller Liebe an. Konnte sie auf eine solche Beziehung hoffen?

Sie konnte nicht aufhören, an alles zu denken, was Alice zu ihr gesagt hatte, als sie den Korridor und die Treppe hinunterging. Konnte sie Alex die Wahrheit sagen? Als sie den großen Saal erreichte, bemerkte sie, dass nur sehr wenige Leute dort waren. Sie nahm Platz, um zu frühstücken, und winkte Brenna zu, die vor dem Kamin nähte.

„Guten Morgen, Brenna. Wo sind alle?" Sie brach ein Stück Brot ab und biss hinein.

„Alex hat eine Gruppe von Männern mitgenommen, um die Gegend nach Anzeichen Eures Stiefbruders abzusuchen. Er will bereit sein, falls es zu einem Angriff kommt."

„Oh, Nay." Madeline legte ihr Brot hin und rang die Hände. „Hoffentlich wird niemand verletzt."

„Nun, ich hoffe, dass Eurem Stiefbruder etwas passiert. Der Mann ist eine Bedrohung. Wenn er jetzt nicht aufgehalten wird, wird er nur noch schlimmer werden. Mein Bruder hat dem König versprochen, den Frieden in diesem Land zu wahren, und Euer Stiefbruder ist eine Bedrohung für alle in der Region. Alex macht sich keine Sorgen. Seine Männer sind besser ausgebildet als die von Comming und Eurem Stiefbruder, und außerdem sind sie in der Überzahl. Als Euer Vater noch Chief war, hatte er eine mächtige Wache, aber viele seiner treuen Männer gingen, um sich anderen Clans anzuschließen. Wir haben einige von ihnen aufgenommen und Robbie sagt, dass sie allerhand Geschichten zu erzählen haben. Ich weiß, dass Kenneth Euer Verwandter ist, Maddie. Bitte entschuldigt meine Worte, aber er macht leider nichts als Ärger."

Ein Diener brachte Maddie eine Schüssel Haferbrei mit Honig. „Ihr braucht Euch nicht zu entschuldigen", sagte sie leise. „Ich weiß, wie unnachsichtig mein Stiefbruder ist."

Was konnte man gegen ihren Stiefbruder unternehmen? Er sollte kein Laird sein und nun breitete sich seine Bösartigkeit auch jenseits seiner Burgmauern aus. Er musste aufgehalten werden, aber wie?

Es wurde dunkel, bevor die Männer zurückkehrten. Alex ritt mit seinen Brüdern an seiner Seite in den Bergfried, gefolgt von vielen Wachen. Maddie staunte über den beeindruckenden Anblick, den er bot, so stark in seinem Kettenhemd und seiner Rüstung. Sein dunkles Haar kräuselte sich leicht am Kragen und sein markanter Kiefer wurde von Bartstoppeln verdunkelt. Wenn Alex sich auf etwas konzentrierte, wurden seine grauen Augen dunkel und tödlich. Laut Mac hatte er den Ruf, Männer nur mit einem ernsten Blick zusammenzucken zu lassen.

Maddie stockte der Atem beim Anblick dieses wilden, stolzen Mannes. Sie konnte ihren Blick nicht von ihm abwenden, als er auf sie zukam.

Alex und seine Brüder verneigten sich leicht vor ihr, bevor sie sich setzten, dann sagte Alex: „Mylady, Ihr seid heute Abend traumhaft schön."

„Aye, eine wahre Vision!", fügte Brodie mit einem Lächeln hinzu.

„Eine unvergleichliche Augenweide!", rief Robbie und in seinen Augen funkelte der Schalk.

Madeline strahlte die Brüder an. „Danke, Ihr seid zu nett."

Plötzlich spürte sie Alex' musternden Blick. Er war so eindringlich, dass ihre Haut bis zu den Zehen kribbelte. Einen Moment lang träumte sie davon, wie es wäre, wenn Alex jeden Tag zu ihr nach Hause käme. Wie würde es sich anfühlen, nachts in seinen Armen zu liegen, seine Kinder auf ihrem Schoß sitzen zu lassen? Konnte sie auf solch ein Glück hoffen? Sie bemerkte Alices Blick von der anderen Seite des Raumes. Ihre Magd lächelte sie an und nickte ermutigend. Sie drehte sich um und sah Alex wieder an. War es möglich?

Dann erinnerte sie sich daran, dass sie keine Jungfrau mehr war. Alice hatte ihr versichert, dass er es verstehen würde, aber was, wenn er es nicht tat? Sie war sich nicht sicher, ob sie es ertragen konnte, es ihm zu sagen. Es wäre besser, sich auf die Bedrohung durch ihren Stiefbruder zu konzentrieren.

„Laird Grant, konntet Ihr heute Spuren meines Stiefbruders finden?", zwang sie sich zu fragen.

Alex war verärgert darüber, was eine solch zierliche Frau mit ihm anrichten konnte. Ein Blick auf ihr unschuldiges Gesicht ließ ihn seine gesamte Ausbildung als Laird vergessen und zwang ihn, jedes Wort, jede Bewegung und alles, was er tat, für dieses goldhaarige Mädchen zu mildern. Kein Wunder, dass seine Brüder ihn aufzogen. Alex überlegte genau, bevor er antwortete. Er wollte Maddie nicht unnötig beunruhigen, aber sie hatten tatsächlich Spuren von Pferden in der Gegend gefunden. Sie wussten, dass sie auf einem Teil der Strecke beobachtet worden waren, vielleicht von Kenneth oder Comming, aber es war unmöglich, es genau zu wissen.

„Wir haben nichts Alarmierendes gefunden, aber wir werden morgen weitersuchen."

Alex starrte sie an. Was er nicht dafür geben würde, dieses warme Lächeln zu sehen, das ihm allein vorbehalten war. Er schwelgte in der Erinnerung, sie in seinen Armen zu halten. Maddie gehörte zu ihm. Sie war so leidenschaftlich gewesen, aber er hatte den Fehler gemacht, zu weit zu gehen. Er erinnerte sich daran, dass er nach allem, was sie durchgemacht hatte, langsam handeln musste, aber obwohl er sich wiederholt daran erinnerte, vergaß er alles, wann immer sie in der Nähe war.

Er nahm einen Hauch von ihrem Lavendelduft wahr und seufzte innerlich wie ein junger Bursche. *Verdammt, diese Frau raubt mir den Verstand!* Wie lange würde er warten müssen, um sie wieder in seine Arme zu nehmen?

Ihre Haut war perfekt und er sehnte sich danach, sie zärtlich streicheln zu können, wann und wo immer er wollte. Der Gedanke, dass jemand anderes es tun könnte, zerfraß ihn.

Alex streckte seine Hand nach ihr aus und begleitete sie zum Podium. Dann gab er den Dienern ein Zeichen, Essen für seine Männer zu bringen.

„Wie geht es Eurer Magd heute?", fragte Alex, während er neben ihr Platz nahm.

Maddie deutete zum Kamin, an dem Alice mit ihrem Mann Mac und der kleinen Jennie saß. „Wie Ihr seht, mein Laird, geht es ihr viel besser. Danke, dass Ihr ihr geholfen habt. Sie hat ein Herz aus Gold und bedeutet mir sehr viel."

Das Geräusch kleiner Füße, die auf sie zukamen, unterbrach ihre Unterhaltung. Alex drehte sich um und sah Jennie auf sich zu springen. Er schob seinen Stuhl gerade rechtzeitig zurück, um sie mitten in der Luft aufzufangen, bevor sie auf seinem

Schoß landete. Das Mädchen warf ihre Arme um seinen Hals und gab ihm einen Kuss auf die Wange.

„Alex, ich mag unsere neuen Freunde. Mac erzählt die besten Geschichten."

„Ist das so?", erwiderte Alex. „So leicht bin ich also zu ersetzen, meine Kleine?"

Jennie runzelte die Stirn. „Nay, Alex, aber manchmal bist du zu beschäftigt."

„Für dich bin ich niemals zu beschäftigt, kleines Eichhörnchen", sagte er und küsste sie auf die Nasenspitze.

Alex bemerkte, wie Maddie ihn beobachtete. Die Traurigkeit in ihren Augen brach ihm das Herz. Wie fühlte es sich wohl an, keine Familie zu haben, die man lieben konnte?

Wenn er doch nur alles, was sie erlitten hatte, wiedergutmachen könnte.

KAPITEL SECHZEHN

MADDIES GEDANKEN KAMEN einfach nicht zur Ruhe und hielten sie den größten Teil der Nacht wach. In der Absicht, etwas frische Luft zu schnappen, stieg sie aus dem Bett, schlüpfte in ihren Nachtmantel und schlich auf Zehenspitzen aus dem Raum. Am Ende des Korridors angekommen öffnete sie die schwere Tür. Frische, kühle Nachtluft wehte über ihr Gesicht und brachte sie zum Lächeln.

Sie stieg vorsichtig die Treppe hinauf. Nachdem sie auf die Zinnen hinausgetreten war, sah sie sich um und hoffte, dass sie allein war. Zufrieden darüber, keine unerwartete Gesellschaft zu haben, schaute sie auf Alex' Land hinab. Welch großartiger Anblick! Von diesem Punkt aus konnte sie die Baumwipfel des Waldes und die Felder mit ordentlichen Reihen von Feldfrüchten, die noch geerntet werden mussten, sehen. Sie schlang den Mantel enger um ihren Körper und ging den Wehrgang entlang, um einen Sitzplatz zu finden. Schon bald sah sie den perfekten Ort – einen flachen Stein in der Wand.

Maddie setzte sich, zog ihre Knie ans Kinn und wickelte sich in ihren Mantel. Wieder überwältigten sie ihre chaotischen Gedanken. Sie brauchte Zeit, um ihren nächsten Schritt zu entscheiden, aber ihr blieb keine Zeit. Wer wusste, wann Kenneth ankommen würde? Sie war ihm zwar vorerst entkommen, aber er würde nicht so einfach aufgeben.

Sie schauderte, als sie an die Schläge und Ungerechtigkeiten zurückdachte, die sie unter ihrem Stiefbruder erlitten hatte. Sie würde niemals dorthin zurückkehren, sie konnte es einfach nicht. Kenneth hatte ihr Zuhause zerstört und es war an der Zeit für sie, dieses Leben hinter sich zu lassen.

Niles Comming zu heiraten, war ganz bestimmt nicht die Lösung ihrer Probleme. Maddie schloss die Augen, als die schmerzhaften Erinnerungen sie überfluteten. Sie hatte versucht, sich gegen ihn zu wehren, aber ihr Kampf hatte ihn nur noch mehr erregt. Schließlich hatte er sie ans Bett gefesselt und sie immer wieder genommen.

Sie war eine Woche lang mit blauen Flecken übersät gewesen, aber sie hatte versucht, vor ihren Dienern und ihrer Magd stark zu sein. Dennoch war sie sich der mitleidigen Blicke bewusst gewesen.

Maddie legte ihr Kinn auf die Knie und dachte daran, wie sehr sich Alex von Niles und Kenneth unterschied. Er war mächtig und stark, doch wenn er sie berührte, spürte sie nur Sanftmut. Er war hart, aber gerecht, flößte seinen Leuten Respekt ein und stellte ihr Wohlergehen oft vor sein eigenes. Kenneth würde das niemals tun. Seine Bedürfnisse standen immer an erster Stelle.

Ihre Gedanken wanderten wieder zum Ehebett. Sie glaubte, dass es mit Alex anders sein würde, aber der Akt an sich war doch für alle gleich, nicht wahr? Wie konnte sie diesen Schmerz immer wieder ertragen?

Alice hatte gesagt, dass der Akt zwischen zwei verliebten Menschen stattfinden sollte. War sie in Alex verliebt? Nay, es konnte nicht Liebe sein, die sie für ihn empfand. Er erschreckte sie manchmal immer noch. Er wurde so schnell wütend. Aber dann dachte sie an die vielen guten Dinge, die sie über Alex wusste. Er war Jennie ein wunderbarer Bruder. Er hatte immer ein Lächeln für das Mädchen übrig – ein Lächeln, das Maddies Knie schwach werden ließ. Und er hatte seine Schwester getröstet, indem er ihr ein Hündchen geschenkt hatte. Kenneth hingegen schlug gern Tiere.

Maddie spürte ein Lächeln auf ihrem Gesicht, als sie an die schnelle, entschlossene Art dachte, wie Alex Alice hochgehoben hatte. Sie war schmutzig gewesen, aber das hatte ihn nicht abgehalten. Und dann war da noch die Art, wie er Alice „Mylady" und Maddie „meine Madeline" genannt hatte. Sah er sie wirklich so?

Sie erinnerte sich daran, wie gut es sich am Vorabend angefühlt hatte, in seinen Armen zu sein. Und sein Kuss ... sie hätte nie gedacht, dass er sich so wunderbar anfühlen könnte.

Das entfernte Geräusch von Schritten in ihren Ohren ließ sie zusammenzucken. Sie hoffte, dass es nur eine Wache war, aber kalte Angst kroch über ihren Rücken. Ein dröhnendes „Wer

ist da?" veranlasste sie, von ihrem Platz aufzuspringen. Alex'
dunkle Augen entdeckten sie. Er überragte sie und hatte seine
Hand an sein Schwert gelegt.

„Maddie?", fragte er. „Was zum Teufel macht Ihr hier oben?"
Er musterte sie langsam und berührte ihren Nachtmantel. „Vor
allem zu dieser späten Stunde?"

„Ich konnte nicht schlafen. Ich dachte, frische Luft könnte
mir helfen. Alex, habt Ihr einen Moment Zeit, damit wir reden
können?", fragte sie und sah in seine stahlgrauen Augen. Sie
musste sich dafür entschuldigen, dass sie ihn geschlagen hatte,
und außerdem mussten sie über Kenneth sprechen. Seine Augen
sahen im Mondlicht fast silbern aus und sie erschauderte, als
sein Blick über sie wanderte.

„Aye, aber Ihr müsst Euch warmhalten. Die Nächte sind
kühl." Er setzte sich auf den Stein, zog sie auf seinen Schoß und
wickelte sein Plaid um sie. „Nun, was hat Euch heute Abend so
beunruhigt?"

Maddie seufzte und entspannte sich in seiner warmen Umarmung. Sie zwang sich, sich auf ihre Worte zu konzentrieren.
„Ich weiß nicht, was ich tun soll, um Kenneth davon abzuhalten, andere zu verletzen. Ich fürchte, ich habe Eure Familie und
Euren Clan in Gefahr gebracht, und das ist nicht richtig. Ihr
wisst, dass ich nichts tun würde, was Euch schadet. Wenn Kenneth angreift, könnte jemand sterben und es wäre allein meine
Schuld. Was kann ich tun, um das zu verhindern?"

Alex legte sein Kinn in ihren Nacken. Sie genoss das Gefühl
seines warmen Atems auf ihrer Haut. „Maddie, es ist nicht Eure
Schuld. Euer Stiefbruder ist eine Gefahr für uns alle. Wenn wir
ihn jetzt nicht aufhalten, wird er weiter toben. Unser König
will Frieden und ich habe mein Wort gegeben, ihn zu bewahren. Ich werde Kenneth nicht erlauben, meine Leute oder sonst
jemanden zu bedrohen. Es ist meine Aufgabe, ihm Einhalt zu
gebieten."

„Vielleicht wäre es für alle besser, wenn ich zurückginge."
Maddie drehte ihre Hände im Schoß hin und her. Es war undenk-
bar, aber sie würde es tun, wenn es der einzige Weg wäre, Alex
und seine Familie zu schützen.

Alex' Stimme wurde heiser. „Er wird Euch nie wieder

berühren. Ich habe Euch mein Wort gegeben, dass ich Euch beschützen werde. Und das werde ich." Alex knirschte mit den Zähnen. „Nay, Maddie, Ihr werdet niemals zu ihm zurückkehren."

Maddie fürchtete, ihn wieder wütend gemacht zu haben. „Dann wäre es vielleicht für alle Beteiligten besser, wenn ich in ein Kloster gehen würde. Weder mein Bruder noch Comming könnten dort an mich herankommen." Sie drehte sich mit flehenden Augen zu Alex um.

„Maddie, vertraut Ihr nicht darauf, dass ich Euch beschützen werde? Ich bilde meine Krieger jeden Tag aus, um meinen Clan und meine Leute zu beschützen. Und Ihr seid nun eine von uns. Warum wollt Ihr in ein Kloster gehen?"

„Alex, Ihr versteht nicht. Die Dinge sind manchmal nicht so, wie sie scheinen." Maddie zuckte bei dem Gedanken zusammen, Alex ihre Vergangenheit zu enthüllen, aber Alice hatte recht. Sie konnte ihn nicht länger täuschen. Er würde sie wahrscheinlich dafür hassen, aber es war das Beste, wenn er die Wahrheit erfuhr.

„Ich verstehe, was ich verstehen muss." Während er sprach, hob er seinen Daumen und strich leicht über ihre Wange, bevor er ihre Unterlippe streifte. Ihr Herz schlug heftig. „Ihr gehört mir. Ihr gehört zu mir. Ich weiß, dass Ihr noch nicht bereit seid, aber ich kann warten. Ich werde so lange warten, wie es nötig ist."

Dann führte er seine Lippen zu ihren und küsste sie leicht. Sanft erhöhte er den Druck und fuhr mit seiner Zunge über ihre Lippen, um sie dazu zu bringen, sich ihm zu öffnen. Sie wimmerte, schmiegte sich an ihn und schlang ihre Arme um ihn. Alex strich mit seiner Hand über ihren Arm und leicht über ihre Brust. Sie dachte, es sei nur eine zufällige Berührung gewesen, und zu ihrer Überraschung wollte sie sich nicht zurückziehen.

Maddie rückte näher an ihn heran und wollte mehr, obwohl sie nicht genau wusste, was sie wollte. Aber war es richtig, ihrer Sehnsucht nachzugeben, wenn sich seine Gefühle für sie sicherlich ändern würden, nachdem er ihr Geheimnis erfahren hatte?

Sie zog sich langsam von ihm zurück und flüsterte: „Alex, du verstehst nicht. Niles ..."

„Was ist los, Maddie? Was auch immer es ist, es ist mir egal."
Sie sah ihm in die Augen und stellte fest, dass sie diesen Mann
liebte. Das Gefühl hatte sich während ihrer Zeit in der Grant-
Burg unerwartet in ihr Herz eingeschlichen. Er sah sie mit
solcher Fürsorge und Zuneigung an, dass allein der Gedanke,
seine Arme zu verlassen, sie zum Weinen brachte. Aber sie
musste ehrlich sein.

Also legte sie ihre Hand in seine und murmelte mit gesenktem Kopf: „Es tut mir leid, dass ich dich geschlagen habe, als
du mich geküsst hast, Alex. Aber wenn ein Mann mich berührt,
dann erschrecke ich."

Sie konnte sich nicht dazu bringen, ihm in die Augen zu
schauen. Sie wollte die Abneigung in seinem Blick nicht sehen.

„Niles hat mich vergewaltigt, Alex. Kenneth hat mich ihm
gegeben, als wir verlobt wurden." Tränen liefen über ihre Wangen. „Ich habe versucht, mich zu wehren, aber ich war nicht
stark genug. Ich bin keine Jungfrau mehr. Niemand wird mich
wollen. Du verdienst etwas Besseres als mich."

Sie bereitete sich darauf vor, dass er sie von sich stieß.

Alex zog sie näher und strich ihr sanft über den Rücken. Er
war so wütend, dass er nicht einmal sprechen konnte. Er seufzte
sanft in ihr Haar und sah die Tränen in ihren Wimpern. Sie
klammerte sich an ihn und schluchzte leise an seinem Nacken.
Keiner von ihnen sprach. Jetzt ergab alles einen Sinn für ihn.
Wie hatte dieses zarte Mädchen nur so viel Schmerz ertragen
können? Es war kein Wunder, dass sie in seiner Gegenwart so
schreckhaft war. Er verstand jetzt so viel mehr. Alex küsste
ihre Haare, ihre Stirn und zog sie fest an sich. Sie gehörte zu
ihm – sie gehörten zusammen. Für immer. Er war überrascht,
wie stark der Drang war, sie beschützen zu wollen. Aber zuerst
musste er sich um etwas anderes kümmern.

Kenneth MacDonald und Niles Cmming waren beide tote
Männer.

KAPITEL SIEBZEHN

MADDIE STRECKTE SICH, um die Verspannungen in ihrem Rücken nach einer unruhigen Nacht zu lösen, und schwang ihre Beine aus dem Bett. Die späte Morgensonne drang durch einen Schlitz im geschlossenen Fensterladen. Sie biss sich auf die Lippe und fürchtete sich vor dem Tag.

Alex hatte sie letzte Nacht leise zu ihrer Tür zurückbegleitet, sie kurz geküsst und ihr eine gute Nacht gewünscht. Sie hatte noch ein paar Stunden wachgelegen und sich Sorgen über die Auswirkungen ihres Geständnisses auf ihn gemacht.

Er hatte sehr wenig gesagt, aber er hatte sie umarmt, bis ihre Tränen versiegt waren, und sanft ihre Haare gestreichelt. Trotzdem hatte sie die Anspannung in seinem Körper gespürt. Dachte er, es sei ihre Schuld? Oder war er vielleicht wütend auf Niles? Oder Kenneth? Sie war sich nicht sicher. Wenn sie doch nur mit ihrer Mutter sprechen könnte. Manchmal war es wirklich eine Herausforderung, aus Alex schlau zu werden, denn es war ihm nicht anzusehen, was er dachte oder fühlte.

Hoffentlich hatte sie heute Gelegenheit, mit ihm zu sprechen. Jetzt, wo er die Wahrheit über sie kannte, könnte er ihr natürlich auch aus dem Weg gehen. Vielleicht hielt er sie für lüstern, besonders nach der Art, wie sie letzte Nacht in seinen Armen reagiert hatte. Er würde wahrscheinlich nicht wollen, dass sie einen schlechten Einfluss auf die kleine Jennie hatte. Maddie schloss die Augen und erinnerte sich daran, wie wunderbar es gewesen war, von ihm gehalten zu werden. Wie beschützt, besonders und gewärmt sie sich gefühlt hatte. Er hatte ihr gesagt, dass sie zu ihm gehörte, aber seine Gefühle hatten sich wahrscheinlich geändert, seit er wusste, dass sie keine Jungfrau mehr war.

Fiona hatte heißes Wasser für sie dagelassen, das noch warm genug war. Sie wusch sich und zog ein sauberes Kleid an, bevor sie zum Frühstück in den Saal ging, doch als sie dort ankam, war er leer. Sie machte sich auf den Weg in die Küche, wo Brenna gerade mit der Köchin die Mahlzeiten plante. Sie wollte sie nicht bei der Arbeit stören, füllte eine Schüssel mit Brei und ging zurück in den Saal. Wo waren alle?

Brenna folgte ihr ein paar Minuten später. „Guten Morgen, Maddie. Darf ich mich zu Euch setzen?"

„Natürlich. Ihr wisst, dass ich Eure Gesellschaft schätze. Wo sind alle heute Morgen?" Maddie sah sich wieder im leeren Saal um.

„Alice erholt sich immer noch und ist in ihre Kammer zurückgekehrt, um sich auszuruhen. Der alte Hugh war heute Morgen sehr beschäftigt, deshalb ist Mac in den Stall gegangen, um ihm zu helfen."

„Warum war der alte Hugh so beschäftigt?", fragte Maddie und versuchte, Brenna aufmerksam zuzuhören, aber was sie wirklich wissen wollte, war, wo Alex zu finden war.

„Alex ist heute Morgen ziemlich aufgewühlt in den Saal gekommen. Er hat fast zweihundert der Wachen versammelt und ist dann sofort mit ihnen aufgebrochen. Er hat alle angeknurrt, die ihm über den Weg liefen." Brenna hob die Augenbrauen und sah Madeline an.

Madeline kaute besorgt auf ihrer Unterlippe. „Wohin sind sie gegangen?"

„Er sagte, er würde Niles und Eurem Stiefbruder nachjagen. Er sagte den Männern, sie würden nicht eher zurückkehren, bis sie die beiden gefunden hätten."

Madeline schnappte nach Luft und starrte Brenna an. „Oh, Nay!"

„Ich weiß nicht, was in meinen Bruder gefahren ist. Ich habe ihn schon lange nicht mehr so gesehen. Die meisten hier wissen, dass sie ihm lieber aus dem Weg gehen sollten, wenn er so finster dreinblickt. Nur wenige Jungs hier mussten das auf die harte Tour lernen. Vielleicht habt Ihr eine Idee, was meinen Bruder in diese Stimmung gebracht hat?"

Maddie zuckte unter dem Blick ihrer Freundin zusammen. „Was meint Ihr damit?"

„Diejenigen, die dumm genug waren, ihren Laird infrage zu stellen, putzen gerade ihre Stiefel. Sie durften sich dem Tross nicht anschließen. Mein Bruder duldet es nicht, dass jemand seine Entscheidungen infrage stellt. Alex musste natürlich auch einige Männer zurücklassen, um den Bergfried zu schützen."

Maddie wurde flau im Magen. Sie hörte auf zu essen und hatte Mühe, den bereits geschluckten Brei bei sich zu behalten.

„Was ist mit Euch los?", fragte Brenna leise.

„Oh, Brenna, ich habe Alex von der Vergewaltigung erzählt. Er schien sehr verärgert zu sein, als ich es ihm sagte. Aber ich dachte, er wäre böse auf mich."

Brenna rieb Maddies Arm. „Das erklärt seine Stimmung heute Morgen. Aber Ihr müsst wissen, dass Alex niemals böse auf Euch sein würde. Er hat einen starken Sinn für Ehre und meine Brüder sind dazu erzogen worden, Frauen zu respektieren. Er ist wahrscheinlich wütend, dass Kenneth so etwas zugelassen hat. Ich kenne meinen Bruder. Wenn er etwas sagt, meint er es ernst. Sie werden nicht zurückkehren, bevor sie Kenneth und Niles gefunden haben. Ich vertraue darauf, dass mein Bruder das Richtige tut. Das müsst Ihr auch tun." Brenna nickte knapp und verließ den Raum.

Für den Rest des Tages zwang sich Maddie, beschäftigt zu bleiben, um sich von ihrer Angst abzulenken, aber die Sorgen ließen sie nicht los. Die Männer könnten an einem Tag oder in einem Monat zurückkehren. Wer wusste, wie lange sie brauchen würden, um Niles oder Kenneth zu finden. Was, wenn Alex verschwand und gefangen genommen wurde? Was, wenn sie ihn töteten? Sie konnte es nicht ertragen, daran zu denken, ihn jetzt zu verlieren.

Konnte sie darauf hoffen, dass er sie immer noch wollte, nachdem er erfahren hatte, dass sie keine Jungfrau mehr war? In allem, was mit Alex zu tun hatte, fühlte sie sich einfach nur verwirrt. Sie erinnerte sich an seine Sanftheit, wie sich seine Haut an ihrer anfühlte, wie seine Lippen schmeckten. Die Art, wie er sie ansah, ließ ihr Herz dahinschmelzen. Sie beschwor seinen Geruch und seine Wärme herauf und erkannte, dass ihr Herz dem wilden Highlander längst verfallen war.

Obwohl sie sicher war, dass Alex sich noch nicht in sie verliebt hatte, würde sich das vielleicht eines Tages ändern. Könnte sie damit glücklich sein, seine Geliebte zu sein, wenn sie ihn nur auf diese Weise haben könnte?

Zwei Tage später gab es immer noch keine Neuigkeiten von den Männern. Maddie suchte die Kleinen auf und hoffte, ihre Zeit damit füllen zu können, ihnen Geschichten zu erzählen. Als sie den Hügel hinunterschlenderte, entdeckte sie eine kleine Gruppe von Kindern mitten im Hof im Gras. Sie winkte und einige von ihnen rannten auf sie zu, um sie zu begrüßen. Die kleine Emma lernte gerade laufen, also bemühte sie sich, mit den anderen mitzuhalten. Maddie begrüßte sie alle und nahm dann Emma in ihre Arme.

„Oh, was für ein großes Mädchen du schon bist, Emma! Du läufst schon wie eine Große. Ich bin so stolz auf dich." Maddie warf einen Blick zu Emmas Mutter, die sie anstrahlte.

„Sie hat darauf gewartet, es Euch zu zeigen, Mylady. Sie ist ziemlich stolz darauf."

„Das sollte sie auch sein." Maddie umarmte das kleine Mädchen fest und setzte sie bei den anderen ab. „Was macht ihr alle an diesem Morgen?", fragte sie und sah ihre kleine Gruppe von Lieblingen an.

Jennie kam aus dem Bergfried gelaufen und rannte direkt auf sie zu. „Wir haben auf Euch gewartet, Maddie", sagte sie eifrig. „Wir haben gehofft, dass Ihr uns eine Geschichte erzählt."

„Bitte, Mylady, bitte!", rief ein lauter Chor von Kinderstimmen. Wie konnte sie da Nay sagen?

Maddie ließ sich auf dem grasbewachsenen Hügel nieder. „Ich würde euch gern eine Geschichte erzählen, aber rückt alle ganz dicht an mich heran, damit ihr mich gut hören könnt." Emma schwankte auf sie zu und ließ sich in Maddies Schoß fallen.

Mehrere Geschichten später unterbrach ein leises Grummeln ihre Worte.

Tommy sprang auf und schrie: „Sie sind zurück! Die Männer sind zurück! Ich kann es kaum erwarten, meinen Papa zu sehen. Mylady, Ihr müsst kommen und mit mir Ausschau halten."

Maddie reichte die kleine Emma ihrer Mutter und folgte Tommy zur Treppe und auf die Zinnen. Was Maddie im Tal unter ihnen sah, ließ sie erstarren.

Pferde – so viele, dass sie sie nicht zählen konnte. Sie füllten den Weg und bewegten sich schnell auf den Bergfried zu. Die Rufe der Clan-Wachen hallten wider, als sie näherkamen. Sie sah Pferde mit Männern, Pferde ohne Reiter und sie glaubte, auch zu erkennen, dass einige Männer auf Pferderücken gebunden waren. Was war nur geschehen?

Sie stützte sich Halt suchend auf die Steinmauer. Alex? Wo war Alex? Ihre Augen suchten nach ihm, aber die Männer waren noch zu weit weg, als dass sie ihn in der Menge hätte entdecken können. Blut rauschte hinter ihren Schläfen, als sie den Horizont absuchte.

„Eines Tages werde ich als Wache für Laird Grant reiten!" Tommy zog an ihrer Hand, um ihre Aufmerksamkeit zu erregen. „Mein Papa sagt, dass ich es schaffen kann, wenn ich mich anstrenge. Glaubt Ihr das auch?"

Maddie warf Tommy einen Blick zu, konnte sich aber nicht auf seine Worte konzentrieren. Ihre Hand fuhr zu ihrem Mund, als sie das Meer der Highlander weiter nach Alex absuchte. Als sie näherkamen, konnte sie ihn endlich ausmachen. Er ritt mit einem grimmigen Gesichtsausdruck an der Spitze. Lief da etwa Blut seinen Arm hinunter? War er schwer verletzt? Maddies Sicht verschwamm, als sie sich umdrehte, um die Steintreppe hinunterzurennen.

Sie bemühte sich, die Fassung zu bewahren und klar zu denken, aber sie war sich nicht sicher, ob sie mit dieser Situation umgehen konnte. Was wäre, wenn Alex mit Kenneth und Niles zurückkäme? Bei allen Heiligen, die Möglichkeit, die beiden wiederzusehen, war ihr unerträglich. Sie eilte so schnell zu den Stufen des Bergfrieds, dass sie über einen Stein im Hof stolperte. Jennie rief nach ihr, als sie ihren Sturz bemerkte, aber sobald sie wieder auf den Beinen war, rannte sie weiter. Sie musste hinein. Sie musste in die Sicherheit ihrer Kammer gelangen.

Bitte, Vater. Mach, dass ich ihnen nicht noch einmal entgegentreten muss.

Sie raffte ihre Röcke und stürmte blind vorwärts. Das Rattern des sich hebenden Fallgitters drängte sich in ihre Gedanken und löste Panik in ihr aus.

Herr, bitte hilf mir.

Chaos brach aus, Mütter schoben ihre Kleinen in ihre Hütten und alle anderen rannten zu den Toren. Das Donnern der Pferdehufe kam näher und näher. Die Luft füllte sich mit Staubwolken und wütenden Rufen.

Maddie packte die kleine Jennie, als sich das Mädchen den Stufen näherte. Jennies Augen waren riesig, als sie sah, wie Alex die Männer in die Vorburg führte.

„Was ist los, Maddie?", rief sie. „Ich verstehe das nicht. Mein Bruder sieht so gemein und wütend aus. Was ist mit ihm passiert? Maddie, bitte mach, dass es aufhört!"

Maddie hielt Jennie fest, als sich Alex und seine Brüder zu Pferd näherten. „Ich weiß es nicht genau, Jennie", flüsterte sie. Sie schlang ihre zitternden Arme um das Mädchen und vergrub ihr Gesicht in ihren Haaren.

Alex' schwarzes Schlachtross machte vor ihnen Halt und tänzelte vor Aufregung. Madeline starrte Alex mit großen Augen an. Er saß aufrecht, sein Schwert an seiner Taille, und Blut strömte aus einer Wunde an seinem linken Arm. Seine dunklen Augen durchbohrten sie, als er sie erblickte. Nach einem langen Moment riss sie ihren Blick von Alex los und blickte hinter ihn.

Zwei Männer saßen gefesselt und geknebelt auf ihren Pferden und wanden sich, um sich zu befreien. Robbie schlug einen der beiden in die Magengrube, als er ihn vom Pferd riss. Ein anderer Wachmann tat dasselbe mit dem anderen.

Niles und Kenneth!

Madelines Sicht verschwamm, als sie sah, wie die Männer grob von ihren Pferden gezerrt wurden. Sie wich zurück, schloss zitternd die Augen und sagte sich, dass beide gefesselt waren und sie nicht verletzen konnten. Alex würde es nicht zulassen.

Madeline hörte vage, wie Alex Jennie zurief: „Geh hinein!" Seine kleine Schwester machte sich ohne zu zögern auf den Weg zum Bergfried. Maddie drehte sich verwirrt um und war sich nicht sicher, was sie tun oder wohin sie gehen sollte.

Alex stieg ab, ging auf sie zu und senkte kurz den Kopf, bevor er in die Mitte des Hofes zurückkehrte und sie dorthin mitnahm. Er bewegte sich so selbstsicher, seine Armmuskeln zuckten und seine Beine waren kräftig. Die anderen Wachen saßen ebenfalls ab und die Stalljungen beeilten sich, die Pferde aus dem

Tumult zu führen. Madeline stand rechts von Alex, leicht hinter ihm, und Niles und Kenneth standen immer noch gefesselt und geknebelt inmitten eines Kreises von Soldaten. Ihre Gesichter waren vor Wut und Empörung verzerrt.

Alex' Leute versammelten sich in Hörweite, erstaunt darüber, was geschah. Immer mehr strömten durch die Tore und waren gespannt darauf, den Laird und seine Männer zu sehen. Nachdem alle Pferde fortgeführt worden waren, breitete sich Totenstille aus. Alle warteten darauf, was ihr Laird zu sagen hatte. Was würde Alex als Nächstes tun?

Madelines Knie wurden weich. Die Wut stand Alex ins Gesicht geschrieben. Jeder Muskel war angespannt und sie konnte fast spüren, wie der Zorn durch seinen Körper pulsierte. Sie warf Niles und Kenneth einen Blick zu und hoffte, dass diese sie noch nicht bemerkt hatten. Dann entfernte sie sich leise von Alex und hoffte, unbemerkt in die Burg schlüpfen zu können. Sie war sich nicht sicher, ob sie Niles und Kenneth gegenübertreten konnte.

„Madeline!", rief Alex. „Bleib, wo du bist, und rühr dich nicht!" Er drehte sich zu der Menge um.

Madeline stockte und wandte sich wieder dem Hof zu. „Aye, Laird Grant", flüsterte sie mit gesenktem Kopf. Sie hob langsam den Blick und sah Kenneth an. Dieser grinste sie trotz des Knebels in seinem Mund an, aber er war in seinem gegenwärtigen Zustand nicht sehr angsteinflößend. Maddie hob das Kinn und drückte die Schultern nach hinten durch. Ihr Blick flog über die im Hof versammelten Menschen, die verwirrt wirkten. Nun, jetzt würden wahrscheinlich alle die Wahrheit erfahren, aber sie war entschlossen, das mit erhobenem Haupt durchzustehen. Alex würde wollen, dass sie stark blieb.

Alex zeigte mit seinem Schwert auf Maddies Stiefbruder. „Nehmt dem Gefangenen den Knebel ab!"

Kenneth stieß Schimpfwörter und Anschuldigungen aus, sobald sein Mund frei war. „Wie kannst du es wagen, mich anzufassen, Grant! Du hast nicht das Recht dazu, du Bastard! Gib mir meine Schwester zurück. Ich bin ihr Vormund. Dem Gesetz nach gehört sie mir und ich kann mit ihr tun, was ich will."

„Sagt das Gesetz auch, dass ein Mädchen mit einer Peitsche geschlagen werden darf? Ich habe die Auswirkungen deiner Grausamkeit gesehen, MacDonald. Du wirst nie wieder die Gelegenheit bekommen, sie zu verletzen. Madeline bleibt hier bei mir. Ich werde die Sache vor den König bringen, wenn es sein muss. Und er wird nicht auf deiner Seite stehen. Du bist mein Gefangener, bis er etwas anderes entscheidet."

Während die beiden Männer diskutierten und Madeline zuhörte, machte sie unbewusst einen kleinen Schritt auf Alex zu. Sie erkannte, was sie tat, und trat noch ein Stück näher. Sie vertraute darauf, dass er sie beschützen würde. Wer wusste, ob Niles seine Fesseln brechen könnte. Vielleicht würde Kenneth sich losreißen und sich auf sie stürzen. Sie rieb sich unbewusst die Unterseite ihrer Arme und Tränen trübten ihre Sicht. Wieder kam sie Alex ein Stückchen näher. *Alex, ich weiß, dass du gesagt hast, ich soll mich nicht rühren, aber du bewegst dich zu weit weg. Bitte bleib. Lass nicht zu, dass mich einer der beiden je wieder berührt.* Sie wischte die unsichtbaren Tränen fort, die drohten, über ihre Wangen zu rollen. Sicher würde ihn eine kleine Bewegung nicht verärgern.

Alex zeigte auf Comming und befahl, auch seinen Knebel zu entfernen. Niles spuckte vor Alex auf den Boden. „Dafür wirst du büßen, Grant. Zuerst ziehst du die Verlobung mit meiner Schwester zurück und jetzt mischst du dich in meine eigene Verlobung ein. Madeline gehört mir. MacDonald hat sie mir verlobt, und ich will sie zurück!"

„Deine Verlobung mit dieser Lady ist aufgehoben. Sie will dich nicht, Comming. Sie wollte dich nie", stellte Alex klar. „Sie steht jetzt unter meinem Schutz und du wirst sie nicht wieder berühren."

„Auf wessen Befehl hin steht sie unter deinem Schutz, Grant?", rief Kenneth.

„Auf Wunsch der Lady. Sie will nichts mit dir oder deinem Freund zu tun haben."

„Und seit wann hat eine Frau etwas über ihre Zukunft zu sagen?", fragte Kenneth.

Alex ging auf Kenneth zu und führte die Spitze seines Schwertes an dessen Kehle. Madeline konnte ein Keuchen nicht zurückhalten.

„Seit sie in meiner Burg ist, MacDonald." Ein kleiner Blutstropfen rann Kenneths Kehle hinunter. Das Gesicht des Mannes
wurde sofort weiß und seine Knie gaben nach. Einer von Alex'
Wachmännern fing ihn auf, bevor er zu Boden ging.

Alex gluckste und drehte sich um, um Comming anzulächeln.

„Sie gehört mir, Grant!" Niles blickte in die versammelte
Menge. „Und sie wird dir das Gleiche sagen. Sie bat mich, ihr
die Jungfräulichkeit zu nehmen! Wer könnte sie jetzt noch wollen?", schrie er, damit die Menge es hörte.

Madeline zuckte zusammen, als ein kollektives Raunen durch
die Menge ging. Dann wurden die Leute leise, um die Antwort
ihres Lairds auf diesen Vorwurf zu hören. Was sollten sein Clan
von ihr denken? Ihr Geheimnis war gelüftet. Sie machte noch
zwei Schritte auf Alex zu. Vielleicht war er der Einzige, der
noch bereit war, ihr jetzt zu helfen. Ihr wurde übel, als sie so
viele Männer sah und roch. Sie könnten sie sofort ergreifen,
wenn sie beschließen sollten, sie für Commings Anschuldigung
zu bestrafen. Maddie schloss die Augen.

Sie hatte so viele Menschen in Alex' Clan liebgewonnen. Sie
hatten sie mit offenen Armen empfangen, aber was würden sie
jetzt von ihr denken? Wer würde einer wollüstigen Frau erlauben, seinen Kindern Geschichten zu erzählen? Ihre Welt, oder
das, was noch davon übrig war, brach zusammen. Sie öffnete
die Augen und machte einen weiteren vorsichtigen Schritt auf
Alex zu. Er bedeutete Sicherheit.

Alex ging zu Niles und richtete sein Schwert auf dessen
Bauch. Madeline starrte auf den Boden und ihr Atem stockte
vor Angst. Ihre Beine zitterten, während sie darum kämpfte, die
Kontrolle wiederzugewinnen.

Alex! Siehst du nicht, wie sehr ich dich gerade brauche?

Sie machte einen weiteren vorsichtigen Schritt auf ihn zu.
Die Männer schienen sich ihr zu nähern. Sie hustete, um Luft
zu bekommen, und zog an ihrem Oberteil, um es zu lockern.

Ich kann nicht atmen!

Wütende Augen starrten sie aus der Menge an. Ihre Brust war
wie zugeschnürt. Würde es jemand wagen, vor Alex' Augen
nach ihr zu greifen? Sie zitterte und rieb sich die Arme vor

Kälte.

Nur noch einen Schritt näher. Alex, bitte verlass mich nicht.

Alex' Stimme hallte kraftvoll wider. „Wie kannst du es wagen, solche Lügen über diese Lady zu erzählen! Sie froh, dass ich ein Laird des Königs bin, sonst würde ich dich auf der Stelle aufknöpfen oder dafür sorgen, dass du nie wieder eine Frau vergewaltigen kannst. Vielleicht hilft dir eine Weile im Kerker, deine Gedanken zu ordnen, Comming."

Alex bemerkte eine Bewegung aus dem Augenwinkel, drehte sich um und sah erstaunt, wie nah Madeline ihm gekommen war. Sie machte einen weiteren Schritt auf ihn zu, ihre Augen auf seine gerichtet, und sie war voller Angst. Sie kam tatsächlich auf ihn zu? Sie näherte sich ihm endlich? Er spürte sofort ein leichtes Ziehen in seiner Brust, aber er kämpfte gegen den Drang an, zu lächeln. Er schwor bei allen Heiligen, dass er diese Angst für immer aus ihren Augen verbannen würde. Er wusste, was er zu tun hatte. Er zeigte auf Madeline und sofort umkreisten seine Brüder und drei seiner Soldaten sie.

Dann wandte er sich an Niles Comming, hob sein Schwert und rief: „Das Mädchen heiratet mich!"

Aus dem Augenwinkel sah er, wie Madeline überrascht zusammenzuckte.

Kenneth hüpfte auf und ab, als wäre er besessen, und rief: „Sie wird niemals zustimmen, Grant. Sie ist eine tote Frau, wenn sie dich heiratet." Er taumelte auf Madeline zu, wurde aber von mehreren Soldaten zurückgehalten. „Ich werde sie mit bloßen Händen töten, wenn sie zustimmt. Madeline, hörst du mich? Ich werde dich töten, aber erst, nachdem ich dich halbtot geschlagen habe! Wenn du glaubst, dass das letzte Mal schlimm war, dann warte nur, bis du siehst, was diesmal passiert. Du wirst nie wieder gehen können."

Das wütende Dröhnen der Menge übertönte alles Weitere.

„Ich habe noch kein *Aye* von ihr gehört, Grant!", brüllte Niles. „Sie würde es nicht wagen, dich zu heiraten, wenn sie weiß, dass sie mir gehört."

„Sie wird zustimmen, mich zu heiraten. Nicht wahr, Mylady?" Er wandte sich an Madeline, die immer noch von seinen Männern umgeben war.

Madeline erbleichte und sagte: „Kann ich kurz mit Euch sprechen, Laird?"

Er senkte seine Stimme und sagte: „Sag einfach *Aye* Maddie und all deine Probleme sind vorbei."

„Kann ich zuerst mit Euch reden?", flehte sie.

„Ist das ein Scherz, Maddie?"

Comming kicherte. „Sie ist dumm, Grant. Hast du das noch nicht gemerkt?"

Alex wartete einen Moment geduldig. Was dachte sich das Mädchen? Er wusste, dass die Anwesenheit ihrer beiden Peiniger sie ängstigte. Aber sollten Mädchen nicht von Heiratsanträgen begeistert sein?

„Sie klingt mir nicht sehr willig, Grant!", spottete Niles.

„Bitte!", schluchzte sie.

Alex blickte in ihre großen blauen Augen und erkannte die Angst in ihnen. Er seufzte, steckte sein Schwert in die Scheide und trat in den Schutzkreis, den seine Krieger um Madeline gebildet hatten. Sie mussten auseinanderrücken, um Platz für seine breiten Schultern zu schaffen.

„Was ist los, Maddie?"

„Ich denke, wir sollten unter vier Augen sprechen, Alex."

Alex war kurz davor, seine Geduld zu verlieren, und brummte: „Niles und Kenneth können dich nicht hören. Wir haben keine Zeit, Maddie. Du musst vor meinen Männern sprechen."

Madeline beugte sich zu ihm und flüsterte: „Nun gut. Wenn du mir dein Wort gibst, dass du mich nicht an das Ehebett fesseln wirst, werde ich zustimmen, dich zu heiraten."

Die Wachen scharrten mit den Füßen und starrten in die Ferne.

Alex runzelte die Stirn. „Was hast du gerade gesagt?"

„Wenn du versprichst, mich nicht an das Ehebett zu fesseln, werde ich zustimmen, dich zu heiraten", wiederholte sie und sah ihm in die Augen. „Bitte, Alex, du musst mir dein Wort geben." Alex sah, wie sie ihre Hände rang, als sie sprach. Er sah sie an, brachte aber kein Wort heraus.

Dieser Bastard hatte sie ans Bett gefesselt? Sie zu vergewaltigen war ihm nicht genug gewesen? Kein Wunder, dass das Mädchen Angst vor ihm hatte. Er musterte sie erstaunt. Nun wurden ihm zwei Dinge klar. Erstens würde diese Frau ihm die stärksten Jungs im Land gebären. Und zweitens würde Niles es nicht lebend in den Kerker schaffen.

Alex drückte ihre Hand und trat dann aus der Gruppe der Krieger heraus, die Madeline umgaben. Er hörte, wie Brodie Robbie zuflüsterte: „Das wird nicht gut ausgehen."

Dann sagte Madelines süße Stimme: „Ich verstehe nicht."

„Oh, Ihr werdet es gleich verstehen, Mylady!"

Alex tat das Einzige, wozu er in diesem Moment fähig war. Brüllend zog er sein Schwert aus der Scheide, schwang es im Kreis über den Kopf und eilte auf Niles Comming zu. Alles, was er vor sich sah, war seine Maddie, die an ein Bett gefesselt war, während Niles Comming grinsend über sie herfiel.

„Bindet ihn los und holt ihm eine Waffe! Das ist eine Angelegenheit zwischen dir und mir, Comming. Ich kämpfe um die Ehre meiner Verlobten. Wir kämpfen bis zum bitteren Ende!"

„Mit Freuden, Grant. Ich habe auf den Moment gewartet, ein Schwert auf dich herabsausen zu lassen. Lass dir gesagt sein, dass ich derjenige sein werde, der am Ende noch steht!" Niles kicherte. „Zuerst stirbst du, Grant, und dann werde ich meinen Spaß mit dem Mädchen haben."

Madeline packte Brodies Schulter, um nicht ohnmächtig zu werden.

KAPITEL ACHTZEHN

EIN WACHMANN BEFREITE Niles und führte ihn in die Mitte des Hofes, während ein anderer ihm ein Schwert zuwarf. Er verbrachte einige Minuten damit, seine Muskeln zu dehnen und seine Stärke zu demonstrieren. Dabei ging er auf und ab, und brüllte und schrie gelegentlich. Alex stand nur still da, ignorierte den Lärm und konzentrierte sich auf das Gesicht seines Feindes.

Er würde all seine Kraft und Konzentration aufbringen müssen, um zu gewinnen. Und er musste die Vision seiner Madeline, wie sie Comming ausgeliefert war, aus seinem Kopf verjagen, denn sie würde ihn nur dazu veranlassen, emotional anstatt instinktiv zu handeln, was er sich im Moment wahrlich nicht leisten konnte. Sein Ziel war es, Comming zu ermüden. All sein Geschrei und seine Posen kosteten ihn Energie – Energie, die er brauchen würde, um es mit Alexander Grant aufzunehmen. Doch schließlich kam er auf ihn zu.

Die beiden Männer umkreisten sich und schätzten die Stärken und Schwächen des jeweils anderen ab. Die Menge trat zurück, um Platz für das bevorstehende Gefecht zu schaffen. Obwohl Alex in zahlreichen Schlachten gekämpft hatte und sein Umgang mit dem Schwert legendär war, war er klug genug, seinen Feind nicht zu unterschätzen. Niles Comming war ebenfalls ein ausgezeichneter Schwertkämpfer, aber jeder Mann hatte Schwächen. Alex war sich ziemlich sicher, dass er Commings Schwäche kannte, allerdings war Comming auch klar, dass Madeline seine Schwäche war.

Madelines Bauch verkrampfte sich, als sie die Szene beobachtete. Robbie, Brodie und die anderen Krieger umringten sie immer noch und aus dem Augenwinkel sah sie Brenna die Stufen des Bergfrieds herabeilen.

„Ich verstehe nicht, Robbie! Was ist hier los?", fragte Brenna, als sie bei ihnen ankam. Ihre Hände umklammerten ängstlich ihren Hals, während sie auf den Hof sah.

„Der Chief rächt Madelines Ehre. Alex hat verkündet, dass er Madeline zu seiner Frau nehmen wird, aber sie bestand darauf, ihm eine Frage zu stellen, bevor sie seinen Antrag annehmen könnte", sagte Robbie leise, um Alex' Konzentration nicht zu stören.

„Aber warum gerade jetzt? Warum hier? Warum schickt er nicht beide Männer zum König?", fragte Maddie.

„Das war vielleicht Alex' ursprünglicher Plan, aber als er Eure Frage hörte, hat er seine Meinung geändert", antwortete Brodie.

Brenna starrte alle drei an. „Was habt Ihr gesagt, Madeline? Ich war mit Jennie in der Burg. Ich habe Eure Frage nicht gehört."

Robbie und Brodie räusperten sich und wandten den Blick ab.

„Madeline?", drängte Brenna.

„Ich... ich..." Maddie schluckte Galle. „Ich musste Alex' Versprechen zu etwas einholen, bevor ich der Verlobung zustimmen konnte."

„Sein Versprechen worüber, Maddie?" Brennas Ton wurde immer fordernder.

Maddie war zu verlegen, um zu wiederholen, was sie gesagt hatte, und schüttelte ihren rot gewordenen Kopf.

„Madeline?" Brenna starrte sie an.

Madeline schloss die Augen und flüsterte: „Ich habe ihn gebeten, mir zu versprechen, dass er mich nicht an das Ehebett fesseln wird."

Brenna taumelte entsetzt zurück. „Oh, mögen sich die Heiligen unserer erbarmen! Er wird ihn töten", hauchte sie und starrte Robbie an.

Madeline ließ den Kopf hängen und schlug die Hände vors Gesicht. Nun würden sie alle hassen, sogar ihre wenigen neuen Freunde. Und was war, wenn Alex etwas zustieß? Ihr wurde flau im Magen, als sie Alex vor ihrem inneren Auge bluten sah, und sie kämpfte mit den Tränen.

„Es tut mir leid, Brenna, aber ich halte das nicht länger aus. Seit mein Bruder und Comming hier sind, habe ich ihre Folter frisch vor Augen. Kenneth band mich an Stühle und was auch immer im Augenblick greifbar war. Niles band mich an... ein Bett. Ich kann nicht länger so weiterleben, nicht einmal für Euren Bruder." Sie wischte sich die Tränen von den Wangen. „Ich musste einfach Gewissheit haben."

Brenna seufzte und ging an ihren Brüdern vorbei, um nach Maddie zu greifen. Ihre Stimme wurde leiser. „Maddie, Ihr kennt meinen Bruder. Wie kommt Ihr auf die Idee, dass er Euch so etwas antun würde? Er würde niemals eine Frau so behandeln."

„Bevor ich hierherkam, hatte ich angefangen zu glauben, dass alle Männer Frauen schlagen." Maddies Stimme brach und sie klammerte sich an Brenna. „Kenneth hat mich die letzten zwei Jahre geschlagen und er tut das Gleiche mit den meisten Dienern. Sie sagen, dass mich mein Vater verwöhnt hat. Ich dachte, mein Vater hätte mich nur deshalb nie geschlagen."

Niles' höhnische Worte hallten über den Hof.

„Alex!" Madeline löste sich von Brenna und warf sich gegen ihre Wachen, um dem Kampf näher zu kommen. „Robbie, ich muss ihn aufhalten." Tränen strömten über ihr Gesicht.

„Mylady, der Laird wird uns den Kopf abschlagen, wenn wir Euch in seine Nähe lassen. Ihr werdet ihn nur ablenken. Er muss sich konzentrieren", erklärte Brodie.

„Robbie, tu doch etwas!", flehte Brenna.

„Brenna, ich werde nicht versuchen, meinen Laird aufzuhalten, wenn er so konzentriert ist. Für Alex ist das hier keine Kleinigkeit. Es ist eine Frage der Ehre, und nach den Geschichten, die ich gehört habe, ist es an der Zeit, dass jemand diesen Comming für seine Handlungen zur Rechenschaft zieht. Der König wird nichts dagegen haben. Was Alex tut, wird helfen, den Frieden zu bewahren. Und jetzt sei still!" Robbie starrte sie kurz an, bevor er sich wieder dem Kampf zuwandte.

Alex wartete geduldig darauf, dass Niles den ersten Schritt machte. Er zog es vor, die Stärken und Schwächen seines Gegners sorgfältig einzuschätzen. Die Menge wurde langsam ungeduldig und stimmte einen Gesang an, damit ihr Laird den ersten Angriff startete. Niles hob sein Schwert und schwang es von oben auf Alex herab. Er wirbelte es immer wieder über ihn hinweg. Die Stahlklingen trafen klirrend aufeinander, als Alex mit Leichtigkeit alle Angriffe von Niles blockierte.

Niles trat einen Schritt zurück. „Du wirst sie nicht bekommen, Grant. Sie gehört mir und ich muss sagen, dass sie gar nicht übel war!"

Alex drehte sich um und schwang sein Breitschwert in einem Seitenbogen auf Niles. Niles blockierte den Hieb und entging nur knapp einer Bauchwunde. Alex parierte immer wieder und schwang wiederholt seine mächtigen Arme gegen seinen Gegner. Die Gesänge und Jubelrufe der Menge wurden lauter. Funken flogen und die Klingen krachten aufeinander. Der hitzige Kampf wurde angetrieben von einer Kraft, die selbst Alex nicht vollständig verstand. Dann ertönte ein Aufschrei der Menge, als Alex auf dem Kiesboden ausrutschte und sich die Spitze von Niles' Schwert in seinen rechten Oberschenkel bohrte. Die Menge schnappte entsetzt nach Luft, als sie sah, dass ihr Laird verletzt worden war. Der erste Blutstropfen war geflossen.

Alex trat zurück, um die Lage neu zu einzuschätzen. Die Wunde war klein und er lächelte, denn sie war eine Erinnerung, dass er die Kontrolle behalten musste. Niles würde versuchen, ihn mit Spott und Lügen über Madeline zu verärgern. Er musste seinen Kopf davon frei machen, wenn er gewinnen wollte. Er hatte bereits erwartet, dass Comming mit faulen Tricks kämpfen würde. Dieser Mann verstand das Wort *Ehre* nicht, aber Alex hatte auch nichts anderes von ihm erwartet.

Die Menge jubelte Alex zu. Er konnte Madeline nicht sehen, doch das war ihm auch lieber so. Er wollte nicht abgelenkt werden. Seine Brüder würden sich schon um sie und seine Schwester kümmern, und wenn er fertig wäre, würde er die Angst vor Niles Comming nicht mehr in Madelines Augen sehen müssen.

Alex stürzte sich auf Niles. Doch Niles sah die Bewegung voraus und rollte aus dem Weg, jedoch nicht, bevor Alex ihm in die Schulter schnitt. Die Menge brüllte. Niles rappelte sich wieder auf und konnte zwei weitere Schläge abwehren.

Beide Männer traten außerhalb ihres Kreises. Niles ging auf

und ab, während Alex abwartete. Beide überdachten ihre Strategien. Die Menge verstummte, als sie sah, dass Blut auf den Boden tropfte. Alex' Oberschenkel blutete immer noch ein wenig, aber Niles' Schulter blutete stark. Alex wusste, dass Niles nun eine weitere Schwachstelle hatte. Seine Schulter bereitete ihm mit Sicherheit Schmerzen und würde ihn schnell schwächen. Er warf einen Blick auf seinen Oberschenkel. Der Schmerz war minimal und seine Blutung ließ im Gegensatz zu Niles' bereits nach. Dessen Schulter blutete weiter stark und er hatte Mühe, sein Schwert über seinen Kopf zu schwingen.

Alex sah seinen Feind finster an, doch Niles lächelte genüsslich. Er trat ein wenig näher an Alex heran und sagte leise: „Hat dein Mädchen dir gesagt, wie sehr ich sie bluten ließ? Sie war so ein Schreihals." Alex' Augen wurden pechschwarz, aber er weigerte sich, auf diese Provokation hereinzufallen.

Niles schwang sein Breitschwert über seinem Kopf und ließ es direkt auf Alex herabsausen, um ihn in zwei Teile zu teilen. Alex blockte den Hieb ab, stolperte aber und taumelte nach links. Niles nutzte die Chance und riss sein Schwert zu einem vernichtenden Schlag schnell wieder über den Kopf. Gerade als er es herabschwang, drehte sich Alex blitzschnell wieder nach rechts, rammte sein Schwert in Niles' Bauch und riss es hoch. Niles sah ihn fassungslos an, bevor er zu Boden fiel und ihm sein Schwert aus den Händen glitt.

Jubel brach in der Menge aus, als Comming stürzte. Alex' Männer klopften ihm auf die Schulter, als er sein Schwert senkte. Er drehte sich um, um nach Madeline zu suchen, konnte sie aber in der Menschenmenge nicht finden. Schweiß rann ihm übers Gesicht und er schüttelte den Kopf, weil seine Sicht verschwamm. Aber er suchte verzweifelt weiter nach ihr. Kenneth war immer noch am Leben und Madeline war nicht mehr bei seinen Brüdern.

Madeline schrie auf, als sie sah, wie Alex stolperte. Dann sah sie Niles zu Boden gehen, aber es war unmöglich zu sagen, ob er Alex nicht vorher verletzt hatte. Sie zwängte sich in der Verwirrung durch ihre Wachen hindurch und rannte auf Alex zu. Tränen blendeten ihre Sicht. Robbie schrie ihr nach, aber sie drehte sich nicht um. Sie musste zu ihm gelangen. Hoffentlich war er unversehrt. Sie durfte ihn jetzt nicht verlieren. Alex war der einzige Mann für sie – eine Wahrheit, die sie tief in ihrem Herzen erkannt hatte. Die Menge umringte Alex und sie kam nicht zu ihm durch. Die Leute griffen nach ihr, aber sie schlug um sich, trat und kratzte jeden, der ihr im Weg stand. Sie schrie immer wieder seinen Namen. Als sie ihn endlich fand, warf sie sich an seine Brust und schlang ihre Arme um seinen Hals.

Er hielt sie fest. Sie schluchzte seinen Namen, aber er sagte nichts. Sein Atem ging vom Kampf noch stoßweise. Madeline schwor sich, ihn niemals gehen zu lassen. Er war verschwitzt und dreckig, aber seine Hände strichen über ihren Rücken, zogen sie enger an sich und führten sie in Richtung des Bergfrieds. Maddie spürte, dass er schwächer wurde. Zu viel Blut strömte aus den Wunden an seinem Oberschenkel und seinem Arm. Die Erschöpfung überwältigte ihn, das merkte sie an seinem Griff. Sie versuchte, sich von ihm zu lösen, nachdem er die Stufen zum großen Saal hinaufgestiegen war, aber er wollte sie nicht loslassen.

„Alex! Alex, geht es dir gut?" Tränen nahmen ihr die Sicht, als sie versuchte, seine Wunden einzuschätzen.

Sobald er über die Schwelle getreten war, brach er zusammen.

KAPITEL NEUNZEHN

DIE GRANT-WACHEN LÖSTEN die Menge auf und Robbie und Brodie trugen ihren Bruder in seine Kammer, damit Brenna sich um seine Wunden kümmern konnte. Um sicherzustellen, dass Kenneth nicht im Durcheinander entkam, ließ Robbie ihn von einem seiner Leute in den Kerker werfen. Die Wachen würden dort auf ihn aufpassen. Die kleine Jennie warf Alex einen Blick zu und weinte. In Maddies Kopf drehte sich alles vor Verwirrung. Niemand durfte Alex' Kammer betreten.

Jennie packte Maddies Röcke. „Maddie, ist er tot? Ist mein Bruder tot? Was ist mit ihm los? Was ist passiert? Wer hat meinen Bruder getötet?"

Maddie nahm Jennie in die Arme und setzte sich auf den Boden. „Ganz ruhig, meine Kleine, er ist nicht tot. Es gab einen Kampf und er hat sich tapfer geschlagen. Aber er ist verletzt und deine Schwester muss sich um seine Wunden kümmern." Die Angst in den Augen des kleinen Mädchens brach ihr das Herz.

„Oh, Maddie! Ich kann meinen Bruder nicht auch noch verlieren. Warum hat er gekämpft? Was ist passiert?" Jennies Schluchzen hallte durch den Steingang und ging Maddie durch Mark und Bein.

„Er hat uns vor einem sehr schlechten Mann beschützt, Jennie. Aber dieser Mann wird uns nie wieder belästigen. Wir werden hierbleiben und auf deine Schwester warten."

Jennie schluchzte, bis ihr nur noch leise Seufzer entfuhren. Maddie legte den Kopf des kleinen Mädchens auf ihren Schoß, strich ihr die Haare aus dem Gesicht und summte eine sanfte Ballade, die sie von ihrer Mutter gelernt hatte, bis sich Jennie entspannte.

Fiona hastete mit heißem Wasser, frischen Tüchern und Brennas Heilerinnentasche an ihnen vorbei. Kurze Zeit später öffnete sich die Tür und Brodie trat auf den Gang heraus. Er öffnete die

Arme weit und sagte: „Oh, komm her, kleines Eichhörnchen."

Jennie sprang in seine Arme und wischte sich die Tränen mit einem Tuch aus dem Gesicht.

„Wird Alex wieder gesund werden, Brodie? Er wird doch nicht sterben, oder?" Das Mädchen zog an Brodies Haaren und wickelte sie um ihren Finger, während sie sprach.

„Nay, Kleine, unser Bruder ist stark. Er wird für eine Weile Schmerzen haben, aber es wird ihm gut gehen. Du weißt, dass du besonders gut zu ihm sein und ihm helfen musst, sich zu erholen", erklärte Brodie und küsste sie auf die Stirn.

Seine Schwester legte ihren Kopf auf seine Schulter. „Kann ich ihn sehen? Ich möchte ihm nur einen Kuss geben. Ich denke, er wird schneller gesund werden, wenn ich ihn küsse. Papa hat immer gesagt, dass Schmerzen und Verletzungen Küsse brauchen, um zu heilen. Alex braucht wahrscheinlich viele Küsse."

Brodie gluckste, als er ihr Haar glattstrich. „Nay, Mädchen, Brenna muss seine Wunden zuerst nähen. Und er ist sehr müde, weshalb er eine Weile schlafen wird, wenn Brenna fertig ist. Ich bin auch müde. Alex hat uns zu einer anstrengenden Verfolgungsjagd dieser bösen Männer angetrieben. Es gab einen heftigen Kampf, bevor wir sie gefangen nehmen konnten."

Madeline sah Brodie erwartungsvoll an. „Ist er bei Bewusstsein?"

„Aye, er wird zwischendurch bewusstlos, aber er hat noch nicht nach Euch gefragt, Mylady."

Glücklicherweise war Brodies Gesichtsausdruck mitfühlend und nicht tadelnd. Trotzdem ließ Madeline niedergeschlagen die Schultern sacken. Vielleicht hatte er seine Meinung geändert und wollte sie nie wiedersehen. Nun, wenn dem so war, würde er sie nicht so leicht loswerden. Sie würde sich nicht von der Stelle bewegen, bis er entweder aus dieser Kammer kam oder mit ihr sprach, je nachdem, was zuerst eintrat.

Nach ein oder zwei Stunden wurden Maddies Beine taub. Wie lange konnte sie noch auf dem Boden sitzen und warten? Sie warf sich vor, schwach zu sein, aber das war egal. Sie würde nicht von seiner Seite weichen. Schließlich trat Brenna in den Gang hinaus und verkündete, dass Alex schlief. Sie führte Brodie mit der kleinen Jennie in die Kammer und wandte sich dann an Maddie. „Warum geht Ihr nicht hinunter und esst etwas? Es wird eine Weile dauern, bis er wach wird. Ich habe ihm einen Schlaftrank gegeben."

„Wie schlimm sind seine Verletzungen?", fragte Maddie und suchte in Brennas Gesicht nach Antworten.

„Es wird ihm wieder gut gehen, Maddie. Unsere größte Sorge ist, dass er Fieber bekommen könnte. Seine Wunden waren sehr schmutzig. Ich habe sie so gut ich konnte gereinigt. Ich glaube nicht, dass er Knochenbrüche hat. Aber der größte Knochen, der mir Sorgen macht, ist sein Dickschädel. Er wird nicht lange im Bett bleiben. Dazu ist er viel zu stur."

„Brenna, ich möchte heute Nacht an seiner Seite bleiben."

„Das ist nicht notwendig. Brodie hat Jennie nur mitgenommen, damit sie Alex einen Kuss geben kann. Dann wird er die Nacht über bei ihm bleiben. Am besten ruht Ihr Euch aus, bis er aufwacht und nach Euch fragt."

„Glaubt Ihr, dass er nach mir fragen wird? Nach allem, was passiert ist, möchte er mich vielleicht nie wiedersehen", flüsterte sie.

„Mein Bruder mag einen Dickschädel haben, aber ich weiß, dass er Gefühle für Euch hegt." Brenna tätschelte Maddies Hände. „Gebt ihm etwas Zeit. Es ist viel passiert. Den Geschichten nach, die ich gehört habe, ist es ein Wunder, dass auch nur einer unserer Clansmänner noch auf den Beinen ist. Es war kein einfacher Kampf."

„Ich werde hierbleiben." Madeline holte sich einen Hocker und stellte ihn vor Alex' Tür.

Robbie betrat Alex' Kammer ein paar Mal, um mit Brodie zu sprechen, aber mehrere Stunden lang tat sich nichts. Kurz vor Mitternacht, als Maddies Kopf vor Erschöpfung immer wieder nach unten sackte, kam Brodie heraus und berührte ihre Schulter. „Alex fragt nach Euch, Mylady. Ich werde mir etwas zu essen holen."

Nachdem sie Brodie angelächelt und ihre Röcke glattgestrichen hatte, eilte Maddie in Alex' Kammer. Drinnen hielt sie inne, damit sich ihre Augen an die Dunkelheit gewöhnen konnten. Eine kleine Kerze flackerte auf dem Tisch neben seinem Bett und warf ein wenig Licht. Die Kammer war größer als erwartet und das Bett war wahrscheinlich das größte, das sie je gesehen hatte. An einer Wand befand sich ein Kamin mit zwei Stühlen davor und daneben standen drei Truhen unterschiedlicher Größe. An den Wänden hingen mehrere Waffen und Felle vor den Fenstern hielten die Kälte ab. Alex stand vor einem dieser Fenster und hatte das Fell zurückgezogen. Er trug nur sein Plaid und starrte auf den Mond. Maddie fuhr sich unbewusst mit der Zungenspitze über die Lippen, während sie seine breiten Schultern und die zuckenden Rückenmuskeln musterte. Alex trug einen Verband an seinem rechten Bein und sie glaubte, Stiche an seinem linken Arm zu erkennen. Sein Haar war offen und reichte ihm fast bis zu den Schultern. Maddie wartete darauf, dass er sie bemerkte.

Er drehte sich um und starrte sie einige Minuten lang mit zärtlichem Blick an, bevor er flüsterte: „Aye, Maddie, du hast mein Wort. Ich werde dich nicht an das Ehebett fesseln."

Maddie seufzte, schlang ihre Arme um ihn und vergrub ihr Gesicht in den weichen Haaren seiner Brust. „Oh Alex, ich war so besorgt um dich. Es tut mir so leid für all die Schwierigkeiten, die ich verursacht habe."

„Maddie, du hast keine Schwierigkeiten verursacht." Er legte sein Kinn auf ihren Kopf und seufzte. „Du hast meine Welt auf den Kopf gestellt, aber du hast mir keine Schwierigkeiten verursacht."

Alex genoss es, wie richtig es sich anfühlte, sie in seinen Armen zu halten. Er schloss die Augen, um alles an seiner Madeline in sich aufzunehmen. Er hob ihr Kinn und sah in ihre Augen. „Du hast meine Frage immer noch nicht beantwortet. Wirst du mir die Ehre erweisen, meine Frau zu werden?"

Ein bezauberndes Lächeln erstrahlte in ihrem Gesicht, als sie ihn wieder ansah. „Aye, Alex, nichts würde mich glücklicher machen. Aber bist du sicher, dass du mich nach allem, was du über mich erfahren hast, immer noch willst?"

„Mädchen, du bist der stärkste Mensch sein, dem ich jemals begegnet bin, denn du hast all das überlebt, was du erlitten hast.

Ich wollte schon immer eine starke Frau haben."

Alex spürte sofort Maddies Angst. „Setz dich und rede mit mir", sagte er, nahm ihre Hand und führte sie zu einem der großen Stühle vor dem Kamin. Er setzte sich und zog sie auf seinen Schoß, wobei er darauf achtete, sein verbundenes Bein zu schonen.

„Maddie, bitte hör mir ein paar Minuten zu. Ich verstehe deine Ängste. Was mit Niles passiert ist, war nicht normal. Er war ein unnatürlich grausamer Mann, wenn er dich so behandelt hat. Ich hoffe, du glaubst mir, wenn ich sage, dass ich dich niemals verletzen werde. Was zwischen Mann und Frau passiert, sollte nach dem ersten Mal nicht schmerzhaft sein. Du weißt bereits, wie der Akt an sich vollzogen wird, aber du brauchst keine Angst davor zu haben, mein Mädchen." Alex strich sanft über ihren Arm, als er sprach. „Hat dir noch niemand gesagt, dass das Ehebett sowohl für den Gemahl als auch für die Gemahlin angenehm sein sollte?"

Maddie nickte. „Meine Magd Alice hat es mir gesagt, aber sie hat nicht viel verraten. Ich habe einige Diener darüber sprechen hören, aber ich habe nicht immer verstanden, was sie meinten. Ich kann mich nur auf meine eigene Erfahrung verlassen. Und die gefiel mir nicht. Es war furchtbar schmerzhaft und demütigend." Ihr Kopf sank auf seine Schulter.

Alex biss die Zähne zusammen und presste seine Lippen auf ihre Stirn, damit sie seine Augen nicht sehen konnte. „Wie oft, Maddie?" Er hielt den Atem an und war sich nicht sicher, was er hören würde.

„Nur eine Nacht, aber es passierte vier oder fünf Mal. Ich erinnere mich nicht mehr genau, aber es tat jedes Mal weh und ich blutete schrecklich. Ich habe Angst, Alex."

„Vertraust du mir, Maddie?" Er strich mit dem Daumen über ihre Wange.

„Aye, das tue ich."

„Dann glaub mir, wenn ich dir sage, dass wir nichts tun werden, bis du bereit dazu bist, Mädchen."

Sie war so schön. Ihr Haar war zerzaust, aber sie war so atemberaubend wie immer. Wie sehr er sich danach sehnte, ihre herrlichen Kurven zu spüren! Er sehnte sich danach, mit seiner Zunge jeden Zentimeter ihres Körpers zu erforschen. Eines Tages, das schwor er sich. Er glaubte, dass sich unter der Oberfläche eine leidenschaftliche Frau versteckte; er musste nur geduldig sein.

Alex fuhr mit den Fingerspitzen über ihre Wange. Nachdem er ihre Stirn, ihre Nase und ihre Lippen geküsst hatte, nahm er ihr Gesicht in seine Hände und sein Mund fand den ihren. Sie schmeckte so süß und einladend. Er wollte alles an ihr kosten. Anstatt ihn fortzuschieben, öffnete sie ihre Lippen, damit seine Zunge in ihren süßen Mund gleiten konnte. Ihre Zunge berührte seine kurz und diese einfache Bewegung raubte ihm endgültig den Verstand.

Maddie schlang ihre Arme um seinen Hals und zog ihn näher an sich. Sie liebte das Gefühl, in seinen Armen zu sein. Als Alex sie küsste, breitete sich eine Wärme in ihrem ganzen Körper aus. Er fuhr mit seiner Hand über die Innenseite ihres Armes und sie schauderte, als das Flattern in ihrem Bauch ihr Innerstes erreichte. Sie war verwirrt von ihren Gefühlen und unfähig, die Veränderungen in ihrem Körper zu verstehen. Seine Hände glitten zu ihrer Taille und sie beugte sich zu ihm. Sie konnte hören, wie sich seine Atmung beschleunigte, und ihr eigenes Herz schlug schneller. Seine Hand fuhr über ihren Rücken und über ihre Taille, bevor sie zu ihrem Oberschenkel wanderte.

In diesem Augenblick zuckte sie zusammen, als hätte sie sich verbrannt. Sie sprang von seinem Schoß und rannte bis zur gegenüberliegenden Wand. Maddie verbarg ihr Gesicht vor ihm und verschränkte die Arme schützend vor den Brüsten. Sie versuchte, ihre Atmung unter Kontrolle zu bringen, scheiterte aber dabei. Die Erinnerung an Niles Comming hatte ihren perfekten Moment ruiniert. Aus Angst vor dem Blick in seinen Augen sah sie überall hin, nur nicht zu ihm. Alex saß immer noch auf dem Stuhl.

Sie keuchte und schnappte nach Luft, als ihre Panik überhandnahm.

„Es tut mir leid, Alex. Ich kann das einfach nicht." Sie drehte der Wand den Rücken zu und starrte ihn an. Was dachte er? Er hatte sich nicht vom Stuhl bewegt. Seine Arme waren entspannt. Ein feines Zittern durchfuhr ihren ganzen Körper. Selbst wenn er sie nicht so schlagen würde wie Kenneth oder Niles, wollte er sie wahrscheinlich nicht mehr. Wie konnte er eine Frau wollen, die ihn zurückwies oder ihn schlug, wenn sie intim wurden? Sie kniff die Augen wieder zusammen, um zu versuchen, die bösen Erinnerungen in ihrem Kopf zu verjagen. Als sie die Augen öffnete, saß Alex immer noch auf dem Stuhl. Er hatte sich nicht geregt. Sein Blick suchte den ihren.

„Es ist alles in Ordnung, Maddie. Ich werde warten, bis du bereit bist", sagte er leise.

„Ich verstehe nicht. Was meinst du damit?", schluchzte sie. „Bereit wofür?" Sie wischte ihre Tränen fort.

„Ich werde dir helfen, darüber hinwegzukommen. Wenn du bereit bist, möchte ich, dass du zurückkommst und dich zu mir setzt. Ich werde so lange warten, wie es dauert. Ich werde dich nicht wieder berühren, bis du es dir wünschst."

Sie sah keine Wut in seinem Gesicht, keine Verurteilung, nur Ruhe und Selbstbeherrschung. Er wandte den Kopf und blickte auf das Feuer im Kamin.

Maddie schluckte. War das möglich? War er wirklich so geduldig und ruhig? Sie sah ihn wieder an und wollte sich davon überzeugen, dass er nicht wütend oder angewidert war. Sie strich ihr Kleid glatt, spielte mit ihren Haaren und versuchte, sie neu zu ordnen. Ihre Atmung normalisierte sich langsam wieder. Vielleicht wollte er ihr wirklich helfen und für sie da sein. Sie ging zum Fenster, schlug das Fell zurück und spähte über die mondhellen Felder. Einige Minuten vergingen. *Ich kann das schaffen. Ich wäre viel lieber in seinen Armen als allein hier am Fenster. Er hat mich nicht verletzt,* erinnerte sie sich. Sie drehte sich genug, um ihn über ihre Schulter hinweg zu beobachten. Er hatte sich immer noch nicht bewegt. Sie sammelte ihre Kräfte, schloss die Augen und drehte sich zu ihm um. Sie war bereit, diesem Mann voll und ganz zu vertrauen.

Maddie schlich zentimeterweise zum Kamin und stellte sich vor ihn. Er hatte seine Ellenbogen auf seine Knie gestützt, lehnte sich nun in seinem Stuhl zurück und musterte sie.

Ihre Hände zupften an den Falten ihres Kleides und das Feuer im Kamin wärmte ihren Rücken, als sie all ihren Mut zusammennahm. *Ich kann das tun.* Sie seufzte, als ihr klar wurde, wie sehr sie es wollte. Ihre Wangen erröteten, als ihr Blick den seinen traf.

„Ich würde jetzt gern zurückkommen, wenn du mich noch haben willst, Alex." In seinen Augen lag nichts Bedrohliches.

„Wann immer du bereit bist, Mädchen." Ein sanftes Lächeln huschte über sein Gesicht.

Sie ging zu ihm hinüber und er griff nach ihr. Sie nahm seine Hand und ließ sich wieder auf seinem Schoß nieder, wobei sie darauf achtete, seinen Verband nicht zu berühren.

„Verursache ich Schmerzen in deinem Bein, Alex?"

„Nay, Mädchen, du tust mir nicht weh. Deine Berührung ist federleicht. Du wirst mein Bein nicht verletzen." Er küsste sie auf die Stirn und strich ihr weiches Haar zurück. „Du musst lernen, mir zu vertrauen. Ich bin nicht wie diese verabscheuungswürdigen Männer in deinem bisherigen Leben. Vielleicht erhebe ich einmal die Stimme, wenn ich wütend bin, aber ich werde niemals meine Hand gegen dich erheben. Kannst du mir das glauben?"

Maddie nickte und schenkte ihm ein vorsichtiges Lächeln. In ihrem Herzen wusste sie, dass es die Wahrheit war. Sie wusste es schon seit einiger Zeit.

„Was willst du, Maddie?"

Sie sah ihn durch ihre Wimpern an. „Dich, Alex, ich will dich."

„Dann bin ich dein. Berühre mich." Seine Augen verdunkelten sich und flehten sie an, ihn zu berühren.

Sie strich über seinen rauen Bart und fuhr dann mit ihrem Daumen über seine Unterlippe. Die Art, wie er sie ansah, sandte sofort eine weitere Welle von Wärme durch ihren Körper. „Fass mich wieder an, Alex, bitte", hauchte sie.

„Ich möchte, dass du etwas ausprobierst, Mädchen. Würdest du das für mich tun?", fragte er.

Sie nickte mit dem Kopf.

„Vertraust du mir, dass ich dich nicht verletze?"

Sie nickte erneut und kaute auf ihrer Unterlippe.

„Dann schließe deine Augen für mich. Ich werde dich berühren und wenn du möchtest, dass ich aufhöre, sag es mir einfach."

Sie schloss entschlossen die Augen und hob das Kinn.

„Maddie, du bist so kostbar für mich, glaubst du mir das?"

„Aye", flüsterte sie.

„Lass mich dir zeigen, wie viel du mir bedeutest. Ich werde deinen Knöchel berühren, aber ich werde dich nicht verletzen."

Sie nickte mit dem Kopf und kniff immer noch die Augen zusammen. Alex' Hand berührte ihren Knöchel.

„Ich werde meine Hand ein wenig dein Bein hinaufbewegen." Er bewegte seine Finger zu ihrer Wade und rieb seine Hand leicht über ihren Unterschenkel. „Wie fühlt sich das an? Fühlt es sich gut an? Ich möchte, dass sich meine Berührung gut für dich anfühlt. Sag mir, wie es sich anfühlt."

Sie stieß den Atem aus, von dem sie gar nicht bemerkt hatte, dass sie ihn angehalten hatte. „Es fühlt sich gut an, Alex. Ich mag es", flüsterte sie, während sie ihre Hände um seinen Hals und ihren Kopf auf seine Schulter legte.

Sie sah zu ihm auf und bemerkte sein Lächeln, bevor sie ihre Augen wieder schloss. „Gut, Mädchen. Ich werde meine Hand nach oben bewegen. Vertraust du mir immer noch?" Er legte seine Hand auf ihr Knie und streichelte die empfindliche Haut darüber.

Maddie nickte erneut und rutschte ein wenig auf seinem Schoß umher. Alex stöhnte kurz, streichelte aber weiter ihr Bein. Ihr Atem ging nun etwas schneller. „Ja, Alex, ich mag es, wenn du mich berührst."

Er bewegte seine Hand über ihr Knie. „Dies ist der letzte Schritt, den ich machen werde, Maddie. Ich gehe etwas höher. Vertraust du mir immer noch?" Seine Hand war fast am Ende ihres Oberschenkels angelangt, aber sie rührte sich nicht.

Sie nickte gegen seine Schulter. Seine warme Haut fühlte sich wunderbar an, aber aus Verlegenheit setzte sie dazu an, seine Hand wegzuschieben. Im letzten Moment hielt sie sich jedoch zurück. Seine Hand streichelte ihren Oberschenkel und sein Daumen beschrieb einen Pfad auf der Innenseite ihres Beins. Ihre Finger vergruben sich in seine Schulter und ihre Augen waren immer noch geschlossen.

„Alex", flüsterte sie. Was war nur mit ihr los? Ihr Bauch war wieder voller Schmetterlinge. Sie hielt die Augen geschlossen und freute sich über das Gefühl seiner Liebkosungen. Zwischen ihren Beinen spürte sie ein Glühen, das sie nicht verstand, aber sie wollte nicht, dass er aufhörte. Sie bewegte reflexartig ihre Schenkel auseinander und schnappte nach Luft, als ihr klar wurde, was sie getan hatte. Ihr Kopf ruckte hoch und sie riss beschämt die Augen auf.

Alex fuhr mit seinem schwieligen Daumen über ihre Wange und über ihren Hals. „Es ist alles in Ordnung, Mädchen. Ein Paar, das heiraten will, berührt sich nun einmal. Es soll wunderbar sein. Es ist normal, wenn du es genießt. Entspann dich." Er küsste sie leicht auf die Lippen und strich dann mit der Zungenspitze darüber.

„Berühr mich, Maddie. Ich möchte deine Berührung spüren", flüsterte er in ihr Ohr.

Maddie berührte seine muskulöse Brust und fuhr mit ihren Fingern durch seine gekräuselten Haare zu seinem Bauch hinab und wieder hinauf. Sie strich leicht über seine Brustwarzen und erschrak selbst etwas dabei, zögerte aber nicht, wieder nach unten zu wandern. Es gefiel ihr, wie sich seine Haut anfühlte. Eine dunkle Linie lief über seinen Bauch und verschwand in seinem Plaid.

„Mein kostbarer Schatz, sieh mich an", sagte Alex.

Sie hob die Augen, um ihn anzusehen, und bemerkte das Verlangen in seinen Augen. Sie errötete und erkannte, wie besonders sie sich in diesem Moment fühlte.

„So sollte es zwischen Ehemann und Ehefrau sein, Maddie. Berühren und Streicheln sollten sich wunderbar anfühlen. Du solltest darauf vertrauen können, dass ich dich nicht verletze. Es geht darum, dem anderen Freude zu bereiten und selbst Freude zu empfangen. Es geht darum, sich um die Person kümmern zu wollen, die dir wichtig ist." Er nahm seine Hand von ihrem Bein und streckte die Hand aus, um eine Haarsträhne hinter ihr Ohr zu streichen. „Wir werden das zusammen schaffen, mein Schatz. Glaubst du mir?"

„Aye." Sie beugte sich vor und Alex küsste sie. Er war fordernd, als er seinen Mund auf ihren presste und seine Zunge nach ihrer suchte. Doch dann hielt er abrupt inne, wiegte ihren Kopf in seinen Händen, beugte sich vor und legte seine Stirn an ihre, wobei er seufzte.

Dann schlang er seine Hände um ihre Taille und schob sie sacht von seinem Schoß, bevor er sich auf sein unverletztes Bein stützte und aufstand. „Und jetzt müssen wir aufhören, bevor du mich noch ganz um den Verstand bringst." Sie starrte ihn benommen an.

„Aber wir müssen noch eine Entscheidung treffen, Mylady", sagte er, während er ihr half, ihre Röcke glattzustreichen und ihr Haar zu ordnen. „Wir müssen entscheiden, wann unsere Hochzeit stattfinden wird."

„Oh, Alex. Ich muss mein Kleid nähen und das Festmahl planen. Ich weiß nicht, wie lange das dauern wird", erklärte sie.

„Du wirst mich aber nicht zu lange warten lassen, oder?", fragte Alex mit hochgezogenen Augenbrauen.

Maddie wurde rot, als sie zu ihm aufblickte. „Ich will auch nicht warten", gestand sie.

„Alice und Brenna können dir bei deinem Kleid und der Planung helfen, oder nicht?"

„Doch, bestimmt! Es ist immerhin Brennas Küche, Mylord."

„Bald wird sie dir gehören", fügte er mit einem Lächeln hinzu.

Maddie runzelte die Stirn, als sie darüber nachdachte. Ihr war nicht klar gewesen, dass sie mit der Heirat zur Burgherrin werden würde. „Oh Alex, ich hoffe, Brenna macht das nichts aus."

„Ich denke, Brenna wird erleichtert sein. Vielleicht können wir darüber nachdenken, Brenna zu verloben. Es ist Zeit für sie, denke ich." Er hielt inne. „Ich denke, vierzehn Tage sollten genug Zeit für die Vorbereitungen sein, nicht wahr?"

„Ach, du meine Güte, das ist nicht viel Zeit! Vielleicht sollte ich besser gleich anfangen."

Er zog sie noch einmal in seine Arme. „Nay, Maddie, ab ins Bett mit dir. Es war ein anstrengender Tag." Er küsste sie kurz und öffnete die Tür. Brodie schlief davor auf dem Boden. Sie stiegen leise über ihn hinweg, damit Alex Maddie in ihre Kammer bringen konnte. Dort angekommen, drehte sie sich wieder zu ihm um und er kostete noch einmal ihren Mund.

Mit roten Wangen und lächelnd betrat sie ihre Kammer, strich mit den Fingerspitzen gedankenverloren über ihre Lippen und erinnerte sich daran, wie gut Alex schmeckte. Zum ersten Mal seit Langem freute sie sich auf die Zukunft.

KAPITEL ZWANZIG

MADDIE WÄLZTE SICH den größten Teil der Nacht unruhig umher, denn der Gedanke an alles, was für ihre Hochzeit vorbereitet werden musste, hielt sie wach. Sie war zwischen Angst und Euphorie hin- und hergerissen. Wäre sie in der Lage, Alex eine gute Frau zu sein? Hätte er genug Geduld mit ihr?

Die Vorstellung, Teil seiner Familie zu sein, dieses liebevollen, glücklichen Clans, in dem alle einander wertschätzten, begeisterte sie. Hoffentlich würde ihre neue Familie dazu beitragen, die Lücke zu schließen, die der Verlust ihrer Eltern in ihr hinterlassen hatte. Oft spürte sie den liebevollen Geist ihrer Mutter in ihrer Nähe und ihre Intuition sagte ihr, dass ihre Eltern ihre neu entdeckte Liebe guthießen.

Am Morgen wusch sie sich schnell, damit sie Brenna suchen und das große Ereignis mit ihr besprechen konnte. Es war bereits spät, weshalb Alex vermutlich bereits mit seinen Männern übte, obwohl er eigentlich ins Bett gehörte. Was würde mit Kenneth passieren? Sie zuckte beim Gedanken zusammen, dass Alex ihn womöglich kaltblütig getötet hatte. Obwohl sie ihren Bruder hasste, wollte sie nicht, dass Alex ihn ihretwegen umbrachte. Aber würde Kenneth ihrer Ehe mit Alex zustimmen, jetzt wo Niles tot war? Sie hatte die Abmachung zwischen Comming und ihrem Stiefbruder nie verstanden und war sich nicht sicher, was sich Kenneth von der Verlobung erhofft hatte.

Als sie gerade die Tür ihrer Kammer öffnen wollte, hallte von unten ein lautes Gebrüll wider. War das Alex? Sie öffnete die Tür, eilte zum Balkon und zuckte zusammen, sobald sie über das Geländer spähte. Alex stand Robbie Auge in Auge gegenüber und beide waren sichtlich wütend.

„Was meinst du damit, dass Kenneth entkommen ist, Bruder? Warum wurde mir das nicht sofort gesagt, als es festgestellt wurde?", schrie Alex seinen Bruder an.

Maddies Knie zitterten und sie umklammerte das Geländer, um sich zu stützen. Hatte sie richtig gehört? Kenneth war geflohen?

„Du warst außer Gefecht gesetzt, Laird!", erwiderte Robbie.

„Ich war nicht außer Gefecht gesetzt! Du hättest es mir sagen können, sobald ihr es bemerkt habt!", tobte Alex und Wut strahlte aus jeder Pore seines Körpers.

„Da du flachlagst und außerdem ein Mädchen in den Armen hattest, hielt ich dich nicht für ansprechbar!"

Robbie und Alex standen mit geballten Fäusten so dicht voreinander, dass sich ihre Nasenspitzen fast berührten. Keiner der beiden Männer wich auch nur einen Zentimeter zurück.

Zorn glühte in Maddies Verlobtem.

Madeline schlich die Treppe hinunter.

Robbie seufzte und senkte seine Stimme. „Er ist ungefähr zu der Zeit geflohen, als Niles getötet wurde. Nach dem Schwertkampf war die Menge außer Kontrolle geraten. Als Angus endlich alle beruhigt hatte, war Kenneth nirgends mehr zu sehen."

„Warum hast du ihn nicht verfolgt? Du bist der Ranghöchste, wenn ich keine Entscheidungen treffen kann."

„Ich war damit beschäftigt, meinen starrköpfigen Bruder in seine Kammer zu bringen. Nächstes Mal werde ich dich auf dem Boden liegenlassen", zischte Robbie.

Beide Brüder starrten sich weiter an und keiner rührte sich vom Fleck.

„Ich werde dich und Brodie auspeitschen lassen, weil ihr meinen Gefangenen verloren habt. Ihr wart für ihn verantwortlich und hättet seine Flucht verhindern sollen."

„Ich hatte mehr als genug zu tun. Immerhin hat mein Laird mich nicht vorgewarnt, dass er im Begriff war, vor den Augen unseres versammelten Clans einen Mann zu töten." Robbie warf Alex einen vernichtenden Blick zu, bevor er flüsterte: „Aber wenn das dein Wunsch ist, Laird, dann lass mich die Peitsche holen. Ich würde es vorziehen, wenn du die Strafe selbst vollziehst."

Alex nickte. „Es wird mir ein Vergnügen sein."

Da tönte ein schriller Schrei durch die Luft und die kleine

Jennie rannte auf ihre beiden Brüder zu und klammerte je einen Arm um die Knie der Männer. „Nicht auspeitschen, nicht auspeitschen, nicht auspeitschen!", rief sie und trommelte zornig auf Alex' Beine ein, sodass Maddie ganz flau im Magen wurde.

Alex trat zurück und hob seine Schwester auf seine Arme. Maddies Atem stockte beim Anblick der winzigen Fäuste, die auf die breiten Schultern ihres Bruders einschlugen. Er nahm ihr Kinn und zwang sie, ihm in die Augen zu schauen. „Jennie, ich werde unsere Brüder nicht auspeitschen." Seufzend sah er zu Robbie. „Es tut mir leid, dass ich dich so verärgert habe, kleines Eichhörnchen."

Jennie weinte und ihre Worte wurden von Schluchzern unterbrochen. „Sag Robbie, dass es dir leidtut. Sag Brodie, dass es dir leidtut. Du hast Papa versprochen, uns alle zu lieben und auf uns aufzupassen. Du darfst uns nicht auspeitschen." Sie schluchzte immer noch herzerweichend. „Alex, du musst Robbie und Brodie liebhaben. Du musst einfach! Du bist fast gestorben, so wie Mama und Papa. Aber ich darf niemanden mehr verlieren. Versprich mir das. Wenn du unsere Brüder auspeitschst, werden sie gehen. Ich will, dass sie hierbleiben. Versprich es mir!"

Alex wandte sich an seinen Bruder. „Robbie weiß, dass ich euch alle liebhabe. Ich habe nur die Beherrschung verloren. Es tut mir leid, dass ich dir gedroht habe, Robbie. Ich werde mich in Ruhe mit Robbie hinsetzen." Alex winkte seine Brüder zum Tisch und schickte die Diener fort. Er beugte sich vorsichtig nach vorn, denn Jennies Arme waren immer noch fest um seinen Hals geschlungen und sie hatte ihr Gesicht an seiner Schulter vergraben.

Madeline ging auf Zehenspitzen von der Treppe zum Tisch hinüber und stellte sich neben Alex.

Sie flüsterte mit gesenktem Kopf, kaum hörbar: „Er ist geflohen?"

„Aye, aber wir werden ihn finden", antwortete Alex, bevor er sich mit der Hand über das Gesicht fuhr und seufzte. „Robbie, erzähl mir alles."

Madeline versuchte, Alex Jennie abzunehmen, aber diese rührte sich nicht. Sie steckte ihren Daumen für ein paar Sekunden in den Mund, zog ihn dann zurück und vergrub ihr

Gesicht an der Brust ihres Bruders. Nachdem ihr Schluchzen nachgelassen hatte, nickte Alex Robbie zu und dieser begann, Alex das Geschehene zu schildern.

„Angus hat sofort das ganze Gelände abgesucht, aber nichts gefunden. Als ich gestern Abend davon erfahren habe, habe ich mit mehreren Männern die Gegend abgesucht. Wir haben zwei von Kenneths Wachen", er warf Jennie schnell einen Blick zu, „schlafend vorgefunden, aber von Kenneth gab es keine Spur. Einige seiner Männer müssen auf ihn gewartet haben. Es sind so viele mit Pferden in die Burg geritten, um den Kampf zu sehen, dass die Verfolgung schwierig war. Die meisten von Commings Männern wurden freigelassen. Sie beschlossen anscheinend, nicht zu seiner Burg zurückzukehren, sondern verstreuten sich. Einige wollen dir Treue schwören. Sie stehen unter Bewachung, bis du entscheidest, was du mit ihnen machen willst."

„Was ist mit den Wachen, die mit Kenneth gekommen sind?", fragte Alex.

„Einige der MacDonald-Männer sind noch eingesperrt, bis du eine Entscheidung triffst."

Brenna betrat den großen Saal und Jennie sprang sofort von der Bank und lief zu ihrer Schwester. Brenna nahm die Kleine in die Arme, ging zum Tisch und setzte sich mit ihr.

„Nun, da wir alle versammelt sind...", Alex griff nach Madelines Hand, „haben Maddie und ich eine Ankündigung zu machen. Ich hoffe, sie wird deine Tränen trocknen, Jennie. Maddie hat zugestimmt, meine Frau zu werden, und wir haben vor, in vierzehn Tagen zu heiraten."

Jennie sprang von Brennas Schoß. „Oh, Maddie, du wirst meine neue Schwester sein. Ich bin so glücklich!" Sie umarmte sie fest und rannte dann zu Alex und umarmte ihn ebenfalls. „Es bin so froh, Alex. Und werdet ihr auch Babys haben?"

„Immer langsam, kleines Eichhörnchen, zuerst müssen wir heiraten. Ich hoffe, dass wir eines Tages Kinder haben werden, aber wir sind noch nicht ganz so weit." Er sah zu Maddie hinüber, die unweigerlich errötete.

Brenna stockte kurz, bevor sie fragte: „Hast du gerade vierzehn Tage gesagt?"

Alex nickte. „Ist das nicht möglich, Schwester?"

„Doch, es ist möglich, aber wir werden sehr viel Arbeit haben. Wir müssen ein Kleid für Maddie nähen und das Festmahl planen. Wir müssen auch unsere Nachbarn benachrichtigen. Und was ist mit dem Priester? Wir müssen Vater MacGregor informieren, um zu sehen, ob er bis dahin hier sein kann."

„Brenna, du und Maddie sagt mir, was ihr braucht. Ich habe vor, einen Teil meiner Männer in der Woche vor dem Fest auf die Jagd zu schicken. Wenn euch ein paar Mädchen aus dem Dorf helfen sollen, dann stellt sie ein. Ich will unsere Hochzeit nicht aufschieben, immerhin habe ich lange genug auf meine Braut gewartet." Er sah Maddie sehnsüchtig an und sie wurde wieder rot. „Ich habe endlich meine strahlende Braut gefunden und nun kümmern wir uns um den Rest." Er beugte sich vor und küsste Maddie auf die Wange, bevor er zur Tür hinausging.

Auf halbem Weg rief Maddie ihm nach: „Alex, was ist mit Kenneth?"

„Maddie, kümmre du dich um die Hochzeit und ich kümmere mich um deinen Stiefbruder. Ich werde nicht zulassen, dass er unsere Heirat verdirbt."

Vor dem Saal sagte Alex zu Robbie: „Wir müssen einen Boten mit einer Eskorte zum König schicken. Sie sollen in zwei Tagen aufbrechen. Es ist wichtig, dass der König unsere Version davon hört, was mit Comming und Kenneth passiert ist. Außerdem muss er von meiner Absicht erfahren, Madeline zu heiraten. Ich denke, dass er zustimmen wird, aber ich möchte diesen Schritt trotzdem nicht überspringen. Maddie und Brenna sollen eine Liste mit allem erstellen, was sie für das Fest benötigen. Möglicherweise müssen auch Einladungen überbracht werden. Oh, und wir müssen Vater MacGregor finden. Während ihr alle nötigen Vorkehrungen trefft, werden Brodie und ich uns auf die Suche nach Kenneth machen."

Einige Stunden später kehrte Alex in seinem Kettenhemd zum Bergfried zurück, um nach Maddie zu suchen. Schon bald fand er sie auf ihrem Stuhl, wo sie fleißig arbeitete.

„Maddie, ich werde in Kürze aufbrechen, um nach Kenneth zu suchen. Ich weiß nicht, wann ich zurückkehren werde, aber wir sollten nicht länger als zwei Tage unterwegs sein."

Sie blickte von ihrer Arbeit auf und sah ihn besorgt an. „Ich hoffe, dass du heil zurückkehrst, Laird. Bitte sei vorsichtig. Ich fürchte, ich werde kein Auge zutun, bis du wohlbehalten wieder zu Hause bist." Sie stand auf und gab ihm einen keuschen Kuss auf die Wange.

Selbst damit raubte das Mädchen ihm den Atem. Nachdem sie zu ihrem Platz zurückgekehrt war, spähte er über ihre Schulter und fragte: „Woran arbeitest du?"

„Oh, ich bin sehr gern bei den Kindern und dachte mir, ich könnte ein paar Bilder malen, die zu meinen Geschichten für die Kleinen passen. Ich male gern und es entspannt mich. Kannst du erkennen, was ich hier male?" Sie drehte das Bild zu ihm.

Alex starrte seine Verlobte verwundert an. Wie konnte eine Person so viel Talent haben? Was würde er noch alles über seine zukünftige Frau erfahren?

„Maddie, der Wald, den du gemalt hast, sieht so echt aus, als ob man ihn berühren könnte. Ich kann nicht glauben, dass du das nur mit Tinte und Pergament vollbracht hast. Das ist nicht zu fassen!"

„Danke, Alex. Ich hoffe, die Kleinen werden meine Geschichte genießen."

Sie spähte in die Ferne und sprach leise. „Kenneth hasste meine Bilder. Er zerriss sie, sogar die, die ich vor Jahren von meinem Vater gemalt habe. Seit dem Tod meiner Eltern bin ich nicht mehr zum Malen gekommen." Sie lächelte ihren Verlobten an und sagte: „Jetzt werde ich einen neuen Versuch starten."

Alex war sprachlos. Er neigte sich zu seiner Verlobten hinab und griff nach ihrer Hand. Sanft küsste er ihren Handrücken und zog sie an sich. „Ich werde dich vermissen, Mylady." Nach einem innigen Kuss auf ihre Lippen wandte er sich zum Gehen.

Maddie verbrachte die nächsten zwei Tage mit der Planung ihrer Hochzeit. Sich während Alex' Abwesenheit abzulenken war nicht so schwer wie sie befürchtet hatte. Am ersten Tag trafen sich Brenna, Alice, Jennie und Maddie im großen Saal, um die grundlegenden Entscheidungen zu treffen.

„Zuerst kümmern wir uns um dein Kleid, Maddie. Das wird am längsten brauchen. Ich werde die Dienstmädchen bitten, die Stoffrollen zu bringen, damit wir sehen können, was dir gefällt", sagte Brenna.

Alice griff nach Maddies Hand. „Ich hoffe, Ihr erweist mir die Ehre, Euer Hochzeitskleid von mir nähen zu lassen. Das bin ich Eurer Mutter schuldig."

Madeline antwortete strahlend: „Danke, Alice. Du nähst so wunderschön. Ich würde mein Kleid sehr gern von dir anfertigen lassen."

„Wunderbar!", rief Brenna aus. „Welche Farbe wünschst du dir? Ich hoffe, wir haben etwas, das dir gefällt."

„Oh, ihr habt sicher viele schöne Stoffe zur Auswahl. Ich dachte an ein weiches Blau. Was denkst du, Alice?"

„Blau passt zu Euren Augen. Eure Mutter hat auch in Blau geheiratet. Aber es muss genau der richtige Farbton sein."

„Wir werden später nachsehen", meinte Brenna.

„Kann ich auch ein besonderes Kleid haben, Brenna? Ich möchte auch schön aussehen", schaltete sich Jennie mit hoffnungsvollem Blick ein.

„Natürlich, Jennie. Wir werden etwas Besonderes für dich finden. Vielleicht können wir dir auch einen Korb mit Blütenblättern geben, die du in der Kapelle ausstreuen kannst. Wie klingt das?", fragte Brenna.

„Aye, ich möchte gern Blütenblätter für Maddie und Alex werfen!", rief sie.

„Was müssen wir noch erledigen, Brenna?", fragte Maddie. „Ich fürchte, ich habe nicht viel Erfahrung mit der Organisation von Hochzeitsfesten."

„Wir müssen einige der kleineren Clans in Alex' Herrschaftsgebiet benachrichtigen. Sie werden sicher ihren Laird und seine Braut sehen wollen. Wir können eine Nachricht mit den Boten senden, die zum König reisen. Wir werden Unmengen von Essen brauchen, da die Kämpfer und die Clanmitglieder in den Dörfern sowie die benachbarten Clans mit uns feiern werden", sagte Brenna. „Hoffentlich können wir Fasan, Lamm, Schwein und Kleinwild zusammen mit Fisch auftischen. Ich möchte viele Fleischpasteten anbieten können, falls uns das Fleisch selbst ausgeht. Wenn wir Glück haben, fangen die Männer ein oder zwei Hirsche – vielleicht sogar ein Wildschwein. Alex sagte, er würde sie auf die Jagd schicken. Wir brauchen zusätzliche Hilfe von den Clanfrauen, um die Speisen zuzubereiten. Sie werden sich freuen, uns bei der Vorbereitung zu helfen. Die Hochzeit des Lairds muss zeigen, dass wir stark und stolz auf unseren Clan sind, damit es alle sehen können."

„Wir brauchen viele Obstkuchen, Brenna. Du weißt, dass ich Obstkuchen liebe. Können wir Apfel- und Birnentörtchen haben? Bitte?", bettelte Jennie.

„Zerbrich dir darüber nicht deinen hübschen kleinen Kopf. Es wird reichlich Süßigkeiten zur Auswahl geben", antwortete Brenna. „Du kannst der Köchin auch in der Küche mit dem Gebäck helfen. Wir müssen alle zusammenarbeiten."

„Aye, das mache ich gern. Vielleicht darf ich sogar einige der süßen Speisen probieren, wenn sie noch warm sind." Jennies Augen strahlten bei dieser Vorstellung.

„Die Männer müssen Zelte in der Vorburg aufstellen, aber das hat noch etwas Zeit. Alex könnte auch beschließen, zur Unterhaltung ein Turnier abzuhalten. Ich werde ihn entscheiden lassen, welche Unterhaltung er sich beim Hochzeitsfest wünscht. Oh, es gibt so viel zu tun! Aber die Vorbereitungen werden Spaß machen", erklärte Brenna mit einem Lächeln im Gesicht.

„Danke für all eure harte Arbeit", sagte Maddie leise.

Alice drehte sich zu ihr um. „Das tun wir doch gern, Madeline."

Brenna stimmte zu. „Ich freue mich so sehr darüber, dass mein Bruder dich gefunden hat. Er braucht etwas Glück in seinem Leben, anstatt Arbeit und ständiger Sorgen." Brenna streckte die Hand aus, um Madeline zu umarmen. „Du wirst eine wunderbare Frau und Schwägerin sein."

Viel später wurde der Söller mit Stoffballen aus dem Lager gefüllt und die vier Mädchen sortierten sie auf der Suche nach der richtigen Farbe für Maddies Kleid. Pastell, Weiß und Elfenbein glitten durch Maddies Finger. Die Fülle an Möglichkeiten ließ sie vor Vergnügen seufzen. Passierte ihr das hier wirklich? Vor nicht allzu langer Zeit schien ihre einzige Hoffnung darin zu bestehen, einem Kloster beizutreten. Aber nun würde sie bald Alex' Braut sein und ihm vor seinem ganzen Clan das Jawort geben. Würde der Clan sie mit offenen Armen aufnehmen?

„Oh, Maddie, ich sehe nicht den richtigen Blauton. Ihr etwa?", fragte Alice.

Brenna hielt ein blasses Grün hoch, das wunderschön war. „Wie wäre es hiermit?"

„Das ist sehr hübsch", sagte Maddie, als sie das weiche Tuch zwischen ihren Fingern hielt.

„Ich mag dieses Rosa." Jennie hielt ein Pastellrosa hoch, das im Sonnenlicht schimmerte. „Es funkelt. Siehst du es, Brenna?"

„Aye, Jennie, der Rosaton ist wunderschön. Er wäre perfekt für dich", sagte Madeline mit einem Lächeln.

Alice hielt himmelblaue Seide an Maddies Gesicht. „Schön, aber nicht ganz der richtige Ton."

Sie sahen sich weitere Ballen an und verglichen die Stoffe, aber am Ende waren sie sich einig, dass die richtige Farbe fehlte. Das Hellblau, auf das sie gehofft hatten, war nicht dabei.

„Nun gut", sagte Maddie leise. „Der schöne grüne Stoff wird es auch tun. Ich bin glücklich mit dieser Farbe. Das Kleid ist sowieso nicht das Wichtigste, nicht wahr?"

„Oh, aber du gehörst wirklich in Blau. Und es ist immerhin deine Hochzeit. Ich werde den Lagerraum später selbst über- prüfen." Brenna küsste sie auf die Wange

Zwei Tage später war Alex noch nicht zurückgekehrt und Maddies Sorge wuchs. Wenn sie die Kleinen besuchte, würde sie das sicher von ihrer Angst ablenken. Also klemmte sie ihre neuen Bilder unter den Arm und schlenderte über den Hof zu ihrem Lieblingsbaum. Ein paar der älteren Jungen spielten in der Ferne, aber sobald sie sie sahen, rannten sie davon. Made- line dachte sich nichts dabei. Kurz nachdem sie den perfekten Ort gefunden hatte, um ihre Geschichte zu erzählen, bemerkte sie eine Frau, die den Weg mit einem Kleinkind entlangkam. Sie erkannte Emmas Mutter Moira an ihren breiten Hüften und rief nach ihr, um ihre Aufmerksamkeit zu erregen, aber die Frau warf Maddie nur einen kurzen Blick zu und runzelte die Stirn. Dann hob sie Emma auf ihren Arm und stapfte in die entgegengesetzte Richtung davon. Aber warum sollte Moira sie ignorieren?

Maddie lief ihr nach. „Möchte Emma heute eine Geschichte

hören, Moira?", fragte sie und holte die Frau mit einem Lächeln auf ihrem Gesicht ein.

Emma lächelte und streckte die Arme nach Maddie aus, aber Moira riss die Hände ihrer Tochter zurück. „Nay", sagte sie. „Emma wird keine Zeit mit einer von Eurer Sorte verbringen."

„Was? Moira, wovon redet Ihr?", rief Maddie, aber die Worte der Frau brachen ihr bereits das Herz. Sie wusste, dass ihre Ängste wahr wurden.

„Ich habe von Euch und dem Mann gehört, den unser Laird getötet hat. Laird Grant hat etwas Besseres als Euch verdient", erklärte Moira, bevor sie mit Emma im Arm den Hügel hinuntereilte.

Zumindest ein Teil des Clans glaubte also die Lügen, die Niles über sie erzählt hatte. Maddie hatte gehofft, dass die Menschen, die sie bereits kennengelernt hatte, sich nicht so leicht beeinflussen lassen würden. Aber sie hatte sich geirrt. Sie hatte Alex beschämt und seine Leute würden sie meiden. Er wäre wahrscheinlich gezwungen, sie wegzuschicken. Vielleicht wäre das Leben in einem Kloster doch das Beste für sie.

Maddie erstarrte und ihr Blick wanderte über den Rest der Vorburg. Scham rötete ihre Wangen, als sie daran dachte, was der Clan jetzt über sie wusste. Sie schloss die Augen und wollte, dass alles einfach verschwand. Wie konnte sie Alex' Clanmitgliedern je wieder in die Augen sehen? Obwohl Alex sie nicht für das verantwortlich machte, was geschehen war, tat sein Clan es eindeutig. Sie drehte sich um, um zu sehen, wer sie sonst noch anstarrte. Stille lag in der Luft.

Damit waren ihre Tage des Geschichtenerzählens vorbei und sie brauchte keine Malereien mehr anzufertigen. Aber sie weigerte sich, kleinbeizugeben. Sie hob das Kinn und ging zurück zum Bergfried.

Als sie den großen Saal betrat, wäre sie fast über Brenna gestolpert.

„Stimmt etwas nicht?"

„Nay, es geht mir gut, Brenna." Maddie strich ihren Rock glatt, während sie sprach.

„Wo sind die Kleinen? Gibt es heute keine Geschichte?"

„Es wird überhaupt keine Geschichten mehr geben", erwiderte Maddie zähneknirschend und schüttelte den Kopf.

Brenna musterte Madeline. „Was ist nur passiert, Madeline? Hat jemand etwas zu dir gesagt?" Sofort zeichnete sich Ärger auf Brennas Gesicht ab.

Madeline erzählte Brenna mit knappen Worten von ihrer Begegnung. „Versprich mir, dass du Alex nichts davon sagst", sagte sie.

Brenna schüttelte den Kopf und stemmte die Hände in die Hüften. „Alex sollte es wissen. Er ist der Laird dieses Clans und er ist dein Verlobter."

„Aber es ist *mein* Problem. Versprich es mir bitte!", flehte Maddie Hände ringend.

„Ich verspreche es vorerst, aber wenn es schlimmer wird, werde ich mein Versprechen brechen. Moira hat kein Recht, sich so zu verhalten, und auch kein anderes Clanmitglied sollte dich meiden."

„Danke, Brenna, aber ich werde mich selbst darum kümmern."

Maddie würde vor Scham sterben, wenn sie diese Angelegenheit mit Alex besprechen müsste.

KAPITEL EINUNDZWANZIG

ERSCHROCKEN ÜBER DEN Aufruhr im Hof ließ Madeline ihre Nähnadel fallen. Reiter näherten sich der Burg und sie rannte zu den Zinnen, um zu sehen, ob Alex bei ihnen war. Sie überblickte das Tal, aber die Reiter waren zu weit entfernt, um jemanden zu erkennen. Als sie näherkamen, machte Maddie die große Gestalt ihrer Verlobten aus. Sie konnte ihr Lächeln nicht verbergen. Bei seinem Anblick wurden ihr selbst aus dieser Entfernung die Knie weich. In weniger als vierzehn Tagen würde er ihr Ehemann sein. Sie schwor, ihm eine gute und pflichtbewusste Frau zu sein. Natürlich wollte sie, dass Alex stolz auf sie war, aber mit einem Stich erinnerte sie sich an ihre Begegnung mit Moira. Vielleicht würden die Leute mit der Zeit nachsichtiger werden. Alex hatte als Laird so viele Dinge im Kopf und ihn mit einer so trivialen Angelegenheit zu belasten, erschien ihr falsch.

Sie eilte die Treppe hinunter und in den Hof, um ihren Verlobten zu begrüßen. Robbie und Brenna waren bereits angekommen, aber ihre Aufmerksamkeit war ganz auf Alex gerichtet, als dieser abstieg und zu ihnen herüberkam. Sein Gesichtsausdruck war grimmig.

„Mein Laird?" Sie suchte in seinen Augen nach Antworten.

Alex verbeugte sich und sagte: „Mylady." Er nahm ihren Arm und schritt schweigend auf den Bergfried zu. Maddie sah, wie staubig und schmutzig er war und erkannte die sichtbare Erschöpfung in seinen Augen. Robbie folgte ihm in den großen Saal. Brenna ließ sofort Essen und Bier für die Soldaten bringen, die sich jetzt an die vielen Bocktische setzten.

Alex ließ sich auf seinem Stuhl nieder, nachdem er Maddie in ihren geholfen hatte. Sein Gesichtsausdruck blieb düster, als er zu ihr sah und dann sagte: „Es gibt nirgendwo eine Spur von Kenneth. Wir haben uns sogar im Bergfried deiner Familie erkundigt, Madeline, aber niemand hat ihn gesehen, seit er zu den Commings aufgebrochen ist. Wir haben das gesamte Gebiet durchsucht und keinen Hinweis auf ihn gefunden."

„Vielleicht ist er schon tot, Alex", mutmaßte Robbie.

„Aye, das ist gut möglich", antwortete Alex. „Meine Männer werden auf ihrem Weg zum König weiter nach ihm suchen und Fragen stellen. Madeline, es tut mir leid, aber das ist das Beste, was wir im Augenblick tun können. Aber ich werde die Suche nicht aufgeben. Ich stehe zu meinem Versprechen, dich vor ihm zu beschützen." Er beugte sich vor und küsste sie auf die Wange.

„Ich danke dir für deine Bemühungen. Du hast mehr getan als ich erwartet hätte. Vielleicht wird er dann auftauchen, wenn wir nicht damit rechnen."

Madelines Bauch verkrampfte sich bei der Vorstellung, dass Kenneth in der Nähe sein könnte. Lauerte er dort draußen gerade auf sie? Bald war der Tisch mit Fleischplatten gefüllt und die Männer langten zu als hätten sie seit Tagen gehungert. Sie aßen schweigend. Maddie konnte jedoch nichts anrühren. Angst lähmte sie und sie musterte jeden Mann an den Tischen. Was, wenn Kenneth sich verkleidet hatte und nun unter ihnen war? Was, wenn er einen Mann in der Burg hatte, der nach ihr suchte? Wartete einer dieser Männer auf die Gelegenheit, sie zu ergreifen und sie zu Kenneth zu bringen?

Sie zuckte zusammen, als eine warme, raue Hand ihre unter dem Tisch streichelte. Ihr Kopf zuckte zurück und sie sah, dass Alex sie anschaute. Er beugte sich zu ihr und flüsterte: „Ich kenne alle meine Männer, Madeline." Er küsste sie sanft auf die Stirn. „Ich werde dich beschützen."

„Ich weiß. Ich kann dir gar nicht genug danken", sagte Maddie und drückte seine Hand. „Du bist erschöpft, Alex."

Er nickte zustimmend. „Ich bin müde. Nach einem Bad werde ich mit Robbie die Dinge für seine Reise regeln und dann werde ich mich schlafen legen." In seinen Augen lag ein Gefühl, das sie nicht erkannte. „Ich habe dich vermisst", flüsterte er.

„Ich habe dich auch vermisst." Sie warf einen Blick nach unten, als sich die Röte auf ihrem Gesicht ausbreitete.

Alex streckte die Hand aus und strich mit seinem Handrücken über ihre Wange. „Vielleicht morgen..." Er erhob sich vom

Tisch und ging zur Tür hinaus.

Der Bote und seine Begleiter brachen früh am Morgen auf. Alex übte mehrere Stunden lang mit seinen Wachen auf dem Kampfplatz. Seine Verletzungen waren inzwischen größtenteils geheilt und es war von größter Bedeutung, dass seine Männer auf einen Angriff vorbereitet waren. Auch in dieser Hinsicht mussten sie sich auf die Hochzeit vorbereiten, denn an diesem Tag würde es viele fremde Gesichter in der Burg geben, und dies wäre Kenneths beste Gelegenheit, sich einzuschleichen.

Auf der Suche nach Maddies Stiefbruder hatte Alex viel Zeit gehabt, um über seine Beziehung zu seiner Verlobten nachzudenken. Vielleicht sollte er sie besser kennenlernen. Vielleicht wäre er nicht mehr von den ständigen Gedanken an sie abgelenkt, wenn er etwas Zeit mit ihr verbrachte.

Er war am Morgen zur Köchin gegangen und hatte für die Mittagszeit um einen Korb mit Essen gebeten. Er hatte Maddie absichtlich nichts von dem kleinen Ausflug erzählt, den er geplant hatte, denn sie hatte schon genug Sorgen und er wollte sie nicht noch mehr beunruhigen.

Als die Sonne am höchsten stand, machte sich Alex auf die Suche nach seiner Verlobten. Er fand sie zusammen mit Alice im Söller, wo ihre Maße für ihr Kleid genommen wurden.

Sie trug ein gelbes Kleid, das sich perfekt an ihre Kurven schmiegte. Nachdem er bemerkte, dass er auf ihre perfekten Brüste starrte, zwang er seinen Blick zurück zu ihrem Gesicht. Ihre blauen Augen verzauberten ihn genauso. Aye, es war der perfekte Tag für einen Ausflug und angesichts der Sorgen, die er sich um Maddie machte, war es ohnehin unwahrscheinlich, dass er irgendetwas auf dem Kampfplatz erreichen würde.

„Madeline, darf ich heute das Vergnügen deiner Gesellschaft haben? Möchtest du mit mir zum See reiten?"

„Aye, das würde ich sehr gern!", rief sie aus.

„Haltet still, Maddie!", flehte Alice und saugte an einem Finger, nachdem sie sich offensichtlich mit der Nadel gestochen hatte. „Bitte lasst mich zuerst meine Arbeit fertig machen, sonst werde ich Eure hübsche Haut pieken."

„Natürlich, Alice. Es tut mir leid." Sie grinste Alex verlegen an.

Sobald Alice fertig war, nahm Alex die Hand seiner Verlobten und sie gingen gemeinsam in die Küche, um nach der Köchin zu suchen. Sobald diese ihnen den Korb mit Speisen gegeben hatte, gingen sie zu den Ställen.

„Oh, Alex. Es riecht wunderbar." Madeline hielt den Korb nah an ihr Gesicht und schnupperte grinsend.

Alex schwor sich, diesen Ausdruck öfter auf ihr Gesicht zu zaubern, denn sie hatte in ihrem jungen Leben schon genug harte Zeiten erlebt. Aber nun war sie seine zukünftige Frau und die Dinge würden sich ändern. Er hatte sich fest vorgenommen, ihr Glück zu seiner Priorität zu machen.

Als sie zu den Ställen spazierten, strich die warme Herbstluft über sein Gesicht und trug das typische Aroma der Jahreszeit zu ihm. Es roch nach getrocknetem Laub und reifen Äpfeln. Alex half Maddie auf ihr Pferd und bestieg dann Midnight. Als sie losritten, folgten ihnen zehn Wachen mit etwas Abstand.

„Machst du dir Sorgen, Alex?"

„Nay, keine Sorgen, ich bin nur vorsichtig. Hab keine Angst. Ich habe ihnen befohlen, Abstand zu uns zu halten, aber ich möchte sie in der Nähe wissen, falls Kenneth sich im Wald versteckt."

„Sollen wir um die Wette reiten, mein Laird?", fragte Maddie und hob eine Augenbraue. Ohne seine Antwort abzuwarten, schoss sie davon und ihr Lachen hallte hinter ihr her.

Alex grinste, als sie zum See preschte, und er bemerkte, wie gut sie ritt. Als sie am Ziel ankamen, stieg er vor ihr ab und griff nach ihr, um ihr zu helfen. Dabei ließ er Maddies Körper ganz langsam an sich herabgleiten und wartete auf ihre Reaktion. Als sich ihre Augen vor Überraschung und Genuss weiteten, berührte er ihr Gesicht und küsste sie. Es war kein sanfter Kuss, sondern ein sehnsüchtiger. Seine Zunge ergriff Besitz von ihrem Mund und streifte die ihre kurz. Ein leiser Seufzer entfuhr Madeline, als er seine Lippen von ihren löste. Er genoss es, setzte sie aber dann doch auf dem Boden ab und griff nach dem Korb. Er wollte seiner Verlobten die Zeit geben, die sie brauchte, um sich an seine Nähe zu gewöhnen. Er wollte sie nicht von sich stoßen, indem er die Dinge überstürzte.

Madeline murmelte: „Lieber Gott!" Sie leckte sich die Lippen und berührte ihren Mund mit den Fingern, während sie Alex ansah.

Lachend breitete er ein Plaid am Seeufer im Gras aus. „Du bist eine leidenschaftliche Frau, aye?"

Madeline wurde rot und wandte den Kopf ab.

„Komm, setz dich zu mir und iss etwas."

Maddie half Alex, den Korb zu leeren. Die Köchin hatte frisch gebackenes Brot, Käse und Wein eingepackt. Es gab auch Äpfel und reife Birnen und ganz unten zwei eingewickelte Küchlein.

„Maddie, ich habe diesen Ausflug aus einem besonderen Grund geplant."

„Warum, mein Laird?"

„Bitte, Maddie, nenn mich Alex! Ich möchte meinen Namen von deinen Lippen hören."

„Natürlich, Alex", antwortete sie und ihre unschuldigen blauen Augen blickten in seine.

„Ich möchte nicht, dass du dich in unserer Hochzeitsnacht unwohl fühlst. Deshalb dachte ich, es wäre am besten, wenn du dich langsam an mich gewöhnst. Ich möchte, dass du dich an meine Nähe und meine Berührungen gewöhnst, Maddie. Ich möchte dir keine Angst einjagen." Er strich ihr eine Haarsträhne aus den Augen und sie nickte langsam.

Sie aßen und tranken den Wein, während sie über die Hochzeit plauderten und die Sonne, das Mahl und die Gesellschaft des anderen genossen.

„Möchtest du ein Küchlein, meine Liebe?", fragte Alex.

„Oh, ja. Ich liebe Süßes", antwortete sie.

Alex wickelte das Gebäck aus und hielt es an ihren Mund. Sie griff danach, aber Alex zog seine Hand zurück und schüttelte den Kopf.

„Nay, du musst es aus meiner Hand essen. Vertraust du mir, Maddie?"

„Aye", flüsterte sie. Sie beugte sich vor und nahm einen vorsichtigen Bissen vom Gebäck. Sie kaute langsam und genoss den Geschmack, ohne ihren Blick von Alex abzuwenden.

„Mehr?", fragte er.

Sie nickte und beugte sich für einen weiteren Bissen vor.

Süßer Saft lief über ihre Lippen, als sie in das Gebäckstück biss. Aber als Maddie ihn mit ihren Fingern von den Lippen wischen wollte, sagte Alex: „Warte." Er beugte sich vor und leckte die Süße von ihrer Unterlippe. Madeline schnappte nach Luft, rührte sich aber nicht, als Alex seinen sanften Vorstoß fortsetzte. Er knabberte an ihrer Unterlippe und zog leicht daran, um sie zu sich zu ziehen. Das Gebäck fiel zu Boden, als er sie auf seinen Schoß zog. Er stöhnte, während sie schüchtern reagierte und seine Zunge mit ihrer berührte. Begierig auf mehr von ihr, neigte er seinen Mund, um sie leidenschaftlicher zu küssen.

Alex wiegte ihr Gesicht in seinen Händen und genoss ihren süßen Geschmack. Seine Hände wanderten über ihren Rücken und strichen leicht über ihr Gesäß, um sie noch näher an sich zu ziehen. Er war erregt und wollte sie damit nicht erschrecken, aber sie musste sich an ihn gewöhnen. Er wollte in ihrer Hochzeitsnacht keine Angst in ihren Augen sehen.

Maddies Sinne waren überreizt. Dies war kein zärtlicher Kuss. Alex war leidenschaftlich und fordernd. Und es gefiel ihr. Sie war ein wenig verlegen, als sie merkte, dass das hohe Stöhnen, das sie hörte, von ihr selbst kam. Er ließ nicht locker.

Verwirrung ergriff Maddie, als ihr Bauch vor Lust flatterte. Das hier war völlig anders als das, was mit Niles passiert war. Bedeutete das, dass sie die Berührungen ihres Verlobten genießen würde? Wäre sie eine gute Frau für Alex?

Alex rollte sich auf den Bauch und sie landete unter ihm. Er stützte sein Gewicht auf seine Ellenbogen, küsste sie auf die Wange und bedeckte ihren Hals mit einer Reihe von Küssen. Seine Zärtlichkeiten entlockten ihr einen leisen Seufzer. Er hielt abrupt inne und zog Maddie mit sich auf die Beine. Wohin brachte er sie?

„Der See, Maddie. Lass uns zusammen schwimmen gehen." Er streckte ihr seine Hand entgegen und sie ergriff sie. Als sie den Rand des Sees erreichten, begann er, die Schnüre an ihrem Kleid zu lösen. Was machte er da?

Er lockte sie zum plätschernden Wasser. „Komm mit mir ins Wasser, es ist herrlich warm." Sie nickte und vertraute ihm vollkommen. Alex zog ihr das Kleid über den Kopf und warf es ins Gras. Dann löste er die Schließe an seinem Plaid und warf es zusammen mit dem Rest seiner Kleidung auf einen Haufen.

Maddies Atem stockte, als sie bemerkte, dass ihr Verlobter völlig nackt war. Sie war zu fassungslos, um sich zu bewegen, und als sie an sich herabsah, wurde ihr bewusst, dass sie nur ein Hemd trug und ihre zusammengezogenen Brustwarzen deutlich sichtbar waren. Sie blickte wieder auf Alex' nackten Körper, bevor sie nach Luft schnappte. Was taten sie hier?

„Gefällt dir, was du siehst, meine Liebe?"

Sie konnte nicht anders als zu kichern, als er sie ins Wasser zog.

„Alex, das Wasser ist kalt!" Als ihr das Wasser fast bis zu den Schultern reichte, blieb er stehen, zog sie an sich und strich mit seinen Armen über ihre, um sie zu wärmen.

„Denk daran, dass ich dich niemals verletzen würde, Maddie. Wenn du willst, dass ich aufhöre, sag es mir einfach und ich werde es akzeptieren. Aber denke auch daran, dass sich Ehepaare am Körper des anderen erfreuen. Du musst verstehen, dass es bei Liebe und Ehe darum geht, sich gegenseitig Freude zu bereiten."

Hatte sie ihn gerade richtig gehört? Bedeutete das, dass er sie wirklich liebte? Der Gedanke beflügelte sie. Alex wäre bald ihr Ehemann und er hatte recht: Sie musste sich daran gewöhnen, ihn zu berühren und von ihm berührt zu werden. Ihre Blicke trafen sich und sie war erstaunt darüber, was sie in seinen Augen sah. Es war pures Verlangen.

Ihr Mut wuchs. Sie fuhr mit ihren Händen über seine Schultern und genoss es, wie sich seine Muskeln unter ihren Fingern anfühlten. Alex hatte ein ganz eigenes Aroma und sie atmete tief durch, um es zu genießen. Die Empfindungen, die er in ihr weckte, waren warm und wunderbar – und sie fühlte sich geborgen. Sie hoffte, dass sie immer solche Momente zusammen haben würden.

Ihr Körper begann an Stellen zu kribbeln, an denen sie noch nie zuvor ein Kribbeln gefühlt hatte, als sie jeden Zentimeter seines stählernen Körpers streichelte. Es erschreckte sie nicht, weil es Alex war. Warum hatte sie gegen diesen Teil ihrer

Beziehung angekämpft? Spannende Möglichkeiten taten sich auf. Sie hatte nicht erwartet, dass sie sich seine Berührung so sehr wünschen würde. Das Wasser war etwas kühl, aber ihr war heiß. Wie konnte das sein? Er hielt für einen Moment inne und sah ihr in die Augen, aber alles, was sie herausbrachte, war: „Alex, hör nicht auf!"

Er hob seine Hände und umfasste ihre Brüste. Dann küsste er sie weiter sehnsüchtig und als er mit seinen Daumen über ihre Brustwarze rieb, stöhnte sie auf und schmiegte sich an ihn, um ihm noch näher zu kommen. Während er weiter ihre Brüste durch das Hemd liebkoste, fuhr sie mit ihren Fingern durch seine Haare, warf den Kopf in den Nacken und stöhnte. Sie trieb im Wasser und die unbekannten Empfindungen jagten Freudenschauer durch ihren Körper.

Alex' Hände massierten ihre Schenkel und arbeiteten sich langsam ihren Körper hinauf, bis er ihren Nacken küsste und flüsterte: „Meine Liebe, deine Haut ist so zart. Ich muss sie einfach berühren. Ich möchte deine Haut an meiner spüren. Maddie, ich möchte den Rest deines wohlgeformten Körpers sehen." Er fing an, an den Bändern ihres Hemdes zu ziehen, um ihre Brüste zu entblößen.

Doch da drängte sich plötzlich Kenneth in ihre Gedanken. „Nay, Alex! Bitte nicht!"

Sie schob ihn von sich und rannte zum Ufer. Doch bevor sie das Wasser verließ, erinnerte sie sich daran, dass sie nur ihr Unterhemd trug, und sank zurück in den See. Trotzdem hielt sie sich von Alex fern. Sie konnte ihn nicht sehen lassen, was Kenneth ihr angetan hatte. Vielleicht würde sie niemals frei von ihrem Peiniger sein. Sie schlug immer wieder auf die Wasseroberfläche ein, als sie an alles dachte, was ihr Stiefbruder ihr angetan hatte.

Alex ballte seine Hände zu Fäusten. Er keuchte immer noch und versuchte, seine Atmung zu verlangsamen. Bei allen Heiligen, sie hatte sich in seinen Armen so gut angefühlt. Würden sie diese Hürde jemals überwinden? Vielleicht war es hoffnungslos.

Er starrte seine Verlobte über das Wasser hinweg an. Ihre

Bewegungen waren unregelmäßig und ein Moment verging, bevor er erkannte, was sie tat. Gerade noch hatte sie Angst gehabt, aber nun war sie wütend und schlug auf das Wasser ein. Irgendwie wusste er, dass ihr Zorn nicht ihm galt. Vielleicht würde es ihr helfen, ihre Wut über ihren Stiefbruder und Comming auszudrücken. Vielleicht war es das, was sie brauchte. Er wartete und gab ihr die Zeit, die sie brauchte, um ihre Gefühle zu verarbeiten.

Ihr Atem ging immer noch stoßweise und sie konnte ihm noch nicht in die Augen sehen. Sie war in einer anderen Welt und kämpfte gegen jemanden. Er ging das alles völlig falsch an. Aber wer konnte ihm einen Rat geben? Wem vertraute er genug, um sich ihm anzuvertrauen?

Bevor er Rat einholte, musste er erst einmal verstehen, was sie durchmachte.

„Maddie? Sprich mit mir. Ich möchte hören, was du denkst. Hilf mir, es zu verstehen. Wir wollen in weniger als vierzehn Tagen heiraten."

Maddie zwang sich, dem Blick des Mannes zu begegnen, den sie liebte. Wie konnte sie das erklären? Sie fühlte sich so gedemütigt. Sie schlang ihre Arme fest um ihren Körper. Sie hasste Kenneth für das, was er ihr angetan hatte. Es war ihr klar, dass Gott nicht wollte, dass sie jemanden hasste, aber sie konnte nichts dagegen tun.

Und was würde Alex dazu sagen? Es war gut möglich, dass er so angewidert wäre, dass er aus dem Wasser steigen und niemals zurückkehren würde. Was sollte sie dann tun? Dann wäre ihre Demütigung vollkommen. Maddie vergrub ihr Gesicht hinter ihren Armen und raufte sich die Haare. Jeder würde sie hassen, so wie Kenneth es immer gewollt hatte. Er war immer eifersüchtig auf die Zuneigung und den Respekt gewesen, die die Leute ihr entgegengebracht hatten, und er hatte stets versucht, das auf jede erdenkliche Weise zu zerstören. Vielleicht würde er am Ende trotz allem siegen.

Aber wenn sie jetzt aufgab, wo sie ihrem Glück doch so nah war, würde sie ihn gewinnen lassen. Alice hatte ihr geraten, immer ehrlich zu Alex zu sein, und dies war die Zeit für

Ehrlichkeit, auch wenn es wehtat.

„Ich muss dir etwas sagen", erklärte sie, die Arme immer noch vor ihrem Körper verschränkt.

Alex senkte kurz den Kopf, sah dann aber wieder zu ihr auf. „Ich höre dir zu."

Madeline kämpfte gegen die Tränen an. „Mein Stiefbruder war sehr wütend darüber, dass ich mich geweigert habe, Comming zu heiraten."

„Das weiß ich, Maddie", flüsterte Alex. „Ich bin Zeuge seiner Brutalität geworden."

„Ich hatte mich bereits zweimal widersetzt, bevor du mich gerettet hast. Kenneth sagte, wenn ich Comming nicht heiraten will, würde er dafür sorgen, dass mich kein anderer Mann will, und mich brandmarken."

Sie musterte Alex' Gesicht und versuchte zu beurteilen, wie er ihre Worte aufnahm. Er reagierte nicht.

„Sprich weiter", sagte er schließlich.

„Er hatte einen Haken, den er im Feuer erhitzt hat, während er mich ausgepeitscht hat."

Alex biss die Zähne zusammen und schloss für einen Moment die Augen, aber sie zwang sich, weiterzureden.

„Nachdem er mich ausgepeitscht hatte, drehte er mich um, und während seine Wachen mich festhielten, hielt er den Haken an die Haut unter meiner Brust. Er sagte, er würde es jedes Mal tun, wenn ich ihm widerspreche, bis meine Brust völlig vernarbt wäre." Sie rang bei jedem stockenden Wort die Hände.

Alex sah zum Himmel auf und stieß einen tiefen Atemzug aus.

„Ich bin nicht vor deiner Berührung davongelaufen, Alex. Ich hatte Angst, dass du mich nicht mehr wollen wirst, wenn du meine Narben siehst." Eine einzelne Träne rollte über ihre Wange und ihre Hände zitterten, als sie nach oben griff, um sie fortzuwischen.

Alex streckte ihr seine Hand entgegen. „Komm her, Maddie."

Sie zögerte, ging dann aber zu ihm hinüber und legte ihre Hand in seine. Alex führte sie ins flachere Wasser und setzte sich auf die Steine, wo das Wasser an seine Brust reichte. Er zog Maddie auf seinen Schoß, schlang seine Arme fest um sie und legte ihren Kopf auf seine Schulter. Maddie legte ihre Arme um ihn und lehnte sich an ihn. Sie wollte nirgendwo lieber sein als bei ihm.

Keiner von ihnen sagte etwas. Alex zwang sich, seinen Zorn zu unterdrücken. Er wusste, dass Maddie ihn jetzt brauchte. So hielten sie sich schweigend fest.

Alex war so tief enttäuscht von der Ungerechtigkeit in der Welt, dass ihn eine tiefe Traurigkeit befiel, gegen die er nicht ankämpfen konnte. Wie konnte jemand einer hilflosen Frau gegenüber so grausam sein? Obwohl Maddie nicht völlig hilflos war, konnte sie nicht gegen die brutale Stärke von drei Männern ankämpfen. In gewisser Weise war seine kleine Maddie jedoch stärker als alle drei Männer zusammen. Ihre Stärke war eine innere Stärke, eine Charakterstärke. Er war so stolz auf sie. Nach all den Schmerzen, die sie hatte ertragen müssen, hatte sie immer noch das schönste Lächeln, das er jemals gesehen hatte. Sie war wunderbar zu Kindern, seine Schwester Jennie liebte sie und sie lebte ihr Leben trotz allem erhobenen Hauptes. Er kannte viele starke Männer, die nach einer solchen Folter gebrochen wären. Aber nicht seine Maddie.

„Maddie", flüsterte Alex einige Minuten später.

„Aye, Alex?"

„Gibt es noch etwas, was du mir nicht erzählt hast? Ich möchte gern alles wissen."

„Nay."

„Bist du sicher?"

„Aye, Alex. Das ist nichts, was ich jemals vergessen würde."

Eine weitere Minute der Stille folgte, bevor Alex sein Kinn auf ihren Kopf stützte.

„Alex?"

„Aye?"

„Wirst du unsere Verlobung auflösen?"

„Nay, Maddie, ich werde unsere Verlobung nicht auflösen. Aber ich muss dich um etwas bitten."

„Was immer du willst, Alex."

„Ich muss die Narben unter deinen Brüsten sehen. Ich möchte keine Überraschungen am Tag unserer Hochzeit. Ich weiß, dass ich viel von dir verlange, aber wir müssen das hinter uns lassen."

Maddie zog sich zurück und sah ihn an. Er wusste, dass ihr dies schwerfallen würde, aber er hatte Angst davor, dass sein Ärger explodieren könnte, wenn er die Narben sah. Obwohl er stolz auf seine Selbstkontrolle war, konnte dieses Mädchen sie ihm schnell nehmen und er wollte seine Hochzeitsnacht nicht zornig verbringen.

Sie nickte langsam und griff nach unten, um die Bänder ihres Hemdes zu lösen. Maddie bedeckte ihre Brustwarzen und hob ihre Brüste an, damit Alex die Narben sehen konnte. Auf beiden Brüsten erhob sich eine kleine, gebogene Narbe direkt über der Falte, wo ihre Brüste ihren Bauch trafen. Er beugte sich vor und küsste beide Narben zärtlich.

Alex atmete erleichtert auf. Er konnte damit umgehen. Er stand auf und zog ihren zitternden Körper mit sich.

„Ich denke, es ist Zeit, dass wir zurückreiten. Dir ist kalt." Er zog sich an und half ihr in ihr Kleid, dann befestigte er den Korb an seinem Pferd. Er saß auf, griff nach Maddie und zog sie zu sich. Sobald sie sich vor ihm niedergelassen hatte, band er die Zügel ihres Pferdes an seines.

„Alex?"

„Hm?"

„Ich fühle mich jetzt besser. Ich habe keine Geheimnisse mehr."

Er küsste sie auf die Stirn und gab seinem Pferd die Sporen. Als sie sich vom See entfernten, begleiteten seine Männer sie in einigem Abstand.

Nachdem sie am Bergfried abgestiegen waren, gingen sie Hand in Hand weiter, sehr zur Überraschung seines Clans.

„Alex?"

„Aye?"

„Ich würde gern die Kapelle besuchen. Es gibt so vieles, wofür ich dankbar bin." Sie schenkte ihm ein vorsichtiges Lächeln.

„Ich werde mit dir gehen, Maddie. Ich werde mit dir gehen."

KAPITEL ZWEIUNDZWANZIG

IN DEN NÄCHSTEN Tagen durchstreifte Alex weiter die Gegend auf der Suche nach Kenneth MacDonald. Er war überzeugt, dass Maddies Probleme gelöst wären, sobald er den Mann fand, und so trieb er seine Männer zur Eile an. Bei seiner Rückkehr in den Abendstunden blieb ihm kaum genug Zeit, um mit Robbie wichtige Angelegenheiten des Clans zu besprechen, bevor er etwas aß und dann direkt ins Bett ging. Seine Erschöpfung ging so weit, dass er oft schon schlief, bevor sein Haupt überhaupt das Kissen berührte. So sah er die Enttäuschung in Maddies Augen nicht.

Aber er musste Kenneth MacDonald vor der Hochzeit finden.

Nachdem Alex und seine Männer eines Tages von der andauernden Suche erschöpft etwas früher in den Bergfried zurückkehrten und er den großen Saal betrat, fand er Maddie mit Jennie am Kamin vor. Sobald seine kleine Schwester ihn sah, sprang sie von ihrem Platz auf und warf sich in seine Arme.

„Alex, sieh dir das schöne Buch an, das Maddie für uns gemacht hat! Sie will mir das Lesen beibringen. Ist das nicht großartig?"

Alex warf einen Blick über Madelines Schulter, bevor sie das Buch zuklappte. Ihre Werke verblüfften ihn und er sah erstaunt, dass sie weitere Pergamentzeichnungen angefertigt und sie zu einem Buch zusammengebunden hatte.

Als er Maddie ansah, überwältige ihn ein brennendes Verlangen nach ihr. Selbst wie sie da so ruhig saß, war sie atemberaubend, und er sah sie einige Minuten lang an, bevor er seine Gedanken ordnen konnte. Madeline errötete unter seinen prüfenden Augen.

„Maddie, das Buch ist wunderschön. Welch ein Talent du hast! Ich bin mir sicher, dass die Kleinen im Dorf deine Geschichten mit so lebendigen Bildern noch mehr genießen werden."

Maddie blätterte durch die Seiten und ging nicht auf Alex'

Bemerkung ein, aber Jennie flüsterte ihrem Bruder ins Ohr: „Sie erzählt keine Geschichten mehr."

Alex starrte Maddie an. „Was sagst du da? Maddie, du erzählst den Kleinen doch weiter Geschichten, nicht wahr?", fragte er.

Madeline weigerte sich, zu ihm aufzusehen. „Ich war mit den Hochzeitsvorbereitungen beschäftigt." Sie ordnete ihre Materialien um sich herum neu.

„Nay, Alex, die Mütter wollen ihre Kinder nicht in Maddies Nähe lassen. Tommy hat mir erzählt, dass seine Mutter gesagt hat, Maddie wäre schmutzig. Sie sagte auch, sie sei nicht gut genug für dich. Ich habe ihm aber erklärt, dass Maddie sich oft badet und überhaupt nicht schmutzig ist."

„Maddie, ist das wahr?", fragte Alex mit eindringlichem Blick.

Dass sie nicht antwortete, sagte ihm alles, was er wissen musste.

„Brenna?", rief er.

Seine Schwester rannte die Treppe herunter. „Was ist los, Alex?"

„Stimmt das, Brenna? Wird Maddie von den Mitgliedern unseres Clans gemieden?"

Brenna warf Maddie einen Blick zu. „Das solltest du lieber Maddie fragen."

Er drehte sich wieder um und sah seine Verlobte an. „Maddie?"

„Alex, ich kann meine Probleme selbst lösen", sagte sie leise.

„Nay, Maddie. Das ist mein Clan und du wirst meine Frau sein. Ich werde nicht zulassen, dass jemand so über dich spricht. Hat dich jemand direkt angesprochen?"

„Das ist meine Sache", beharrte Maddie und starrte auf ihre Hände.

Alex ging die Geduld aus. „Maddie, ich will Namen!", rief er.

„Damit du die Leute auspeitschen kannst, wie Kenneth mich ausgepeitscht hat? Nay, Alex, ich werde dir keine Namen nennen." Maddie starrte ihn an.

Seine Stimme wurde sanfter, als er ihr antwortete. „Ich peitsche keine Frauen und Kinder aus, Madeline."

Alex streckte seine Hand nach ihr aus. Instinktiv wollte er sie an sich ziehen, um sie zu beschützen. Aber sie zuckte zusammen. Ihre Reaktion entsetzte ihn. Hatte seine Verlobte wirklich noch Angst vor ihm?

Madeline wandte sich ab und stürmte die Treppe hinauf.

„Du weißt, dass ich dich niemals verletzen würde?", rief er ihr nach. Er war von seinem eigenen Verhalten so erschrocken, dass er vor der Treppe auf und ab ging.

„Alex, ihre Reaktion ist instinktiv", erklärte Brenna. „Sie weiß, dass du sie niemals verletzen würdest. Aber die traurige Wahrheit ist, dass sie daran gewöhnt ist, zusammenzuzucken. Du musst ihr helfen, gesund zu werden."

„Das weiß ich, aber ich möchte sie berühren. Ich möchte sie in die Arme nehmen und ihr helfen. Ich kann nicht anders. Ich wünschte, sie würde mich nicht zurückweisen."

Jennie zog am Plaid ihres Bruders. „Alex, du bist manchmal sehr laut, aber wenn du mich anschreist, weiß ich, dass du es nicht so meinst, weil du mich liebhast. Vielleicht weiß Maddie noch nicht, dass du sie auch liebhast."

Erschrocken drehte sich Alex zu Jennie um und rief: „Jennie, du hast keine Ahnung, wovon du sprichst!"

Jennie lächelte zu ihrem großen Bruder auf. „Ich weiß, dass du mich liebhast, weshalb es mir nichts ausmacht, wenn du mich anschreien musst, um dir über deine Gefühle für Maddie klarzuwerden."

Alex starrte verwirrt über den Kopf seiner Schwester hinweg. Was war nur mit ihm los? Verstand seine kleine Schwester seine Gedanken besser als er selbst?

Jennie sprang auf, um mit ihren Hunden zu spielen, und rief noch: „Sag es ihr einfach, Alex. Dann wird sie nicht denken, dass du böse auf sie bist, wenn du so schreist."

Brenna hob die Augenbrauen und lächelte.

Als Madeline am nächsten Morgen die Treppe herunterkam, um zu frühstücken, waren Alex und seine Männer bereits ausgeritten. Vielleicht wollte er nicht in ihrer Nähe sein, denn seit dem Tag am See hatte sie ihn kaum gesehen. Vielleicht konnte er ihre Entstellung doch nicht akzeptieren, aber warum hatte er dann die Narben auf ihren Brüsten so zärtlich geküsst? Sie war verwirrt.

Sie hatten sich am Vorabend gestritten. Sie hatte ihm widersprochen, was keine Kleinigkeit war, da er jetzt ihr Laird war. Hätte sich einer seiner Wachmänner geweigert, ihm zu antworten, so wie sie es getan hatte, wollte sie sich die Konsequenzen gar nicht ausmalen. Sie wollte sich gut mit seinem Clan verstehen, aber je näher die Hochzeit rückte, desto feindseliger verhielten sich die Leute ihr gegenüber. Gestern hatte ein kleiner Stein ihren Rücken gestreift, als sie im Garten spazieren gegangen war. Der kleine Tommy war in der Nähe gewesen, aber sie hatte beschlossen, ihn nicht zur Rede zu stellen. Nun erkannte sie, dass das womöglich ein Fehler gewesen war. Was wäre, wenn der Stein beim nächsten Mal größer wäre? Aber es war zu spät, um jetzt darüber nachzudenken.

Maddie verbrachte den größten Teil des Tages damit, Tischdecken für das Hochzeitsfest zu besticken. Die Arbeit hielt sie davon ab, über ihre Probleme mit Alex und seinem Clan nachzudenken. Wer hätte gedacht, dass eine Verlobung so viel Ärger verursachen würde? Und so viel Arbeit? Alice hat Maddies Kleid im Söller eingesäumt, während Brenna Jennies Kleid genäht hatte. Jennie spielte draußen mit Freunden, um nicht mithelfen zu müssen. Maddie war dankbar für die Ruhe und versuchte, ihre Gedanken zu ordnen.

Doch sie wurde unterbrochen, als jemand im Hof schrie. Sie rannte zur Tür, um nach der Ursache zu forschen, und betete, dass es nichts mit Alex zu tun hätte. In der Mitte der Vorburg riefen mehrere Jungen. Irgendetwas war mit einem Kind geschehen. Sie eilte nach draußen, um nachzusehen, und Brenna tat dasselbe. Beide schnappten nach Luft, als sie Jennies Namen hörten.

Maddie stürmte zur Gruppe. „Wo ist Jennie, Tommy?"

„Sie ist da draußen. Meine Mutter hat mir gesagt, ich soll den Laird holen. Es ist etwas passiert. Sie sind verletzt!"

Brenna rief mehreren Wachen Befehle zu und wies sie an, Alex zu suchen.

Madeline sah sich suchend vor Angst um und packte dann Tommy an den Schultern. „Was ist passiert?"

„Jennie", rief er. „Jennie und die kleine Emma sind in einem

Loch verschwunden!" Er wies auf die Tore.

Madelines Herz setzte einen Schlag lang aus. Ihr Magen war ihr in die Knie gerutscht, aber sie stolperte den Jungs nach und eilte durch die Tore hinaus.

„Was ist passiert?", rief Brenna ihnen nach. „Wo sind sie?"

„In einem Loch! Es hat sich einfach im Boden geöffnet, wo die beiden spielten, und sie sind hineingefallen."

Madeline fand Emmas Mutter auf der Wiese schluchzend vor, während mehrere Clanmitglieder andere von der Unfallstelle fortscheuchten.

„Bleibt zurück, bleibt zurück, sonst werdet ihr auf sie fallen!"

„Sie sind beide in das Loch gefallen", sagte jemand anderes, „aber nur Emma weint. Wir können sie nicht sehen und Jennie antwortet nicht."

Maddies Herz setzte erneut einen Schlag aus. Wie konnten diese Leute einfach herumstehen, während das Leben der Mädchen eindeutig in Gefahr war? Jennie hatte sich vielleicht den Kopf angeschlagen. Emma hatte sich vielleicht ein Bein gebrochen. Beide könnten stark bluten. Als sie zu Brenna zurückblickte, erkannte sie die schiere Angst in den Augen ihrer Freundin.

„Holt sie doch endlich da heraus!", schrie Brenna, als Robbie bei ihr ankam und die Lage zu überschauen versuchte.

„Das können wir nicht, Mylady", sagte einer der Männer, den Madeline aus der Waffenkammer erkannte. „Das Loch ist zu klein für uns und ich werde kein weiteres Kind dort hinabschicken. Es besteht die Gefahr, dass der Boden über ihnen zusammenbricht."

„Wir müssen auf den Laird warten!", rief jemand. „Er wird wissen, was zu tun ist."

„Wir haben Wachen nach ihm ausgesandt, aber wir können nicht auf ihn warten. Bis dahin könnte es zu spät sein", schrie ein anderer.

Emmas Mutter Moira sackte schluchzend zu Boden. „Oh, mein Kind! Mein kleines Kind. So hilf ihr doch jemand!"

Robbie trat näher heran, um sich die Unfallstelle genauer anzusehen, und ging dann zu Brenna hinüber. „Das Loch ist klein, Brenna, zu klein für jeden von uns. Ich hörte schwaches

Weinen, aber ich denke, es ist Emma. Sie klingt weit weg, also muss das Loch tief sein. Ich habe nach Jennie gerufen, aber sie antwortet nicht."

Er wandte sich an einen seiner Männer und schickte ihn zurück zum Bergfried, um Seile zu holen.

„Ich werde hinabsteigen", sagte Maddie. „Ich passe sicher in die Öffnung."

„Du könntest tatsächlich hindurchpassen. Du bist schmaler als die meisten hier, aber es ist auch für dich nicht sicher. Wir müssen eine Lösung finden, die kein weiteres Leben gefährdet."

Maddie ballte die Hände verzweifelt zu Fäusten. „Robbie, eines der Mädchen könnte verbluten. Wir können es nicht riskieren, zu warten. Ich kann das schaffen. Du musst mir helfen. Lass mich hinab!"

„Nay, Maddie. Alex würde mir das Fell über die Ohren ziehen. Wir werden auf das Seil warten." Robbie sah Maddie streng an und sie wandte sich frustriert ab. Offensichtlich war er nicht zur Vernunft zu bringen und so blieb ihr nichts anderes übrig, als auf eigene Faust zu handeln.

In dem Durcheinander würde Robbie sich irgendwann abwenden müssen und ihr den Moment geben, den sie brauchte. Sie konnte nicht untätig zusehen. Sie würde in das Loch hinabsteigen, sobald sie die Gelegenheit dazu bekäme. Vielleicht könnte sie den Mädchen dabei helfen, wieder nach oben zu klettern. Von diesem Plan überzeugt, wartete sie ungeduldig und in dem Moment, in dem sich Robbie zu einer Wache umdrehte, schoss sie vorwärts und ignorierte die Rufe. Sie senkte sich in das Loch hinab und ließ sich fallen.

Sie hatte ihren Körper zu einer Kugel zusammengerollt und nachdem sie durch die Dunkelheit gefallen war und sich dabei derb an den Steinen der Seitenwände gestoßen hatte, landete sie schließlich eine gefühlte Ewigkeit später. Ein lautes Knacken hallte durch die Höhle, als sie den Aufprall mit ihrem linken Arm abfing. Scharfer Schmerz durchfuhr sie und sie zog ihre linke Hand dicht an ihre Brust.

Maddie lag ein paar Minuten reglos da, um sich zu orientieren. Als sie sich endlich aufrichtete, atmete sie schwer vor Anstrengung und Schmerz. Doch sie nutzte ihre innere Kraft, um den Schmerz zu überwältigen, wie sie es so oft nach Kenneths Schlägen getan hatte, und tastete den Boden ab, um nach den Mädchen zu suchen. Doch sie stieß nur auf harte Erde. Staub und Schmutz bedeckten ihr Gesicht, aber sie wischte es mit der rechten Hand weg, um besser zu sehen. Dann atmete sie so flach wie möglich, um Geräusche zu hören, und schließlich drang Emmas Schluchzen an ihr Ohr. Als sich ihre Augen an die Dunkelheit gewöhnt hatten, bemerkte sie, dass das Loch unten viel breiter war als oben und dass sie so tief waren, dass es kaum Licht gab.

Als sie Emma endlich gefunden hatte, streckte sie dem Mädchen den rechten Arm entgegen. „Ist schon gut, Emma, komm her", sagte sie leise. Emma kroch zu Maddie, fiel in ihren Schoß und schlang ihre Arme fest um sie. Maddie umarmte und beruhigte sie so gut sie konnte und suchte im Zwielicht weiter nach Jennie.

Emma schien auf den ersten Blick nur verschreckt vom Sturz zu sein. Es gab keine warme Flüssigkeit, die auf frisches Blut hinwies, und Emma reagierte nicht mit Schmerzen auf Maddies Berührungen.

Die Suche nach Jennie mit Emma auf ihrem Schoß erwies sich als schwierig, aber Maddie wollte die Kleine nicht loslassen, weil diese den Trost ihrer Nähe brauchte. Als sie sich nach rechts bewegte, bemerkte sie einen kleinen Hügel. Sie rutschte zu ihm und streckte die Hand aus, um zu sehen, ob es Jennie war. Sie ertastete das weiche Haar des Mädchens. Maddie strich sich selbst die Haare aus dem Gesicht und beugte sich vor. Sie seufzte erleichtert, als Jennies Atem ihr Gesicht erwärmte.

„Jennie? Ich bin es, Maddie. Ich bin hier bei dir. Kannst du mir antworten, Jennie?"

Maddie stupste ihren Arm an, erhielt aber keine Antwort. Tränen traten ihr in die Augen. Das Herz des Mädchens schlug, aber sie wachte nicht auf. Sie betastete Jennies Kopf und entdeckte eine große Beule an ihrer Schläfe. Sie musste nach dem Sturz das Bewusstsein verloren haben.

Maddie drückte Emma etwas fester an sich und war dankbar, dass beide Mädchen am Leben waren. Doch eine Kopfverletzung konnte sehr schwerwiegend sein. Jennie war noch nicht außer Gefahr. Sie blickte zur Öffnung hinauf. Ohne ein Seil konnte sie die beiden auf keinen Fall hier herausholen. Die Wände waren zu steil zum Klettern und es gab nichts, was ihr Halt bot. Ihr Arm war gebrochen und wahrscheinlich nutzlos. Sie konnte wirklich nichts anderes tun, als auf Hilfe zu warten. Waren Robbies Männer schon mit dem Seil zurückgekehrt? Hoffentlich beeilten sie sich.

Gesprächsfetzen drangen zu ihr hinab, aber sie konnte keine Stimmen zuordnen. Sie schrie, konnte aber unmöglich wissen, ob sie jemand hörte. Emma weinte weiter und klammerte sich an Maddie.

Maddie hob das Mädchen mit ihrem rechten Arm hoch und legte Emmas Kopf an ihre Schulter. Sie versuchte, sie mit leisen Worten zu beruhigen und kraulte ihr den Rücken. Nach ein paar Minuten beruhigte sie sich.

Als oben alles ruhig war, bedeckte sie Emmas Ohren so gut sie konnte und rief: „Beeilt euch mit dem Seil!"

Sie wusste, dass sie nichts weiter tun konnte, als zu warten.

Sobald er die Grant-Wachen auf sich zukommen sah, traf Alex eine seltsame Vorahnung und er ritt ihnen entgegen.

„Laird, es hat einen Unfall gegeben", berichtete einer der Männer.

Alex wurde flau im Magen. „Wer ist verletzt?", rief er. „Um wen handelt es sich?"

„Um Jennie und die kleine Emma. Sie sind in ein Erdloch gefallen und wir wissen noch nicht, ob sie verletzt sind."

Alex hörte die restliche Erklärung nicht mehr, denn er gab seinem Pferd bereits die Sporen und ritt verzweifelt in Richtung der Burg.

Er hatte sein Pferd noch nie so sehr zur Eile angetrieben, aber zum Glück war Midnight so schnell wie sein Herr es von ihm verlangte. Als Alex sich dem Bergfried näherte, steuerte er direkt auf die kleine Menschentraube zu, die sich auf dem Gelände versammelt hatte, und stieg ab. Brodie kam sofort zu ihm und alle schrien durcheinander.

„Gut, dass Ihr hier seid, Laird."

„Wir brauchen Euch, Laird!"

„Helft den Mädchen, Chief. Holt sie da heraus!"

„Euer Mädchen ist aber mutig, Chief."

„So etwas habe ich noch nie gesehen, Laird. Euer Mädchen ist einfach losgerannt und in das Loch gesprungen!"

Maddie? Alex' Herz schlug vor Panik schneller. Er geriet nie in Panik. Was war nur mit ihm los? Er blieb immer ruhig, ganz egal, in welcher Situation er sich befand.

Er sah zu seinem Bruder in der Menge. „Robbie?"

„Die Kleinen spielten hier, als sich ein Loch in der Wiese öffnete. Es scheint tief zu sein. Wir konnten Emma hören, aber Jennie hat nicht geantwortet. Die Öffnung ist sehr eng. Ich habe mich nur kurz umgedreht und schon ist deine Verlobte in das Loch gesprungen. Sie hatte mir gesagt, dass sie es vorhat, aber ich habe es ihr verboten. Offensichtlich hört sie nicht auf mich. Vor ein paar Minuten glaubten wir, wir hätten Maddie rufen hören, aber wir konnten sie nicht klar verstehen."

Alex eilte zu dem Loch, um die Lage selbst einzuschätzen. Robbie lief neben ihm her und sagte: „Ich habe einen Mann zur Burg zurückgeschickt, um ein Seil zu holen. Ich denke, es ist am besten, wenn wir es hinunterwerfen und sie hochziehen. Wenn es Maddie gutgeht, kann sie die Mädchen festhalten, während wir sie hochziehen."

Alex wandte sich an die Menge und schrie: „Ruhe!" Seine Clanmitglieder verstummten sofort. Dann rief er in das Loch: „Maddie!"

Er lauschte und bedeutete allen, still zu sein. Er spitzte die Ohren. Nichts. Er rief noch einmal. Nichts.

„Maddie!" brüllte er.

„Alex?"

Alex schob seinen breiten Oberkörper so weit wie möglich in das Loch hinein, aber er kam nicht weit.

„Maddie, geht es dir gut?"

„Emma und mir geht es gut. Aber Jennie wacht nicht auf. Sie muss versorgt werden, Alex. "

Alex drehte sich um und winkte seine Schwester heran. „Ich denke, sie hat gesagt, dass es Emma gut geht und dass Jennie versorgt werden muss."

Brenna schnappte nach Luft und schickte Fiona hastig zurück

zum Bergfried, um Jennies Kammer mit den notwendigen Vorräten vorzubereiten. „Alex, was ist mit Maddie? Geht es ihr gut?"

In diesem Moment eilte ein Mann mit dem Seil herbei.

„Ich glaube schon. Wir werden sie jetzt hochziehen."

Endlich baumelte das Seil über ihnen. Emma, die immer noch wach war, nuckelte schweigend an ihrem Daumen und klammerte sich an Maddie. Maddie stand ohne große Schwierigkeiten auf und griff nach dem Seil über ihrem Kopf, aber mit Emma auf dem Arm konnte sie es nicht erreichen.

„Ich brauche mehr Seil, Alex", rief sie. „Ich kann es noch nicht erreichen."

Er ließ mehr davon herunter.

„Mehr!", schrie sie, bis es schließlich reichte. „In Ordnung, ich habe es."

„Binde es um deine Taille, Maddie."

Maddie zog das Seil noch ein Stück weiter herab und setzte Emma ab. „Warte nur einen Moment, meine Süße. Wir bringen dich gleich zu deiner Mama." Sie band das Seil ungeschickt um ihre Taille und hob Emma mit ihrem rechten Arm wieder hoch. Es gab keinen anderen Weg, denn ihr linker Arm baumelte in einem merkwürdigen Winkel herab.

Sie zog am Seil und schrie Alex zu: „Ich bin bereit, Alex!"

Sobald Maddies Füße vom Boden abhoben, schwankte ihr ganzer Körper. Emma weinte erschrocken und Maddie musste mit der linken Hand nach dem Seil greifen, um sich zu stabilisieren. Stechender Schmerz ergriff sie, aber sie ließ nicht los. *Es ist nur ein kleiner Schmerz*, sang sie in Gedanken. Sie konnte ihn ertragen, bis Emma in Sicherheit war. Sie bewegten sich langsam weiter nach oben, aber der Schmerz in ihrem Arm war kaum noch auszuhalten.

Die Erinnerung an ihre Mutter, die für sie sang, half ihr, sich zu konzentrieren, aber das Bild war sehr verschwommen. Also dachte sie an Alex und erinnerte sich daran, wie tröstend es war, in seinen warmen Armen zu sein. Sie stellte sich sein Gesicht vor und dachte an alles, was sie an ihm liebte. Als sie ihren Namen wieder hörte, wurde sie aufmerksam – sie waren fast oben.

„Hör auf, Alex, hör auf!", rief sie. „Wir werden nicht zusammen durch die Öffnung passen."

„Reich sie mir hoch und ich werde sie ergreifen", rief er.

Sie fand einen Vorsprung für ihren Fuß und drückte sich mit aller Kraft ab. Alex streckte ihr die Arme entgegen und nahm ihr das Kind ab. Er zog es aus dem Loch und die Menge jubelte. Moira eilte zu ihm, packte das Mädchen schluchzend und wiegte die kleine Emma hin und her.

Als Alex sich zu Maddie umdrehte, fiel sein Blick auf ihren Arm.

„Maddie, dein Arm", flüsterte er.

„Ich weiß, Alex. Ich glaube, er ist gebrochen."

„Du musst schreckliche Schmerzen haben. Wie willst du Jennie halten? Sie ist viel schwerer."

„Ich weiß, aber ich kann es schaffen. Wir haben keine Wahl."

Alex wandte sich an Robbie. „Zieh sie raus!"

„Nay", rief sie und stemmte ihren Fuß fest gegen die Seite des Lochs.

Alex hob die Hand und die Männer hielten inne.

„Maddie, ich kann dir das nicht erlauben. Wir werden das Loch weiter graben."

„Jennie könnte dabei verschüttet werden. Wir haben keine Wahl. Du passt eindeutig nicht durch die Öffnung. Wenn du nicht einverstanden bist, werde ich das Seil loslassen und mich wieder nach unten fallen lassen, selbst wenn ich dabei riskiere, mir den anderen Arm zu brechen. Ich muss Jennie da herausholen. Brenna muss sich um sie kümmern!"

Sie starrten sich an, bis Alex sich umdrehte und den Männern bedeutete, sie herabzusenken.

„Was ist los, Alex?" Maddie erkannte Robbies Stimme.

„Maddies Arm ist gebrochen."

„Wie will sie dann Jennie nach oben bringen?", fragte Brenna. „Jennie ist viel schwerer als Emma."

„Du wirst gleich miterleben, wie stark meine Maddie ist. Sie kann es schaffen." Diese Worte verliehen Maddie die nötige Kraft. Er glaubte an sie und das machte sie stärker.

Als Maddie wieder unten ankam, wickelte sie ihren Arm neu

ein, um das taube Gefühl zu lindern. Sie versuchte, Jennie zu
wecken, aber das Mädchen rührte sich immer noch nicht. Die
Beule auf ihrer Stirn war immerhin nicht größer geworden,
was gut war – so glaubte sie zumindest. Sie band das Seil so
fest wie möglich um ihre Taille. Ihre linke Hand wollte nicht
kooperieren, aber sie tat, was sie konnte, denn sie durfte nicht
die Kontrolle verlieren und fallen, während sie Jennie trug. Sie
nahm Jennie in ihren rechten Arm und kämpfte mit der Last
des bewusstlosen Mädchens. Sie brauchte einen Moment, um
mit dem zusätzlichen Gewicht wieder ins Gleichgewicht zu
kommen. Wenn Jennie größer gewesen wäre, hätte sie es nicht
geschafft.

Als sie endlich bereit war, rief sie Alex zu: „Wir sind fertig,
aber bitte fang sehr langsam an. Ich muss sie ausbalancieren.
Sie ist sehr schwer für mich."

Alex rief den Männern zu, sie sollten ziehen. Maddie
schwankte und verlor fast den Halt um die Kleine, aber dann
gelang es ihr doch, sie festzuhalten. Als sie aufstiegen, begann
das Seil um ihre Taille zu rutschen.

Auf halber Höhe rief Maddie: „Beeil dich, Alex, das Seil hat
sich gelockert!"

Alex schrie seinen Männern zu, schneller zu ziehen, und
schon bald tauchte Brodies Gesicht neben dem von Alex oben
im Loch auf.

„Brodie, halte dich bereit, Jennie zu schnappen, sobald sie
sich nähern", bellte Alex. „Ich werde Maddie herausziehen. Ihr
Arm wird nicht mehr lange durchhalten."

Das Seil gab nach und die volle Wucht ihres gemeinsamen
Gewichts fiel auf Maddies linken Arm. Sie stöhnte in Antwort
auf die heftigen Schmerzen, schaffte es jedoch, das Seil für
zusätzlichen Halt um ihren Oberarm und ihre Schulter zu wick-
eln, obwohl ihr ganzer Körper unter der Anstrengung brannte.
Sie drückte Jennie fester an sich, als sie bemerkte, dass sie den
Halt verlor. „Alex!", kreischte sie.

Alex konnte die Anspannung in Maddies Gesicht sehen. Sie
stützte ihre Füße an den Wänden des schmalen Lochs ab und
schaffte es kaum, nicht erneut mit Jennie in die Tiefe zu fallen.

„Halte durch, noch ein paar Meter und wir haben euch beide. Halte durch, Maddie!"

Wenige Augenblicke später griff Brodie in die Öffnung, packte Jennie und riss sie nach oben. Er fiel rückwärts mit ihr auf den Boden, doch das Mädchen erwachte immer noch nicht. Sobald Brodie aus dem Weg war, griff Alex in das Loch und versuchte, Maddies Schultern zu packen. Ihre linke Hand war nicht mehr in der Lage, ihr Gewicht zu halten, sodass er keine andere Wahl hatte, als ihren rechten Oberarm zu ergreifen, der das Seil immer noch fest umklammerte. Maddie drehte sich von ihm weg, als das Seil, das immer noch teilweise um ihren verletzten linken Arm gewickelt war, diesen in einem merkwürdigen Winkel verdrehte. Maddie strampelte und schluchzte und kämpfte um ihr Leben.

„Alex, Alex!", schluchzte sie.

„Maddie, sieh mich an! Halt still, ich habe dich."

Ihre Blicke trafen sich. In ihren Augen lag Angst und etwas anderes. Schmerz. Er warf einen Blick auf ihren gebrochenen Arm und bemerkte, dass die Männer immer noch am Seil zogen und ihn grotesk verdrehten.

„Alex, hilf mir!", schluchzte sie flüsternd.

„Hört auf, am Seil zu ziehen!", rief Alex. Jegliche Besonnenheit verließ ihn und er wusste, dass sie nicht zurückkehren würde, bis seine Verlobte in Sicherheit war. Er hievte mit aller Kraft und zog sie durch die kleine Öffnung. Maddie fiel weinend auf Alex und klammerte sich mit ihrem rechten Arm an ihn.

„Alex, lass mich nicht los, bitte halte mich!", flüsterte sie in seinen Nacken.

Alex schnitt das Seil vorsichtig von ihrem linken Arm ab und streckte ihn so gut er konnte. Er hielt sie so vorsichtig wie möglich fest, während sie weiter an seiner Brust weinte.

Die Menge war mucksmäuschenstill geworden und starrte auf ihren verdrehten Arm.

„Seht euch ihren Arm an!", flüsterte jemand.

„Ihr Arm ist gebrochen!"

„Wie konnte sie so die Kinder festhalten?"

„Sie hat gar nicht geschrien."

Die Nachricht verbreitete sich unter der Menge und die Leute jubelten und klatschten über die Leistung, die Alex' Verlobte erbracht hatte. Er stand vorsichtig auf, um ihr nicht noch mehr Schmerzen zu bereiten, reichte sie kurz Brodie und bestieg dann Midnight. Sobald Maddie sicher auf seinem Schoß saß, ritt er zurück zum Bergfried. Robbie ritt mit Jennie auf seinem Schoß ein Stück vor ihm, und Brenna mit Brodie direkt hinter ihnen.

Maddie klammerte sich mit ihrem rechten Arm an Alex. Er küsste sie auf die Stirn, sagte aber nichts.

Für Alex hatten diese Ereignisse die letzten Zweifel ausgeräumt und er machte sich schwere Vorwürfe, dass seine Entschlossenheit in den letzten Tagen so geschwankt hatte. Maddie gehörte in seine Arme. Wie hatte er daran auch nur für einen Moment zweifeln können? Diese Frau hatte gerade alles für seine Schwester und ein weiteres kleines Kind aufs Spiel gesetzt. Sie hatte nicht überlegt, ob sie das Richtige tat – sie hatte einfach gehandelt. Die Bedürfnisse anderer standen für Maddie immer an erster Stelle. Vor langer Zeit hatte er sie für schüchtern gehalten – wie ein verängstigtes Kaninchen. Aber schüchterne, verängstigte Kaninchen brachten sich nicht in Gefahr, indem sie freiwillig in tiefe Gruben sprangen.

Irgendwie würde er ihr helfen müssen, den gleichen Mut in ihrem Liebesleben zu beweisen. Er würde wahrscheinlich immer noch sehr geduldig sein müssen, aber er würde einen Weg finden, um ihr näherzukommen.

Sie würde bald seine Frau sein und er schwor sich, ihr Glück zu seiner Priorität zu machen.

Maddie MacDonald hatte gerade einen weiteren Teil seines Herzens erobert.

KAPITEL DREIUNDZWANZIG

ALS SIE DEN Stall erreichten, packte der alte Hugh die Zügel, während Mac Maddie sanft aus Alex' Armen nahm. Sobald er selbst von Midnight abgestiegen war, nahm er sie wieder zurück in seine Arme. Sie gab keinen Laut von sich, als sie sich bewegte, aber der Ausdruck in ihren Augen sagte Alex alles.

Während er sie zum Bergfried trug, flüsterte er ihr zu: „Ich werde auf dich aufpassen. Brenna wird deinen Arm versorgen und ich werde nicht von deiner Seite weichen." Er beugte sich vor und küsste sie.

„Was ist mit Jennie? Und Emma?", fragte sie erstickt.

„Emma scheint es gut zu gehen. Jennie ist gerade bei Brenna. Sobald wir uns um dich gekümmert haben, werde ich nach Jennie sehen. Du bist eine mutige Frau, Maddie."

Er warf einen Blick auf Maddie und bemerkte, wie sie sich mit weißen Knöcheln an ihn klammerte. Der Schmerz, den sie ertrug, zeigte sich auf subtile Weise. Leider wusste er, dass der Arm gestreckt werden musste, sodass sich ihre Schmerzen verschlimmern würden, bevor ihre Verletzung heilen konnte.

Als Alex die Tür erreichte, bot Alice ihm ihre Hilfe an. Sie folgte ihm nach oben und sagte: „Ich habe ihre Kammer vorbereitet, mein Laird. Brenna ist bei der kleinen Jennie, aber ich werde mich um Maddie kümmern und dann nach Brenna schicken, sobald sie bereit ist."

Oben an der Treppe angelangt, bog Alex nach rechts ab.

„Laird, Ihr habt es in der Verwirrung sicher vergessen, aber Maddies Kammer ist auf der linken Seite."

Alex ignorierte sie und ging weiter.

„Entschuldigt, aber Maddies Kammer liegt in der anderen Richtung."

Als Alex über seine Schulter blickte, stand Alice da und starrte ihn mit den Händen in den Hüften an.

Er erreichte seine Tür und stieß sie mit dem Fuß auf. „Ich bin nicht verwirrt, Mylady. Maddie wird in meinem Gemach bleiben." Er ging zu seinem Bett und setzte sie vorsichtig ab.

Alice zuckte zusammen. „Aber das gehört sich nicht", rief sie und stand vor seiner Tür, als hätte sie Angst, sich hineinzuwagen.

„Ich weiß nicht, ob es sich gehört oder nicht, aber sie bleibt bei mir. Hier gehört sie hin. Ich werde auf sie aufpassen", beendete Alex die Diskussion und sein Blick sagte Alice, dass an seiner Entscheidung nicht zu rütteln war.

„Alex, ich habe schon genug Schwierigkeiten mit deinem Clan. Bitte tu das nicht!", bettelte Maddie mit leiser, angespannter Stimme.

„Bleibt bitte eine Minute bei ihr, Alice." Er wandte sich an Maddie und sagte: „Ich muss mit Brenna sprechen. Niemand wird es erfahren, Maddie. Weißt du noch nicht, wo du hingehörst?" Alex legte Maddies linken Arm vorsichtig auf ein Kissen, legte sie ins Bett, küsste sie auf die Wange und drehte sich zur Tür um.

„Mein Herr, was werden Eure Leute denken? Sie werden schreckliche Dinge über Maddie vermuten", flehte Alice und ihre Wangen wurden rot.

„Wenn sie das wagen, werden sie sehr bald anderswo leben müssen. Maddie ist meine Verlobte und bleibt hier. Ich verspreche Euch, Alice, dass ich Eure Schutzbefohlene erst nach unserer Hochzeit anrühren werde, aber sie wird hierbleiben, wo sie hingehört." Alex nickte Alice zu und verließ den Raum. Im letzten Moment steckte er seinen Kopf noch einmal zurück in die offene Tür. „Aber ich werde Euch erlauben, sie zu baden, wenn es Euch nichts ausmacht. Ich bin mir sicher, dass sie sich besser fühlen wird, wenn sie den Staub und Schmutz von sich abspülen kann. Und ich weiß, dass es Euch verärgern würde, wenn ich es täte." Er zwinkerte und lächelte, bevor er die Tür hinter sich schloss.

Alex fand Robbie und Brenna an Jennies Bett vor. Er beugte sich vor und küsste seine kleine Schwester auf die Stirn. „Hat sich ihr Zustand verändert, Brenna? Hast du noch etwas gefunden?"

„Nay, Alex. Ich denke, es ist die Kopfverletzung, die ihr das Bewusstsein nimmt. Sie hat ein wenig wirres Zeug geredet, was ich für ein gutes Zeichen halte. Ihr Körper braucht Ruhe. Sie weiß, dass sie jetzt in Sicherheit ist, also wird sie sich hoffentlich genug entspannen, um mit der Heilung zu beginnen. Robbie, bleib bei ihr, während ich mich um Maddies Arm kümmere."

Als sie zusammen den Gang entlanggingen, wandte sie sich an ihren Bruder. „Alex, Brodie und du werden sie festhalten müssen. Kannst du es verkraften, wenn sie schreit? Ich kann jemand anderen holen, um sie festzuhalten, wenn es dir zu viel ist. Es ist ein ziemlich böser Bruch und ich muss ihn erst untersuchen, bevor ich ihn schienen kann."

„Aye, ich werde sie festhalten. Sie wird nicht schreien, aber ich möchte da sein, um ihr zu helfen, mit den Schmerzen fertigzuwerden. Wir werden Brodie nicht brauchen."

Brenna schüttelte den Kopf. „Alex, ich möchte, dass ein zweiter Mann bei dir ist. Du weißt, dass ich schon von Männern getreten und geschlagen wurde, die weit weniger schmerzhafte Brüche hatten. Ich kann keine Verletzung riskieren. Ich muss für Maddie und für Jennie stark sein."

„Aye, du hast recht. Ich werde Brodie holen lassen."

„Ich möchte Maddie etwas geben, das die Schmerzen lindert. Dann komme ich zurück, nachdem ich noch einmal nach Jennie gesehen habe. So hat der Trank gegen die Schmerzen etwas Zeit, um zu wirken."

Sobald Alex Brodie gefunden hatte, schickte er ihn in Jennies Kammer, um nach ihrer kleinen Schwester zu sehen und Brenna zu holen. Als er seine eigene Kammer betrat, wusch Alice Maddie gerade. Sie hatte den größten Teil des Staubes abgewaschen, machte sich aber immer noch Sorgen um sie.

„Maddie, der Rest Eurer Reinigung muss bis morgen warten. Wir können Euren Arm heute nicht mehr belasten. Mylord, darf ich ein paar ihrer Sachen hierherbringen?", fragte Alice.

„Ihr könnt sie alle herbringen, wenn Ihr wollt, denn sie bleibt hier." Er setzte sich auf Maddies rechte Bettseite und lehnte seinen Rücken gegen die Wand, damit er sie an seine Brust lehnen und ihren Arm schützen konnte. Alice ging, um Maddies

Sachen zu holen.

Alex strich über ihren unverletzten rechten Arm und flüsterte: „Jennie schläft noch, aber Brenna glaubt, dass sie nur etwas mehr Ruhe braucht. Sie wird bald kommen und deinen Arm strecken. Ich verspreche, bei dir zu bleiben." Er strich mit den Lippen über ihr seidiges Haar. „Du weißt, dass es wehtun wird, aye?"

Maddie nickte langsam. Was auch immer Brenna ihr gegeben hatte, hatte zu wirken begonnen, und Alex erkannte, dass Maddie darum kämpfte, wach zu bleiben.

„Alex, bist du wütend auf mich, weil ich in das Loch gesprungen bin?", flüsterte sie.

„Nay, Liebes, ich bin nicht wütend, aber es war sehr gefährlich."

„Keine Geheimnisse mehr...", murmelte sie, als sie die Augen schloss.

Alex streichelte ihren rechten Arm, um sie in den Schlaf zu wiegen.

„Alex?" Ihre Augen öffneten sich für eine Sekunde, bevor sie wieder zufielen.

„Hm?"

„Ich liebe dich. Du bist mein Traum." Ihre Atmung ging in einen ruhigeren Rhythmus über, als sie fest einschlief.

Alex rührte sich nicht – er konnte es nicht. Hatte er gerade richtig gehört? Sie liebte ihn? Sein Herz machte einen Sprung und schlug dann Purzelbäume. Diese drei kleinen Worte hatten ihn gerührt. Er wünschte, sie würde es noch einmal sagen, aber sie schlief. Er war sich immer noch nicht sicher, ob er sie liebte, aber er hatte auf jeden Fall stärkere Gefühle für Maddie als jemals zuvor für ein Mädchen. Bis zu diesem Unfall war ihm nicht bewusst gewesen, wie stark diese Gefühle waren.

Brodie und Brenna kamen nicht lange danach in die Kammer.

„Sie ist ein starkes Mädchen für ihre Größe, nicht wahr, Alex?", bemerkte Brenna. „Ich schaudere bei dem Gedanken, was passiert wäre, wenn Maddie nicht in der Lage gewesen wäre, beide Mädchen hochzuziehen. Schläft sie?"

Alex nickte. „Aye, aber du wirst sie sicher wecken, wenn du tust, was du tun musst. Beeil dich bitte."

„Brodie, halte dich bereit, sie zu packen, falls sie anfängt, um sich zu schlagen. Ich muss zuerst den gebrochenen Knochen untersuchen. Ich fürchte, es wird sehr schmerzhaft sein." Brenna arrangierte ihre Vorräte, ein Brett, um den Arm gerade zu halten, Leinenstreifen, um ihn festzuwickeln, und ein Stück Leinen, um es zu einer Schlinge zu formen.

Brenna hob den verletzten Arm und bat Brodie, ihn für sie still zu halten. Diese einfache Bewegung war genug, um Maddie wachzurütteln.

„Maddie", sagte Brenna leise, aber bestimmt, „ich muss deine Knochen ertasten, um genau zu sehen, wo sie gebrochen sind. Ich hoffe, es gibt nur einen Bruch, aber ich muss sichergehen. Es wird wehtun, also schrei, wenn du musst." Sie beugte sich vor, um Maddies Wange zu küssen. „Danke, dass du unsere Kleinen gerettet hast."

Dann begann Brenna ohne weiteren Aufschub, Maddies linke Hand zu untersuchen. Von dort aus arbeitete sie sich nach oben vor. Sie warteten alle darauf, dass Maddie zu schreien anfing, doch es geschah nicht. Maddies Atmung ging unregelmäßig und sie presste ihr Gesicht an Alex' Brust, aber sie hielt ihren Arm für Brenna völlig still.

„Wie macht sie das nur? Ich habe noch nie ein Mädchen gesehen, das so viel ertragen kann", fragte Brodie verwundert. „Wie soll man da ahnen, dass sie Schmerzen hat?"

Alex fuhr sich mit der Hand durch die Haare. „Ich fange an, mehr über meine Verlobte zu lernen. Ich weiß, wann sie Schmerzen hat. Ich konnte es in ihren Augen sehen, als sie in diesem Loch war, und ich kann es jetzt am Schweiß auf ihrer Stirn sehen. Geht es dir gut, mein Schatz?", flüsterte er.

Maddie nickte, hielt aber die Augen geschlossen.

Alex zeigte auf ihre rechte Hand, die zu einer festen Faust geballt war.

Nachdem Brenna ihre Untersuchung beendet hatte, lehnte sie sich ein wenig zurück und sagte: „Ich glaube, es gibt nur einen Bruch in deinem Unterarm, Maddie. Das ist die gute Nachricht. Aber ich muss an deinem Arm ziehen und ihn drehen, um die Knochen wieder in die richtige Position zu bringen. Das ist die schlechte Nachricht. Kannst du für mich mit deinen Fingern wackeln?"

Maddie wackelte langsam mit den Fingern, aber es war offensichtlich anstrengend.

„Gut. Ich werde es so schnell wie möglich tun, aber es wird schmerzhaft sein." Brenna zeigte Brodie, was er tun sollte.

Maddie ergriff Alex' Hand mit ihrer rechten, holte tief Luft und nickte Brenna zu. Nachdem Brenna zurückgenickt hatte, zog sie an Madelines Arm, drückte und drehte den Knochen in die richtige Position. Maddie bäumte sich im Bett auf und zitterte am ganzen Körper, aber sie gab keinen Laut von sich. Tränen liefen über ihre Wangen, während Alex sie festhielt.

„In Ordnung, ich bin fertig. Ich denke, der Knochen wird gerade zusammenwachsen. Ich möchte den Arm nur verbinden. Du wirst ihn mindestens vierzehn Tage lang überhaupt nicht benutzen können." Brenna wickelte die Leinenstreifen um das Brett und bedeutete den Brüdern, Maddie den Rest des Schlaftranks zu geben.

Als sie die Mischung trank, lächelte Madeline schwach. „Danke, Brenna. Es war gar nicht so schlimm. Du bist sehr sanft."

Brenna hob erstaunt die Augenbrauen und sah die beiden Brüder an, bevor sie den Raum verließ.

KAPITEL VIERUNDZWANZIG

ALS MADDIE DIE Augen öffnete, sah sie sich verwirrt um. Dunkelheit umgab sie. Sie versuchte, sich aufzurichten, aber sofort schoss Schmerz durch ihren linken Arm. Langsam kam die Erinnerung an ihren Sturz in das Loch zurück. Die Halterung an ihrem Arm musste Brenna angebracht haben. Nach und nach machte sich ein weiteres Gefühl bemerkbar und als sie nach unten sah, erkannte sie einen muskulösen Arm um ihre Taille und ein langes haariges Bein über ihrem.

Es musste Alex sein. „Was machst du da?"

„Ich habe versucht zu schlafen, meine Liebe, und was machst du?", erwiderte er.

„Alex, du bist in meinem Bett! Das gehört sich nicht!"

„Nay, du bist in *meinem* Bett und ich weiß, dass sich das nicht gehört, aber du bleibst hier." Er sah sie aus einem Augenwinkel heraus mit einem leichten Grinsen im Gesicht an. „Wie geht es deinem Arm?"

„Mein Arm ist in Ordnung, aber ich habe dich nicht zu deiner Erheiterung gefragt, was du hier machst. Das hier schickt sich nicht. Ich werde in meine Kammer zurückgehen. Was hast du nur getan?" Maddie setzte sich schnell auf und stöhnte, als ihr Körper reagierte. Sie sank wieder in die Kissen zurück.

„Maddie, wir werden in einer Woche heiraten. Ich habe deiner Magd versprochen, dich nicht anzurühren, aber du kannst nicht allein schlafen. Es ist nicht sicher für dich."

„Aber dein Clan hält mich wegen dem, was mit Comming passiert ist, bereits für eine Hure. Was werden sie jetzt wohl von mir denken?"

„Wovon redest du? Mein Clan hält dich nicht für eine Hure!" Seine Stimme schwoll zu einem aufgeregten Rufen an.

„Aye, das tun sie, Alex. Deshalb erzähle ich keine Geschichten mehr", sagte Maddie und wandte sich von ihm ab.

„Ich glaube nicht, dass mein Clan dich jetzt noch so behandeln wird. Wenn sie es doch tun, werde ich mich darum kümmern. Ich werde auf dich aufpassen", flüsterte er und drehte ihr Gesicht wieder zu sich, um sie auf die Stirn zu küssen.

Maddie seufzte und schmiegte ihren Kopf an Alex' Schulter. „Ich bin zu müde, um jetzt zu streiten." Sie schlief sofort wieder ein.

Als sie das nächste Mal aufwachte, wurde sie den Gang zu ihrer eigenen Kammer hinuntergetragen.

„Danke, Alex", flüsterte sie.

„Das ist nur für tagsüber. Ich werde dich heute Abend in mein Gemach zurückbringen. Du gehörst hierher, aber ich werde dir tagsüber deinen Willen lassen." Er legte sie aufs Bett und stützte ihren Arm mit einem Kissen ab. „Brenna hat gesagt, du sollst deinen Arm eine Weile stützen. Ich werde sie heraufschicken, um nach dir zu sehen, während dir die Köchin etwas zu essen zubereitet. Bist du hungrig, meine Liebe?"

„Aye, ich könnte jetzt etwas essen, danke." Ihr Blick hing an den Lippen ihres Verlobten, als die Erinnerungen an seine Küsse am See in ihr widerhallten.

„Bitte sieh mich nicht so an, sonst vergesse ich meine ehrenwerten Absichten." Nach einem kurzen Kuss auf ihre Lippen drehte er sich um und verließ die Kammer. Maddie seufzte und wünschte, sie wären bereits verheiratet, damit sie sich keine Sorgen mehr um ihren Ruf zu machen bräuchte und sich so verhalten könnte, wie sie es wollte – was bedeuten würde, so nah wie möglich bei Alex zu bleiben. Aber zunächst müsste sie sich wohl auf ihre Heilung konzentrieren. Dieser Gedanke rief einen anderen herbei: Hoffentlich würde Jennie bald aufwachen.

Als ob ihre Gedanken es heraufbeschworen hätten, stürmte Alex einige Minuten später in ihre Kammer. Er hatte ein riesiges Lächeln im Gesicht und trug Jennie in seinen Armen. Maddie war so erfreut, sie bei Bewusstsein zu sehen, dass sie sich im Bett aufsetzte. „Jennie? Geht es dir besser?"

„Hallo Maddie", sagte Jennie schwach.

Alex setzte sie vor Madeline auf dem Bett ab.

„Jennie, geht es dir gut?", fragte Maddie und streichelte dem Mädchen mit der rechten Hand die Wange.

„Mir geht es gut, aber mein großer Bruder will mich nicht

gehen lassen. Er glaubt mir nicht. Ich bin nur etwas müde und mein Kopf tut manchmal weh. Ich glaube, ich habe auch ein paar blaue Flecken, aber ich erhole mich schnell. Alex sagte, ich darf Kuchen essen, und die Köchin hat mir den größten Kuchen gebacken, den ich je gesehen habe. Er ist mit Zuckerguss bedeckt! Ich wollte dich vor dem Essen besuchen, aber ich habe schon etwas Sahne geschleckt." Die Worte sprudelten nur so aus Jennie heraus, so als hätte sie seit Tagen nicht mehr gesprochen.

„Geht es deinem Arm gut, Maddie? Was ist das für ein Ding an deinem Arm? Tut es sehr weh? Kannst du damit baden?"

„Oh, meine kleine Blume, sprich langsamer, sonst bekommt Madeline auch Kopfschmerzen", sagte Alex mit einem Lächeln. „Gib ihr einen Kuss, damit ich dich in deine Kammer zurückbringen kann und du deinen Kuchen essen kannst. Maddie muss sich ausruhen."

Jennie beugte sich vor und gab Madeline einen schmatzenden Kuss. „Danke, dass du mich gerettet hast, Maddie."

„Jennie, bedanke dich bei allen Heiligen, dass es dir besser geht. Wir haben uns solche Sorgen um dich gemacht."

Alex hob sie hoch und ging. Jennie plapperte weiter aufgeregt, worauf Alex lachend den Kopf schüttelte. „Es geht ihr definitiv besser", rief er Madeline zu.

Die nächsten Stunden vergingen wie im Flug. Brenna und Alice halfen Maddie beim Baden und dann huschte Alice durch den Raum und sorgte für Ordnung. Maddie aß in ihrer Kammer, da sie immer noch Schmerzen hatte und noch nicht bereit für Gesellschaft war. Robbie und Brodie kamen kurz vorbei, um zu sehen, wie es ihr ging, und erzählten ihr, wie die kleine Jennie und das andere Mädchen es genossen, im Mittelpunkt der Aufmerksamkeit zu sein.

Sie erwachte einige Stunden später und stellte fest, dass Alex an ihrem Bett saß.

„Wie lange habe ich geschlafen, Alex?", fragte sie.

„Eine ganze Weile, aber dein Körper braucht die Ruhe. Was du gestern getan hast, war keine Kleinigkeit für eine zierliche Frau wie dich. Dein Körper muss sich selbst heilen, besonders deinen Arm. Tut er sehr weh, Maddie?"

„Nay, nur wenn ich ihn auf bestimmte Weise bewege. Ich glaube, ich bin bereit, ein bisschen zu gehen. Ich kann nicht für immer hier im Bett sitzen." Maddie rutschte an die Bettkante.

„Ich denke, du könntest zum Abendessen in den großen Saal kommen. Viele möchten gern wissen, ob es dir gut geht."

„Ich wüsste nicht, wer an meinem Wohlergehen interessiert sein könnte. Ich habe heute deine ganze Familie und die meisten Diener gesehen. Aber ich würde gern im Saal mit euch allen zu Abend essen. Kannst du mir Alice schicken, um mir zu helfen, mich angemessener anzuziehen?"

„*Ich* werde dir helfen." Er ging zu ihrer Kleidertruhe hinüber. „Welches Kleid möchtest du anziehen?"

„Alex, du kannst mir nicht helfen! Es wäre äußerst unpassend für dich, mich nackt zu sehen." Maddie errötete unter seinem Blick.

„Maddie, ab nächster Woche werde ich dich jeden Tag nackt sehen. Jeder Zentimeter deines Körpers, den ich gesehen habe, ist wunderschön. Du brauchst dich nicht zu schämen. Ich verspreche dir, heute nichts anderes zu tun, als dir in dein Kleid zu helfen. Du trägst ein Unterhemd, nicht wahr?", fragte Alex.

Maddie warf einen Blick auf das entschlossene Gesicht ihres Verlobten. Er hatte die Arme vor der Brust verschränkt und würde sich wahrscheinlich nicht umstimmen lassen. Sie gab schließlich nach, indem sie aufstand. Immerhin hatte er sie schon einmal im Unterhemd gesehen.

„In Ordnung, aber trödele nicht!", sagte sie bestimmt.

Alex drehte ihr den Rücken zu und griff in die Truhe, um ein lavendelfarbenes Kleid herauszuholen. „Wie wäre es hiermit?"

„Ja, das ist gut", sagte Maddie und biss die Zähne zusammen. Sie drehte Alex den Rücken zu und versuchte, ihr Nachtgewand auszuziehen, verwickelte sich aber nur darin.

„Wie soll ich mich mit einem geschienten Arm an- und ausziehen?", seufzte sie frustriert.

„Lass dir von jemandem helfen", flüsterte er ihr ins Ohr. Er stand hinter ihr und half, ihre Arme zu entwirren und das Gewand auszuziehen.

Er stand so nah bei ihr, dass sie seine Hitze selbst durch den Stoff hindurch spüren konnte. Sein Geruch nach Pferd und

Kiefer durchströmte ihre Sinne und erinnerte sie an den Tag, an dem er sie gerettet hatte. Sie dachte an die Sanftheit, mit der er ihr im Wald den Hemdstoff vom getrockneten Blut auf ihrem Rücken gezogen hatte. Sie ließ ihn gewähren. Seine Hände strichen über ihren Körper, als er ihr half, das Kleid anzuziehen. Sie lehnte sich zurück und fühlte seine Härte an ihrem Rücken. Sie zitterte bei der Empfindung.

„Ist dir kalt, Mädchen?", fragte Alex, drehte sie um und zog sie in seine Arme.

Sie schüttelte den Kopf, bevor seine Lippen die ihren trafen. Seine Zunge bat um Einlass und sie öffnete ihm ihren Mund. Maddie schlang einen Arm um seinen Hals und zog ihn näher an sich. Ein leises Stöhnen entfuhr ihr, als sein Kuss leidenschaftlicher wurde und er um mehr flehte.

Alex hörte sie stöhnen, zog sie näher und fuhr mit den Händen über ihren weichen Hintern. Er sehnte sich schon so lange nach ihr, dass er sicher war, dass er sich in Verlegenheit bringen und seinen Samen ergießen würde, sobald seine Erregung ihre Haut berührte. Doch als er Schritte im Flur hörte, ließ er hastig von ihr ab. Die Tür wurde aufgerissen und Alice marschierte in den Raum.

Sie unterbrach seinen Vorstoß, schnappte nach Luft und schlug sich die Hand vor den Mund, als sie Maddies benommenen Blick sah und ihre Schlussfolgerungen zog. Erst da bemerkte Alex, wie rot und geschwollen Maddies Lippen waren. Das Dienstmädchen nahm eines von Maddies Märchenbüchern aus Pergament und schlug ihm damit auf den Hinterkopf.

„Genau wie ich es mir dachte, Ihr Unhold! Das hier gehört sich nicht. Ihr werdet sie nicht so behandeln. Ihr solltet nicht mit ihr allein sein, bis Ihr verheiratet seid. Eure Mutter dreht sich wahrscheinlich gerade in ihrem Grab um!"

Maddies Augen waren groß wie Untertassen. „Alice, du hast gerade Laird Grant geschlagen. Das steht dir nicht zu!"

Alice streckte ihr Kinn vor. „Mag sein, aber ich werde mich nicht entschuldigen. Ich habe Eurer Mutter versprochen, auf Euch aufzupassen, Madeline, und ich werde nicht zulassen, dass dieser Mann, Laird hin oder her, Euch ausnutzt."

Alex unterdrückte ein Grinsen und bevor er sich versah, wurde er von dem zierlichen Feldwebel aus der Tür geschoben. Der kurze Blick, den er noch auf Maddie erhaschen konnte, sagte ihm, dass auch sie gegen ein Lächeln ankämpfte. Dann stolperte er beinahe über Robbie.

„He!", sagte Robbie. „Was ist denn hier los? Bist du auf dumme Gedanken gekommen, Bruder?" Seine Augen funkelten, als er scherzend zurückwich, sich umdrehte und die Treppe hinunterrannte, wobei er nicht aufhörte zu lachen.

Nach einer Weile kehrte Alex zurück, um Madeline nach unten in den großen Saal zu tragen. Er setzte sie auf das Hauptpodest, aber er schob ihren Stuhl vom Tisch weg und drehte ihn zur Tür. Robbie, Brodie, Brenna, Alice und Mac waren bereits anwesend und schienen auf etwas zu warten. Sie verhielten sich eigenartig, aber Maddie verstand nicht, was dahintersteckte. Jennie stellte sich mit einem breiten Lächeln an Maddies Seite.

„Was ist hier los?", fragte Madeline und musterte die Runde.

Alex bedeutete Brodie, zur Tür zu gehen, wandte sich dann an Maddie und sagte: „Es gibt einige Mitglieder meines Clans, die darum gebeten haben, mit dir zu sprechen."

Die Tür öffnete sich und Moira eilte mit Emma in ihren Armen herein. Sie marschierte nach vorn und knickste vor Maddie. „Mylady, ich bin gekommen, um Euch dafür zu danken, dass Ihr meine kleine Emma gerettet habt." Sie setzte das Kind ab und gab ihm ein Päckchen in die winzigen Hände. Emma kam zu Maddie herübergelaufen und streckte ihr das Paket mit einem Lächeln entgegen.

Als Emma zu ihrer Mutter zurückging, fuhr Moira fort: „Ich möchte mich auch dafür entschuldigen, wie ich Euch behandelt habe. Ich habe mich geirrt und ich hoffe, Ihr werdet mir vergeben. Ihr seid wirklich eine gute Frau."

Tränen traten Maddie in die Augen, als sie das Paket öffnete. Darin befand sich ein Stück Seife mit Lavendelduft.

„Ich habe sie selbst gemacht, Mylady. Ich hoffe, Ihr mögt sie."

Madeline hielt die Seife an ihre Nase, um den süßen Duft aufzunehmen. „Es riecht herrlich, Moira. Vielen Dank." Sie richtete sich auf und ging hinüber, um die andere Frau mit einem Arm zu umarmen. „Natürlich vergebe ich Euch." Emma berührte Maddies Wange, dann knickste Moira noch einmal und verließ den Saal.

Maddie wandte sich an Alex, brachte aber nur „Oh, Alex!" heraus.

Die Tür öffnete sich wieder und diesmal stieg der kleine Tommy die Stufen zu Maddie hinauf, gefolgt von seiner Mutter. Er verneigte sich vor Maddie und reichte ihr einen herrlichen Strauß getrockneter Blumen. „Meine Ma und ich haben sie vor einiger Zeit selbst gepflückt und getrocknet. Ich möchte, dass Ihr sie bekommt, Mylady."

Tommys Mutter knickste und sagte: „Verzeiht mir, Mylady, für das Unrecht, das ich Euch getan habe. Der Laird konnte keine bessere Frau als Euch finden." Sie drehte sich um und knickste in Alex' Richtung. „Wir werden stolz auf Mylady sein, mein Laird." Alex nickte, bevor sie sich umdrehten und gingen.

Maddie starrte auf die beiden Geschenke in ihrem Schoß. Wie lange war es her, dass jemand ihr ein Geschenk gemacht hatte? Sie wischte sich die Tränen von den Wimpern und zuckte zusammen, als sich die Tür wieder öffnete. Der Schmied und seine Familie gingen zu Alex und verbeugten sich. „Vergebt mir mein Verhalten, Laird. Ich hätte Eure Verlobte nicht wegen etwas meiden sollen, an dem sie keine Schuld trifft. Sie ist eine mutige Frau und wird Euch eine gute Gattin sein." Er trat vor, verneigte sich vor Madeline und legte ein langes, dickes Kaninchenfell auf ihren Schoß. „Um Eure Hände in kalten Winternächten warmzuhalten." Er verneigte sich erneut, bevor er und seine Familie sich umdrehten, um zu gehen.

Maddie presste ein schwaches „Danke, Sir" hervor, während sie die Tränen unterdrückte.

Jennie klatschte in die Hände, als sie die Geschenke betrachtete. „Siehst du, Maddie, ich wusste, dass sie dich mögen würden, wenn sie dich erst besser kennenlernen!"

Und die Schlange ging noch weiter.

Ein Fell vom Gerber.

Ein schmaler, mit Juwelen besetzter Dolch vom Mann in der Waffenkammer.

Maddies Tränen flossen inzwischen unaufhaltsam, aber sie

brachte immer ein Lächeln und ein höfliches Dankeschön für ihre Besucher zustande. Es waren so viele, dass sie den Überblick verlor. Einige waren nur da, um sich bei ihr dafür zu bedanken, dass sie die Kleinen gerettet hatte. Andere entschuldigten sich dafür, sie falsch eingeschätzt zu haben. Ihre Geschenke füllten den ganzen Tisch.

Ein Strauß frischer Blumen.

Gestickte Tücher für die Tische.

Duftkerzen.

Ein Glas Honig.

Gebäck.

Apfelkuchen.

Apfelbrot.

Ein wunderschöner Schal.

Ein Paar Perlensandalen.

Gestickte Stuhlkissen.

Besticktes Leinen.

Aber das letzte Geschenk war für die kleine Jennie.

„Ein neuer Welpe?"

Er war von Emmas Vater. „Weil du immer auf die Kleinen aufpasst, Jennie."

Jennie hüpfte vor Freude umher und drückte ihren neuen Welpen ans Herz.

„Oh, was für eine Überraschung. All diese Geschenke sind wunderschön!", rief Maddie aus.

„Mein Clan ist voller guter Leute. Sie lassen sich manchmal irreleiten, aber es sind ehrliche, hart arbeitende Menschen." Alex' Augen strahlten vor Stolz, als er sie ansah.

„Alex, hast du ihnen gesagt, dass sie sich bei mir entschuldigen müssen?"

„Nay." Er küsste sie auf die Wange. „Wäre es mir in den Sinn gekommen, hätte ich es getan, aber ich war zu beschäftigt damit, mir Sorgen um dich und Jennie zu machen."

KAPITEL FÜNFUNDZWANZIG

IN NUR WENIGEN Tagen würde Maddie Alex' Frau sein und obwohl Alice zeterte und schimpfte, kam Alex jeden Abend in Maddies Kammer und trug sie in sein Gemach, um sie noch vor Tagesanbruch wieder zurückzubringen. Maddie machte es überhaupt nichts aus. Vielmehr hatte sie sich daran gewöhnt, in seinen Armen einzuschlafen, da er ihr Wärme spendete und sie wusste, dass sie bei ihm in Sicherheit war.

Zuerst hatte sie Angst gehabt, er könnte etwas Unangemessenes versuchen, aber abgesehen von ein paar Küssen benahm er sich wie ein perfekter Edelmann. Um ehrlich zu sein, genoss sie seine Küsse und sehnte sich manchmal nach ihnen. Aber sie ließ es ihn nie wissen. Zumindest bereitete ihr der Gedanke an ihre Hochzeitsnacht keine Panik mehr. Sie wusste, dass er mit ihr schlafen würde, aber sie vertraute Alex. Obwohl es wehtun könnte, hatte sie die Gewissheit, dass er sie niemals demütigen oder verletzen würde.

Maddie und Brenna arbeiteten eines Nachmittags zusammen im Gemüsegarten und ernteten, was sie konnten, für die Hochzeit, als sie Lärm vor den Toren hörten. Sie liefen rechtzeitig los, um zu sehen, wie Vater MacGregor von seinem Pferd stieg.

„Vater, seid Ihr es wirklich?", schluchzte Maddie.

„Oh, mein Kind, seid Ihr eine schöne junge Dame geworden!", rief er auf seine übliche ausgelassene Weise. „Wie lange ist es her, dass ich Euch gesehen habe, Kind? Und was ist mit Eurem Arm passiert?"

„Es ist mindestens zwei Jahre her, Vater. Ich erzähle Euch später von meinem Arm, aber zuerst muss ich wissen, warum Ihr uns nicht mehr besucht habt?"

Vater MacGregor legte seinen Arm um Madelines Schulter. „Maddie, Euer Stiefbruder hat mir befohlen, fortzubleiben. Ich konnte nicht glauben, dass er so mit einem Geistlichen spricht, aber mein Amt hielt ihn nicht auf. Ich wusste, dass Eure Leute mich mehr denn je brauchten, nachdem Eure Eltern gestorben waren, aber seine Drohungen waren sehr deutlich. Ich wollte niemanden gefährden. Aber warum seid Ihr hier, Mädchen?"

Sie drehten sich um und gingen zu den Burgstufen.

„Weil ich mit Alex verlobt bin. Ich meine mit Laird Grant. Er hat um meine Hand angehalten und ich habe Ja gesagt."

„Oh, das sind ja wundervolle Neuigkeiten. Ich bin so froh zu hören, dass Ihr vor diesem grausamen Mann in Sicherheit seid. Aber wart Ihr nicht bereits verlobt?", fragte Vater MacGregor und sah sie verwirrt an.

„Vater, kommt doch herein, wo es warm ist und ich Euch etwas zu essen holen kann. Dann werde ich Euch alles erzählen. Es ist so schön, Euch zu sehen!" Sie umarmte ihn und führte ihn die Treppe zum Bergfried hinauf.

Alex kehrte erst in der Abenddämmerung zurück. Als er in den Saal trat, begrüßte er Vater MacGregor sofort. Brenna ließ Essen auftragen und sie speisten gemeinsam unter viel Lachen. Danach nahm Alex Vater MacGregor beiseite.

„Vater, wollt Ihr ein Weilchen mit mir nach draußen gehen?"

„Aber sicher, Laird, ich würde einen Spaziergang genießen."

Sobald sie in einiger Entfernung waren, stellte Alex die Fragen, auf die er so dringend eine Antwort haben musste.

„Vater, habt Ihr etwas von Madelines Stiefbruder Kenneth gehört? Habt Ihr eine Idee, wo er sich verstecken könnte?"

„Nay, Laird, ich habe nichts von dem Mann gesehen oder gehört. Zumindest nicht, seit er sein Zuhause verlassen hat, um Niles Comming zu besuchen. Ich habe von Commings Tod gehört und danke Euch, dass Ihr Madeline vor diesen zwei schrecklichen Männern gerettet habt. Ihre Eltern würden sich sicher grämen, wenn sie wüssten, wie schlecht ihr Stiefbruder sie behandelt hat. Ich war ungefähr drei Monate nach ihrem Tod in der Burg der MacDonalds, aber Kenneth drohte mir und sagte, ich solle gehen und niemals zurückkehren. Es hat mir das Herz gebrochen, weil ich Madeline sehr mag und ich wusste, dass Kenneth sie nicht mochte. Ich habe mich damit getröstet, dass das Mädchen zumindest Mac und Alice hatte, die über sie wachten. Alice würde Maddie mit ihrem Leben verteidigen."

„Das habe ich bereits am eigenen Leib erfahren, Vater." Alex grinste, als er daran dachte, dass die alte Frau ihn mit einem Buch auf den Kopf geschlagen und ihn Unhold genannt hatte. „Aber sie konnten es leider nicht mit Kenneth aufnehmen."

Dann sprach Alex das Thema an, das ihm am meisten unter den Nägeln brannte. „Vater, ich muss Euch noch eine Frage stellen, und vielleicht habt Ihr keine Antwort für mich, aber ich muss dennoch fragen. Ich bin mir nicht sicher, was Ihr darüber wisst, welche Grausamkeiten Madeline durch Kenneth und Comming erlitten hat? Ich mache mir Sorgen, dass sie Probleme haben wird, diese Dinge hinter sich zu lassen, wenn wir verheiratet sind."

„Oh, Ihr stellt schwierige Fragen, Laird, aber ich werde Euch sagen, was ich weiß. Kenneth ist ein hinterhältiger, falscher Mann. Während ich noch in der Burg war, beschloss er, einige Juwelen zu verkaufen, die Madeline von ihrer Mutter geerbt hatte. Ich erinnere mich an eine Perlenkette, die ihre Mutter oft getragen und die sie dann Madeline geschenkt hatte. Das Mädchen wollte sich nicht von diesen Geschenken trennen. Kenneth heckte einen Plan aus und erlaubte es Madeline, eine Tante in England zu besuchen. Madeline war so begeistert über die Aussicht, Kenneth zu entkommen, dass sie nicht nachgedacht hat. Ihr Bruder heuerte jemanden an, der sie auf die Reise mitnehmen sollte, lud ihr Gepäck auf und schickte sie auf den Weg. Am nächsten Tag folgte er ihr, schlug den Kutscher zusammen und durchsuchte Madelines Besitztümer. Er fand die Juwelen, aber als ob das nicht genug wäre, schlug er Maddie und ließ sie und den Kutscher zurück, damit sie in dieser verlassenen Gegend stürben."

Alex kochte vor Zorn beim Gedanken daran, wie Madeline allein und zerschlagen auf einem Feldweg lag. Wie konnte jemand eine unschuldige Frau so behandeln? Kenneth war verrückt. Alex ballte die Fäuste und wünschte, er bekäme den Hals MacDonalds endlich in die Finger, doch dann zwang er sich, Vater MacGregor weiter zuzuhören. „Was ist dann passiert?"

„Maddie gibt nicht kampflos auf. Niemals. Sie wurde einige Tage später in der Nähe der Burg gefunden. Mac fand sie und brachte sie zurück. Er und seine Frau versteckten sie und pflegten sie gesund. Ich wurde gerufen, um die letzten Gebete zu sprechen, weil niemand glaubte, dass Maddie überleben würde, aber sie hat es geschafft. Ich sprach mit Kenneth und erinnerte ihn daran, was der Herr von Männern hält, die schwächere Kreaturen ausnutzen. Anstatt mir zuzuhören, verbannte er mich aus der Burg. Ich vermute, dass Maddie nach all dem, was sie erlitten hat, niemandem so leicht vertraut. Das mit Comming ist eine andere furchtbare Geschichte. Ich habe gehört, was passiert ist, und es kann mir nicht leidtun, dass dieser Mann von seinem Schicksal ereilt wurde. Kenneth ist ein kranker Mann und ich bezweifle nicht, dass er Madeline schaden will, wenn er noch lebt. Er hasst sie wirklich, auch wenn ich den Grund dafür nicht kenne. Ich wünsche Euch viel Glück, mein Sohn. Ich hoffe, Ihr findet ihn. bevor er sie findet. Was Eure Frage zur Ehe betrifft, so kann ich mir keine bessere Frau für Euch vorstellen. Madeline hat ein Herz aus Gold. Sie ist in meinen Augen eine der wahren Gaben Gottes und er hat sie endlich in die richtige Richtung geschickt. Ihr braucht vielleicht etwas mehr Geduld mit ihr, aber Ihr werdet es nicht bereuen."

Alex nickte und spürte, wie die Last auf seinen Schultern etwas leichter wurde. Er entspannte sich, als er an alles dachte, was Vater MacGregor gesagt hatte. Der Mann hatte recht. Maddie war etwas Besonderes.

Als sie sich umdrehten, um zum Bergfried zurückzukehren, sagte er: „Danke, Vater."

Vater MacGregor antwortete mit einem Lächeln. „Ich verspreche Euch, dass Ihr Eure Ehe nicht bereuen werdet, Laird Grant."

Alex öffnete ihm die Tür, als ihm noch etwas einfiel. „Vater?"

„Ja, mein Sohn?"

„Danke, dass Ihr für sie da wart, als ich es nicht sein konnte."
Alex lächelte ihn an.

Vater MacGregor strahlte.

KAPITEL SECHSUNDZWANZIG

VATER MACGREGOR BRACH am nächsten Morgen auf, um einige der benachbarten Clans zu besuchen, aber Maddie fand das nicht schlimm. Sie war einfach nur froh darüber, dass er ihre Trauzeremonie durchführen würde. Es blieben nur noch zwei Tage, bis sie Alex' Frau werden würde, und sie stellte fest, dass sie nicht so nervös war, wie sie erwartet hatte. Alex und seine Männer waren wieder früh ausgeritten, also verbrachte sie den Morgen damit, ihre wunderbaren neuen Geschenke wegzuräumen. Die bestickten Tücher bewahrte sie für die Hochzeit auf, da sie ihre eigenen mit einem gebrochenen Arm nicht fertigstellen konnte. Sie fand ganz besondere Orte für ihre Blumen, sowohl für die frischen als auch für die getrockneten. Einen Strauß platzierte sie über dem Kamin im großen Saal und einen anderen auf dem Haupttisch. Ihr Lieblingsstrauß hatte einen Platz in ihrer Kammer verdient.

Die nach Lavendel duftende Seife war etwas Besonderes und sie wollte sie sich für den Tag der Hochzeit aufheben.

Maddie hielt die Perlensandalen in ihren Händen und überlegte, wo sie sie verstauen sollte, als Jennie die Treppe zu ihr hinuntergelaufen kam.

„Maddie, Alice braucht dich für ein paar letzte Anpassungen."

„Noch mehr Anpassungen? Ich dachte, sie wäre fertig. Bist du sicher, dass sie mich gerade jetzt braucht?"

Jennie nickte und drehte sich kichernd im Kreis.

„In Ordnung, ich komme." Maddie ging zur Treppe, Jennie dicht hinter sich.

„Ich glaube wirklich nicht, dass sie deine Hilfe braucht. Du kannst mit deinem neuen Welpen spielen gehen", sagte Maddie, als sie die Treppe hinaufstieg.

„Oh Nay, ich möchte zuschauen."

Als Madeline den Söller betrat, sah sie überrascht, dass Alice weinte.

„Alice, was ist los?", fragte Maddie.

„Oh nichts, meine Liebe. Ich freue mich einfach so für Euch. Ich hätte nie gedacht, dass ich den Tag Eurer Hochzeit erleben würde, nach allem, was wir durchgemacht haben." Alice wischte sich die Tränen ab und ging um den Tisch herum.

Dann zog sie das Kleid unter einem Tuch hervor und hielt es für Maddie hoch.

Maddie schnappte nach Luft. „Wie hast du… wo hast du… oh! Es ist wunderschön!"

„Euer Verlobter hat den Stoff besorgt. Es ist der perfekte Blauton, findet Ihr nicht? Wollt Ihr es anprobieren?"

Brenna kam rechtzeitig hinzu, um ihr zu helfen, das Kleid über ihren gebrochenen Arm zu ziehen. Maddie konnte nur auf den schönen Stoff starren und brachte kein Wort heraus. Jennie stand in der Ecke des Raumes, lächelte und klatschte.

„Es ist perfekt. Du wirst eine atemberaubende Braut sein", sagte Brenna mit Tränen in den Augen. „Mein Bruder hat wirklich Glück. Dich zu finden war ein großer Segen für ihn."

Alles, was Maddie sagen konnte, war: „Wie?"

„Alex hat den Boten, der dem König die Nachricht von Eurer Vermählung übergebracht hat, gebeten, Stoffballen mitzubringen. Er brachte verschiedene Blautöne, Maddie. Alex muss deine blauen Augen lieben!", rief Brenna aus. „Und diese perlenbesetzten Schuhe, die du bekommen hast, werden perfekt dazu passen."

„Er liebt sie, Brenna. Ich denke, Alex liebt Maddie!", rief Jennie vergnügt.

„Glaubst du das wirklich, Jennie?", fragte Brenna mit einem Lächeln im Gesicht.

„Aye, ich sehe, wie er sie manchmal küsst", sagte Jennie und grinste sie an.

Maddie bestaunte weiterhin Alices Arbeit. Das Oberteil des Kleids war mit Perlen verziert und die dünnen Seidenärmel waren so geweitet, dass sie das Holz und die Leinenriemen an ihrem linken Arm aufnehmen konnten. Alice hatte Bänder um den Ausschnitt, am Ende der Ärmel und um den Saum genäht.

Nachdem Maddie das Kleid ausgezogen hatte, umarmte sie Alice. „Es ist das schönste Kleid, das ich je gesehen habe.

Vielen Dank. Du hast es sogar geschafft, dass es über meinen gebrochenen Arm passt. Wie hast du das nur gemacht?"

Alice konnte nicht aufhören zu weinen. „Oh, Maddie, Ihr wisst, dass ich alles für Euch tun würde. Wenn Eure Mutter Euch nur sehen könnte."

„Sie wird mich sehen, Alice. Sie wird im Geiste bei uns sein. Genauso wie mein Vater."

Einige Stunden später strahlte Maddie immer noch darüber, dass Alex so aufmerksam gewesen war. Er war tatsächlich ein Mann voller Überraschungen. Sie hatte sehr gründlich darüber nachgedacht, wie sie ihm für seine Großzügigkeit danken konnte, aber ihr kam nur eine Idee. Es würde warten müssen, bis er zurückkam, also bat sie Robbie, ihr Bescheid zu geben, sobald er mit seinen Männern in Sicht war.

Kurze Zeit später steckte Robbie seinen Kopf in die Kammer und rief nach ihr. Maddie eilte zur Tür.

„Ist er schon angekommen, Robbie?", fragte sie.

„Aye, ich höre die Pferde. Sie werden bald ankommen."

„Robbie, würde es dir etwas ausmachen, mich zu den Ställen zu begleiten? Ich würde gern dort sein, wenn er zurückkommt."

„Natürlich, Mylady. Ich kann dich gleich mitnehmen, wenn du bereit bist, da ich auch mit Alex sprechen muss."

Maddie steckte ihre Tinte weg und folgte ihm zu den Ställen.

„Es gibt viele Fremde in der Burg, nicht wahr?", fragte Maddie.

„Aye, die Clanmitglieder kommen langsam für das große Ereignis an", sagte Robbie. „Die Zelte werden rund um den Bergfried und auch draußen aufgebaut. Einige Leute wollen früh anreisen, damit sie ihre Zelte in der äußeren Vorburg anstatt außerhalb der Mauern des Bergfrieds aufstellen können."

„Wird es dann nicht schwieriger sein, alle zu beschützen, Robbie?", fragte sie nervös, als sie sich in der Menge umsah.

„Aye, aber wir haben das schon oft gemacht. Dies ist wie ein Markt oder ein Turnier. Ich verspreche dir, dass wir nach Kenneth Ausschau halten werden. Wir kennen die meisten der Leute hier und ich werde niemandem erlauben, innerhalb der Tore zu bleiben, den ich nicht gut kenne. Die Wachen werden weiter nach Kenneth suchen. Der Laird hat allen klargemacht, dass deine Sicherheit für uns oberste Priorität hat."

Sie waren fast am Stall angekommen, als Maddie die Hufe der Pferde über den Lärm in der Vorburg hinweg hörte. Sie lief schnell zu der Stelle, an der Midnight normalerweise angebunden wurde.

„Wenn es dir nichts ausmacht, Robbie, werde ich hier auf Alex warten. Ich hatte gehofft, unter vier Augen mit ihm zu sprechen."

„Aye, Mylady, es ist niemand hier. Also denke ich, dass es sicher für dich ist. Alex wird gleich hier sein."

Ein paar Minuten später hörte sie, wie Alex dem alten Hugh zurief, er solle sich um die anderen Pferde kümmern. Sie wusste, dass Alex es vorzog, Midnight selbst abzureiben, wenn er Zeit dazu hatte. Sekunden später öffnete er die Stalltür und blieb bei ihrem Anblick stehen. Bevor er überhaupt die Zügel fallen lassen konnte, ging Maddie zu ihm hinüber, streichelte sein Gesicht mit einer Hand und küsste ihn leidenschaftlich auf den Mund. Als sie mit ihrer Zunge über seine Unterlippe fuhr, um ihn zu necken, ließ er die Zügel fallen, packte sie und zog sie fest an sich. Er stöhnte und küsste sie genau so, wie sie es sich ersehnt hatte. Sein Verlangen zeigte sich in seinem starken Halt und seinem angespannten Körper.

Sie hielt inne und sah ihm in die Augen. „Freut dich das, Laird Grant?"

„Aye. Wirst du mich jeden Tag nach unserer Hochzeit so begrüßen? Oder gibt es einen besonderen Grund?", fragte er mit erhobenen Augenbrauen.

„Aye, den gibt es. Ich bin gekommen, um dir für die Stoffballen zu danken. Mein Kleid ist wunderschön."

Wie glücklich sie war, Alex begegnet zu sein! Sie genoss den hungrigen Ausdruck in seinen Augen, als er auf ihren Körper blickte, und das Kribbeln, das sie spürte, wenn er in der Nähe war. Hoffnung erfüllte sie beim Gedanken daran, den Rest ihres Lebens mit diesem Mann zu verbringen.

Er küsste sie sanft. „Es kann nicht so schön sein wie du, Mylady."

Ein Rascheln am anderen Ende der Ställe unterbrach sie.

„Lass mich in Ruhe, bitte!" Der Ruf eines jungen Mädchens brach in die Stille.

Sie hörten einen Schlag, gefolgt von einer männlichen Stimme, die sagte: „Sei still, Weib, du willst es doch auch."

Dann noch ein Schrei. „Nay!"

Madeline rannte aus der Tür zum Ende des Stalles. „Lass sie los!", rief sie. Sie spürte, wie ihr Gesicht und ihr Hals vor Wut rot wurden.

„Kümmert Euch um Eure eigenen Angelegenheiten, Lady", schrie der Junge zurück.

Alex war direkt hinter ihr, aber der Junge bemerkte ihn nicht, bis dieser ihn am Hals packte und ihn vom Boden abhob.

„Junge, ich schlage vor, dass du dich bei meiner Verlobten entschuldigst!", fauchte er dem Jungen ins Gesicht.

Der Junge rappelte sich auf. „Laird Grant, es tut mir leid, ich hatte keine Ahnung, dass sie Eure Verlobte ist. Sonst hätte ich niemals so mit ihr gesprochen", antwortete er erstickt.

„Wer ist dein Vater, Junge?", stieß Alex aus.

Das Mädchen hatte sich in die Ecke verkrochen.

„Äh, Gavin Grant, Laird. Ich verspreche, dass das nicht wieder vorkommen wird."

„Da hast du recht. Ich erlaube keine Vergewaltigung auf meinem Land. Jetzt verschwinde, bevor ich es mir anders überlege und dich auspeitschen lasse. Du bist bei unserem Hochzeitsfest nicht mehr willkommen. Verstanden?" Alex setzte ihn so schnell ab, dass er das Gleichgewicht verlor und direkt vor Madelines Füßen zu Boden fiel.

„Mylady, ich bitte um Vergebung", rief er.

„Du musst das Mädchen um Vergebung bitten", flüsterte sie. „Du wirst nie wieder ein Mädchen auf unserem Land schlecht behandeln, hast du gehört?"

„Aye, Mylady." Er drehte sich zu dem Mädchen um, verbeugte sich und rief „Tut mir leid!", bevor er davonlief, so schnell er konnte.

Madeline schlang ihren gesunden Arm um das arme, zitternde Mädchen.

„Komm mit. Laird Grant und ich werden dich nach Hause bringen." Alex gab Mac einige Anweisungen und schloss sich ihnen dann an.

„Wo wohnst du?", fragte Maddie.

„Mein Vater ist der Gerber", sagte sie mit zittriger Stimme und zeigte auf ein nahes Häuschen.

„Mädchen, du weißt, dass viele Fremde kommen. Bitte sei vorsichtig, mit wem du sprichst, und gehe nicht ohne Beglei-tung herum", warnte Alex sie leise.

„Ich wusste nicht, was er wollte. Er war sehr beharrlich. Danke, mein Laird." Sie knickste vor ihrem Haus und Tränen liefen über ihre Wangen.

Alex klopfte an die Tür und erklärte den Vorfall kurz der Mutter und dem Vater des Mädchens. Die Mutter umarmte das Mädchen fest und führte es in die Hütte. Nachdem Alex ein kurzes Gespräch mit dem Gerber geführt hatte, gingen er und Maddie in den Saal.

Madeline konnte ihre eigenen Tränen nicht länger zurück-halten. „Oh, Alex. Ich bin so aufgewühlt. Ich hoffe, es schreckt dich nicht ab. Ich kann mir manchmal einfach nicht helfen. Es scheint, dass ich in letzter Zeit ständig weine. Ich möchte nicht, dass ein Mädchen auf unserem Land misshandelt wird... naja, sobald es unser Land ist ", sagte sie verlegen.

Alex drehte sie zu sich um. „Nay, Maddie, es macht mir nichts aus, dass du deinen Gefühlen freien Lauf lässt. Ich habe viele kalte Frauen kennengelernt und sie sind nichts für mich. Ich mag dich so, wie du bist. Angesichts all der Dinge, die du erlitten hast, sind deine Gefühle nur natürlich. Ich hoffe nur, dass eines Tages die meisten deiner Tränen Freudentränen sein werden." Er wischte ihr die Tränen aus dem Gesicht und begleitete sie in den großen Saal. „Und es freut mich zu hören, dass du von unserem Land sprichst. Denn bald schon wird es uns beiden gehören."

KAPITEL SIEBENUNDZWANZIG

DER ERSTE GEDANKE, der Maddie kam, als sie aufwachte, war, dass ihr Hochzeitstag endlich gekommen war. Der zweite war, dass dies das letzte Mal war, dass sie allein im Bett aufwachte. Vater MacGregor war zurückgekehrt, also hatte Alice ihr so lange ein schlechtes Gewissen eingeredet, bis sie die Nacht vor der Hochzeit allein verbracht hatte. Sie vermisste Alex' warme, tröstende Umarmung.

Maddie seufzte und dachte wehmütig an den bevorstehenden Tag. Sie war etwas nervös wegen der Zeremonie und weil so viele Gäste anwesend sein würden, glaubte aber, dass sie damit umgehen konnte. Die Hochzeitsnacht machte ihr trotz des Vertrauens, das sie in Alex hatte, immer noch Sorgen. In den letzten Tagen waren verschiedene Ausreden in ihrem Kopf aufgetaucht, aber sie hatte beschlossen, sie nicht zu benutzen. Sie war es Alex schuldig, nach allem, was er für sie getan hatte. Außerdem konnte sie die Gefühle, die Alex in ihr weckte, nicht leugnen. Sie war neugierig und wollte in gewisser Weise das zu Ende führen, was sie so viele Male begonnen hatten.

Maddie war überrascht über das geschäftige Treiben im großen Saal, als sie die Treppe hinunterging. Alle lächelten sie an und sprachen immer wieder von ihrem „besonderen Tag". Alex war nirgends zu sehen, aber vielleicht war es auch besser für sie, ihn erst bei der Zeremonie zu sehen.

Nachdem sie ihren Haferbrei gegessen hatte, verließ sie den großen Saal, der umgeräumt wurde, damit genug Tische für die vielen Gäste hineinpassten, aber die Köchin rief sie in die Küche, damit sie das Festmahl probieren konnte. Sie genoss es, die verschiedenen Gerichte mit der kleinen Jennie zu kosten, aber schon bald merkte sie, dass sie nicht in ihr Kleid passen würde, wenn sie weiter naschte. Da sie nichts anderes zu tun hatte als zu baden und sich anzuziehen, beschloss sie, einige Zeit damit zu verbringen, über die Wehrgänge zu wandern. Sie liebte es, über das Land zu schauen. Es war Alex' Land, aber bald würde es auch ihr gehören. Sie dachte an alles, was in den letzten Wochen passiert war. Es störte sie, dass Kenneth noch auf freiem Fuß war... und sie wusste, dass es auch Alex störte.

Plötzlich schlangen sich zwei Hände um ihre Taille und sie erschrak. Schnell drehte sie sich um und blickte in die stahlgrauen Augen ihres Verlobten.

„Alex, du hast mich erschreckt."

„In welche Gedanken warst du so tief versunken, mein Schatz?"

„Du willst es nicht wirklich wissen", antwortete Maddie mit einem Seufzer. „Ich habe an Kenneth gedacht und mich gefragt, ob er noch irgendwo da draußen ist."

„Aye, ich habe dich enttäuscht, Liebes. Ich habe versprochen, ihn zu finden, und es ist mir nicht gelungen. Aber ich möchte nicht, dass du dir heute Sorgen um ihn machst", sagte Alex und zog sie an sich. Maddie ließ sich von seiner Umarmung trösten.

„Ich glaube, dein Stiefbruder ist tot", fuhr Alex fort. „Sonst wäre er hergekommen, um die Hochzeit zu verhindern. Er wird uns nicht stören, meine Liebe. Ich wünschte nur, ich hätte dir Beweise bringen können, dass ihn sein Schicksal ereilt hat." Er beugte sich näher und schmiegte seine Wange an ihren Hals. „Ich habe dich heute Nacht vermisst, mein Mädchen."

„Ich habe dich auch vermisst. Ich entschuldige mich für Alice. Sie glaubt, dies meiner Mutter schuldig zu sein." Sie packte seine Arme und erschauderte verzückt.

„Keine Sorge, so werde ich Vater MacGregor heute mit einem etwas weniger schlechten Gewissen ansehen können und die heutige Nacht wird noch besonderer."

Maddie errötete. „Alex, ich bin immer noch etwas nervös", gab sie zu.

„Ich weiß. Und ich werde es so langsam tun, wie du möchtest, Maddie. Aber wenn ich noch einen Tag länger warten muss, fürchte ich, dass ich explodieren werde. Ich sehne mich so verzweifelt nach dir", flüsterte er in ihr Ohr.

„Aye, ich weiß. Ich möchte auch, dass wir in jeder Hinsicht ein echtes Ehepaar sind. Ich liebe dich, Alex Grant. Ich wäre ohne dich verloren. Du hast mich nie enttäuscht. Du musst nur

wissen, dass ich wahrscheinlich anders bin als andere Frauen."
Maddie drehte sich zu ihm um, fuhr mit ihren Fingern über sein
Gesicht und streichelte seine Wange. „Am meisten macht mir
das zeremonielle Brautlager Sorgen. Wie genau ist der Brauch
hier? Ich möchte nicht, dass jemand die Narben auf meinem
Körper sieht. Ich fürchte, es würde uns beide in Verlegenheit
bringen."

„Ah, ich verstehe deine Sorge, aber ich kann dich beruhigen.
Heute Abend wird kein zeremonielles Brautlager gehalten werden. Dafür werde ich sorgen."

„Das würdest du für mich tun?"

„Oh, mein Mädchen, ich würde für dich über glühende Koh-
len gehen. Hast du das noch nicht bemerkt?"

Bei seinem Lächeln schmolz ihr Herz dahin. Er beugte sich
vor und küsste sie sanft.

„Danke", flüsterte sie. „Ich werde heute viel entspannter sein,
wenn ich weiß, dass ich mir keine Sorgen um die Nacht machen
muss." Sie spürte, wie das Blut in ihre Wangen schoss.

Er griff in seine Tunika und zog ein Päckchen hervor. „Ich
wollte dir an unserem Hochzeitstag etwas Besonderes geben."
Er reichte ihr das kleine Päckchen, das mit einer Schnur zugeschnürt war. „Warum öffnest du es nicht gleich, mein Mädchen?
Ich möchte wissen, ob es dir gefällt."

Er sah sie aufmerksam an, wirkte aber etwas nervös.

„Aber Alex, ich habe kein Geschenk für dich!"

„*Du* bist mein Geschenk, mein Schatz. Und jetzt öffne es."

Sie zog an der Schnur und löste die Verpackung vorsichtig.
Ihr Blick fiel auf eine wunderschöne Perlenkette.

„Oh, Alex, diese Perlen sind genau wie die meiner Mutter."
Als sie mit den Fingerspitzen über die kühlen Steine fuhr, zitter-
ten ihre Hände und ihre Augen füllten sich mit Tränen. „Meine
Mutter hat mir kurz vor ihrem Tod ihre Perlen geschenkt. Mein
Vater hatte sie ihr geschenkt. Ich mochte sie sehr, aber Kenneth
hat sie verkauft."

„Ich weiß. Ich muss gestehen, dass mir Vater MacGregor mit
diesem Geschenk geholfen hat. Er erinnerte sich an die Perlen
deiner Mutter, also bat ich ihn vor ein paar Tagen, nach ihnen
zu suchen. Ich weiß, dass sie nicht deiner Mutter gehörten, aber

ich hoffe, sie sind ähnlich genug, um dich an sie zu erinnern."

Sie schlang ihren Arm um seinen Hals. „Alex, danke. Sie sind wunderschön. Ich werde gut auf sie aufpassen. Hilfst du mir, die Kette anzulegen?"

Sie hob ihre Haare, damit Alex ihr mit dem Verschluss helfen konnte, drehte sich dann zu ihm um und sagte: „Wie sehen sie aus?"

„Sie sind fast so schön wie du."

Maddie kicherte und warf ihren Arm um seinen Hals. Nachdem sie ihn innig geküsst hatte, sagte sie: „Ich denke, sie passen perfekt zu meinem Kleid. Ich verspreche, sie nicht abzulegen."

Alex hob eine Augenbraue. „Ich freue mich darauf, dich so zu sehen, mein Mädchen." Er hielt einen Moment inne und sagte dann: „Du weißt, dass das, was dir passiert ist, nicht deine Schuld war?"

„Jetzt weiß ich es, aber Kenneth hat mir für fast alles die Schuld gegeben. Er hatte an allem etwas auszusetzen und Niles war einfach nur grausam." Maddie sah in den Himmel hinauf, während sie sprach. „Aber hier ist alles anders. Die Leute schätzen mich. Ich habe immer versucht, freundlich zu sein, aber bisher wurde ich immer dafür bestraft. Doch die Lehren meiner Mutter haben sich in meinem Herzen eingeprägt und ich kann nichts daran ändern."

„Kenneth und Niles waren kranke, verdorbene Männer. Ich verspreche dir, dass es zwischen uns niemals so sein wird. Glaubst du mir, mein Mädchen?"

„Aye, das tue ich, Alex." Maddie streckte die Hand aus, streichelte erneut sein Gesicht und küsste ihn sanft.

Von unten waren Rufe zu hören und so küsste Alex sie noch einmal flüchtig, bevor er sie mit sich die Stufen hinunterzog. Am Ende der Treppe angelangt, küsste er ihren Handrücken. „Bis heute Abend, Mylady."

Maddie strahlte immer noch, als sie ihre Kammer betrat. Alice hatte den Rücken zur Tür gewandt, sodass sie sie zuerst nicht bemerkte, aber sobald sie sich umdrehte, schnappte sie nach Luft und brach in Tränen aus.

„Oh, Maddie, woher habt Ihr diese Perlen? Sie sind genau wie die Eurer Mutter."

„Sie sind ein Hochzeitsgeschenk meines Verlobten. Werden sie nicht wunderbar mit meinem Kleid aussehen?"

„Oh ja, sie sind perfekt", stimmte Alice zu und umarmte Maddie. „Ihr solltet Euch jetzt vorbereiten. Ich möchte genug Zeit haben, um Euch zu frisieren. Habt Ihr Euch entschieden, ob Ihr Eure Haare hochstecken oder offen tragen wollt?"

„Oh, ich denke, Alex würden sie besser offen gefallen."

„Das denke ich auch. Ich würde Eure goldenen Locken gern mit ein paar Bändern und vielleicht ein paar eingeflochtenen Blumen schmücken. Was denkt Ihr?" Alice zupfe einige Locken zurecht.

„Ja, das klingt gut. Bist du sicher, dass ich dir nicht zu viel Arbeit mache, Alice? Mit meinem Arm kann ich leider nicht helfen."

„Nay, wir haben genug Zeit, aber wir müssen die Wanne schnell hochbringen lassen, damit wir Eure Haare waschen können. Wo habt Ihr das Stück Seife hingelegt, das Moira Euch gegeben hat?" Alice ging aufgeregt durch die Kammer und suchte nach der Seife. „Ich kann Eure Seife nicht finden, mein Kind."

Maddie lächelte darüber, wie ihre Magd sie ansprach. Schon morgen würde sie sie nicht mehr so nennen können. Alice verließ den Raum, um nach Fiona zu rufen, während Maddie die Seife holte. Sie hatte viel zu tun.

Alex suchte in der Vorburg nach seinen Brüdern. Der Tag schritt schnell voran und es gab noch viel zu tun. Er entdeckte Brodie auf der anderen Seite der Vorburg und rief nach ihm. Robbie war nicht weit entfernt.

Er rief seine beiden Brüder zu sich. „Ihr müsst mir heute Abend helfen."

„Aye, natürlich", sagte Brodie. „Was brauchst du?"

„Es wird heute Abend kein zeremonielles Brautlager geben. Ihr müsst die Treppe bewachen." Er streckte das Kinn in Erwartung ihres Einspruchs vor.

„Was?", rief Brodie entrüstet. „Kein Brautlager? Hast du den Verstand verloren, Alex?"

„Aye, es gibt doch immer ein Brautlager. Du kannst doch den

besten Teil des Abends nicht ausfallen lassen!", argumentierte Robbie.

„Aye, aber es ist meine Hochzeit, und ich will kein Brautlager."

„Oh, Alex! Du weißt, dass die Männer den ganzen Abend darauf warten. Die meisten sind sowieso zu betrunken, um etwas zu sehen. Es wird heute Abend zu viele Gäste geben, um das zu verhindern. Du verlangst Unmögliches von uns."

„Als euer Laird sage ich euch, dass es kein Brautlager geben wird." Alex' Augen funkelten dunkel.

Robbie schüttelte den Kopf. „Früher hast du diese Zeremonie geliebt. Du kannst die schottische Tradition nicht ändern. Die Clansmänner werden revoltieren."

„Jetzt, wo du etwas reifer bist, Robbie, siehst du nicht, was an dieser Tradition falsch ist?"

„Nay, es wird schon immer so gemacht. Jedes Mädchen weiß das!", entgegnete Robbie.

„Aye, Robbie hat recht", stimmte Brodie zu.

„Aye, wenn also Jennie heiratet, möchtest du dann derjenige sein, der die Bettlaken anhebt, damit jeder den nackten Körper deiner Schwester sehen kann? Robbie, du wirst diese Aufgabe bei Jennies Hochzeit übernehmen und Brodie, du wirst dasselbe bei Brennas Hochzeit tun."

Brodies schlug sich die Hände vor die Augen. „Nay, ich will mir den Anblick gar nicht vorstellen!"

Robbie fing an zu stottern: „Alex, das ist nicht richtig! Du weißt, dass wir das unseren Schwestern nicht antun werden."

„Und meiner Frau werden wir es auch nicht antun. Der Brauch dient nur dazu, ein paar alte Männer zu unterhalten. Es ist eine dumme Tradition. Ein Mädchen hat genug Sorgen in seiner Hochzeitsnacht. Und meine Frau ist keine Jungfrau mehr. Es wird also nicht passieren. Ihr müsst die betrunkenen Männer fernhalten. Ich werde nicht zulassen, dass meine Frau heute Nacht derart gequält wird."

Seine beiden Brüder starrten ihn eine Weile an, dann kratzte sich Robbie nachdenklich am Kopf. Leise fragte er: „Hat Comming sie wirklich ans Bett gefesselt und vergewaltigt?"

„Aye, das hat er. Und ich werde nicht zulassen, dass sie heute

Abend daran erinnert wird", flüsterte Alex. „Maddie hat genug durchgemacht. Du solltest es besser als alle anderen wissen, Brodie. Du hast gesehen, wie grausam ihr Stiefbruder zu ihr war."

„Aye, du hast recht. Wir werden das Brautlager ausfallen lassen. Vielleicht kann Brenna uns helfen, eine Ablenkung zu schaffen. Wir werden zusätzlich ein paar nüchterne Wachmänner zur Verstärkung brauchen." Robbie ließ verlegen den Kopf hängen.

„Tut, was auch immer nötig ist. Ich verlasse ich auf euch beide. Ich werde jetzt zum See reiten, um ein Bad zu nehmen." Er schnupperte hörbar an der Luft um sich herum. „Vielleicht solltest du das auch in Betracht ziehen, Brodie, falls du später vorhast, dich unter einem Rock zu vergnügen. Mädchen mögen es, wenn ein Mann gut riecht." Er grinste und ging zu den Ställen.

Brodie warf einen kleinen Stein nach ihm.

KAPITEL ACHTUNDZWANZIG

MADDIE DURCHSCHRITT MIT Mac, Alice, Jennie und Brenna den großen Saal. Alle anderen waren bereits in der Kapelle. Als sie die Menschen um sich ansah, die sie so liebte, wurde ihr klar, dass sie sich glücklich schätzen konnte, den Grants begegnet zu sein. Mac hatte sie an dem Tag gerettet, an dem er dem Chief der Grants einen Brief untergeschoben hatte, und Maddie dankte Gott jeden Tag für diesen Segen.

Robbie steckte den Kopf durch die Tür und sagte: „Wir sind bereit, Mylady."

Sie lächelte ihren zukünftigen Bruder an und ging zur Tür. Hoffentlich fand Alex sie so hübsch, wie sie sich in all ihrer Pracht fühlte. Draußen hielt der kleine Tommy stolz die Zügel zweier weißer Zelter. In ihre Schweife waren Bänder geflochten, einer rosafarben, der andere blau. Tommy verneigte sich vor Madeline und sagte: „Ein Geschenk für Euch von meinem Laird, Mylady." Er streckte Maddie die Zügel des Pferdes mit den blauen Bändern entgegen und hielt Jennie die Zügel des Pferdes mit den rosafarbenen Bändern an. Die Kleine sah in ihrem rosafarbenen Kleid wie ein Engel aus und sprang aufgeregt auf und ab, bevor sie nach vorn stürzte, um ihr Pferd zu umarmen. Während Mac Jennie half, ihr Pferd zu besteigen, setzte Robbie Maddie auf ihres.

Der Himmel war strahlend blau, es wehte eine leichte Brise und die Luft war warm für den schottischen Herbst. Tommy führte Jennie und Maddie durch den Hof zur Kapelle, während Mac, Alice und Brenna zu Fuß folgten. Gratulanten begrüßten sie im Hof und jubelten, als sie vorbeikamen.

Maddie sah erfreut, wie viele Leute sie höflich grüßten. Als sie die Kapelle erreichten, half Robbie ihr dabei, vom Pferd zu steigen, aber sie wartete am Eingang, bis die anderen Platz genommen hatten. Sobald sich ihre Augen an das Licht gewöhnt hatten, fiel ihr Blick auf Alex, der bereits vor dem Altar stand.

Maddies Atem stockte, als sie sah, wie großartig ihr Verlobter in seiner Hochzeitstracht aussah. Alex trug stolz sein rotgrünes Plaid, das mit einer Schmuckbrosche an der Schulter befestigt war. Ihre Haut kribbelte bei seinem Anblick.

Alex hörte, wie die Gäste nach Luft schnappten, sobald Maddie die Kapelle betrat. Er drehte den Kopf zu ihr und ihre Blicke trafen sich. Ihm stockte der Atem beim Anblick seiner schönen Braut. Sie drehte sich zur Seite und er bemerkte die winzigen Blumen, die in die goldenen Locken, die über ihren Rücken fielen, eingeflochten waren. Die Perlen, die er ihr geschenkt hatte, glänzten an ihrem Hals und ihr blaues Kleid passte perfekt zu ihren Augen. Der Stoff schmiegte sich an ihre Kurven, als sie auf ihn zuschwebte. Ihre erhabene Haltung entsprach ihrer edlen Geburt. Sie trug den Strauß getrockneter Blumen, den Tommys Mutter ihr vor einigen Tagen geschenkt hatte, und an ihren Füßen die Perlenschuhe, die ihr jemand anderes geschenkt hatte. Als Alex Brodies verblüfften Gesichtsausdruck bemerkte, stieß er ihn mit dem Ellenbogen an, damit er nicht länger mit offenem Mund dastand.

Jennie hüpfte wie eine kleine Fee den Gang hinunter und warf dabei Blütenblätter. Obwohl Alex wusste, dass er seine kleine Schwester beobachten sollte, konnte er den Blick nicht von Maddie abwenden. Sie ging an Macs Arm auf ihn zu und als sie vorn ankamen, küsste der ältere Mann Maddies Wange und trat dann zurück. Madeline legte ihre kleine Hand in Alex' große und er empfand Ehrfurcht angesichts dieser Geste des Vertrauens. Ihre Hände zitterten, aber als sie zu ihm aufblickte, lag keine Angst in ihren Augen – nur Freude. Sein Herz schmolz dahin.

Gemeinsam drehte sich das Paar zum strahlenden Vater Mac-Gregor um und legte sein Gelübde ab. Als Alex sich vorbeugte, um seine Braut zu küssen, brach Jubel in und außerhalb der Kapelle aus.

Es war an der Zeit, dass das frisch verheiratete Paar die Kapelle verließ. Ihnen ging Jennie voraus, die sich beeilte, damit sie weitere Blütenblätter werfen konnte. Als sie draußen waren, rannte der kleine Tommy auf sie zu, um Alex Midnights

Zügel zu reichen.

„Hier, Chief!" Tommy strahlte vor Stolz, seinen Teil zu den Feierlichkeiten beitragen zu dürfen.

Alex stieg auf sein Pferd und setzte Maddie vor sich.

„Endlich gehörst du mir", murmelte er in ihren Nacken. Maddie gab ihm einen Kuss und die Menge um sie herum jubelte.

Normalerweise wären sie um die Vorburg und sogar vor die Tore geritten, aber da Kenneth möglicherweise noch auf freiem Fuß war, hatte Alex beschlossen, kein Risiko einzugehen. So drehten sie nur eine kleine Runde innerhalb des Hofs und ritten dann zum Fest, das im großen Saal stattfinden sollte.

Als sie an den Stufen zum Saal abstiegen, wandte sich Alex an Maddie und sagte: „Es tut mir leid, meine Liebe, das hier wird eine Weile dauern, aber wir müssen es hinter uns bringen. Du kannst dich an mich lehnen, wenn dich die Menge überwältigt."

Er ergriff ihre Hand und führte sie die Stufen zum Bergfried hinauf. Oben angelangt, drehte er sich um und wartete schweigend, während seine Wachmänner Spalier standen. Sobald sie sich formiert hatten, verstummte die Menge.

Maddie war verblüfft, aber Alex nahm ihre Hand in seine und hob ihre iNayander verschlungenen Hände über ihre Köpfe. Er musterte die Menge und sagte: „Seht meine Frau, Lady Madeline. Behandelt sie so, wie ihr mich behandelt."

Dann senkte er ihre Hände und sie standen auf den Stufen, als Robbie und Brodie vor sie traten, sich hinknieten und ihre Schwerter mit der Spitze auf sie gerichtet auf den Boden legten. Nachdem sie ihre Waffen wieder aufgehoben hatten, verneigten sie sich vor Maddie und gingen davon. Sie sah Alex verwirrt an, als zwei Wachen vortraten und sich der Vorgang wiederholte.

Alex beugte sich vor und flüsterte: „Meine Männer müssen schwören, dich zu ehren und zu beschützen, so wie sie es mir schwören. Du bist meine Frau und alle meine Wachen müssen dir Treue schwören."

Da der Clan viele Wachen hatte, lehnte sich Maddie schließlich tatsächlich an ihren Ehemann, aber sie brachte ein Lächeln und ein Nicken für jeden der Clansmänner zustande. Als die letzten Männer sich vor ihr erhoben, brach die Menge erneut in Jubel aus. Alex verneigte sich vor seinen Männern und drehte sich um, um seine Frau in den großen Saal zu führen.

Sobald sie das Podium erreichten, ließ Brenna das Festmahl auftischen. Die Gäste füllten den Saal und wollten unbedingt am großen Fest teilnehmen. Robbie und Brodie gesellten sich zu ihnen und die Familienmitglieder umarmten und beglückwünschten sie.

Brodie hielt sein Bier hoch und rief: „Auf viele glückliche Jahre!" Die Rufe im Saal waren ohrenbetäubend.

Alex beugte sich vor und flüsterte Maddie ins Ohr: „Bist du glücklich, Mylady?"

„Aye, Alex, ich war noch nie glücklicher." Sie lächelte zu den grauen Augen ihres Mannes hinauf.

„Und ich denke, dass du noch nie hübscher warst, mein Mädchen", sagte er und strich mit seiner Hand über ihre Hüfte.

Maddie wurde rot und flüsterte: „Du siehst auch sehr gut aus, mein Ehemann."

Jennie kam zum Tisch und umarmte schnell ihren Bruder und Maddie. „Küsse sie, Alex. Du sollst deine Frau küssen!"

Alex brauchte keine weitere Aufforderung und küsste Maddie, worauf seine kleine Schwester gluckste. „Ich liebe Hochzeiten!", erklärte sie.

Brenna führte sie alle zu ihren Plätzen, sobald das Essen serviert wurde. Es gab Schwarzbrot, Fasan, gebratenes Schwein, Lamm, Fisch, verschiedene Eintöpfe und Platten mit Fleischpasteten, außerdem Bratäpfel, Kürbis, Zimtbirnen und Rüben.

„Brenna, das Essen ist köstlich", lobte Maddie und naschte an einem Bratapfel.

„Wann kommen denn die Torten, Brenna? Ich will einen Apfelkuchen!", rief Jennie aus.

„Es gibt keinen Grund zur Eile, kleine Blume", sagte Alex. „Habe ich dir schon gesagt, was für ein hübsches Mädchen du in deinem rosa Kleid bist?" Er beugte sich vor, hob sie von ihrem Stuhl und stellte sie auf den Boden. „Lass es mich noch einmal anschauen." Er wirbelte sie im Kleid herum, bis ihr schwindelig wurde und sie kicherte. Jennie vergaß sofort das Gebäck. Tommy eilte zu ihr und sie wirbelten zusammen herum.

Brenna seufzte und schüttelte den Kopf. „Es ist nicht schwer, sie auf andere Gedanken zu bringen, nicht wahr, Alex?"

Alex lachte und sagte: „Es ist gut, sie wieder lachen zu hören. Gibt es denn hier keinen jungen Mann, der *dich* auf andere Gedanken bringen könnte, Brenna?"

„Nay, ich bin zu beschäftigt mit meiner Familie, wie du weißt", antwortete seine Schwester schnell.

„Nun, es gibt jedenfalls genug Mädchen hier, die mir den Kopf verdrehen", sagte Brodie träumerisch. „Ich kann es kaum erwarten, bis der Tanz beginnt."

Kurze Zeit später wurden die Tische aus dem Saal geräumt und der Tanz begann. Maddie tanzte mit Alex, Robbie, Brodie, Mac und sogar mit einigen Männern, die sie nicht kannte. Nach einer Weile holte Alex sie von der Tanzfläche, fand einen Stuhl und setzte sie auf seinen Schoß.

„Ich möchte nicht, dass du dich zu sehr verausgabst, Mädchen, besonders wegen deinem Arm", flüsterte er. „Wir haben eine lange Nacht vor uns."

Maddie lehnte ihren Kopf an seine Schulter. „Oh, Alex. Mir geht es gut und meinem Arm geht es auch gut, obwohl er sich ein bisschen schwer anfühlt, wenn ich tanze. Aber es hat so viel Spaß gemacht! Ich habe schon lange nicht mehr getanzt, aber ich glaube, ich habe für heute genug."

„Diese Worte sind Musik in meinen Ohren, mein Mädchen. Bist du bereit, in unser Gemach zu gehen? " Er hob eine Augenbraue.

Als hätte sie ihre Unterhaltung erahnt, erschien Alice an Alex' Seite. „Mylord, darf ich Maddie nach oben begleiten und ihr helfen, sich fertig zu machen?"

Er seufzte. „Aye, das dürft Ihr, Alice. Ich werde in Kürze oben sein." Er gab Maddie einen schnellen Kuss auf die Wange und ließ sie von seinem Schoß herunter. Hoffentlich würde Alice Maddie einen Rat geben. Er kicherte, als er merkte, wie nervös er selbst war. Es war nicht einfach, sein Verlangen nach seiner Frau zu drosseln, aber er wollte heute Abend keine Fehler machen, denn es war ihm wichtig, dass Maddie gute Erinnerungen an ihre Hochzeitsnacht hätte.

Maddie und Alice gingen die Stufen zur Kammer hinauf. Maddies Gesicht wurde knallrot, als sie all die groben Kommentare hörte, die einige der Gäste machten. Sie drehte sich leicht um und bemerkte, dass Alex unten an der Treppe Wachen aufgestellt hatte. Erleichtert atmete sie auf und sagte sich, dass sie diese Nacht überstehen würde. *Gib mir Kraft, Herr. Steh mir bei, Mama.*

Nachdem Alice ein letztes Mal ihre Hand gedrückt und den Raum verlassen hatte, setzte sich Maddie vor den Kamin. Nervös zupfte sie an ihrem neuen Kleid herum. Alice hatte ihr ein Nachtgewand aus feinster Seide geschneidert. Es war völlig durchsichtig und es war ihr ein wenig peinlich, es zu tragen. Natürlich war Alex jetzt ihr Ehemann und hatte das Recht, sie nackt zu sehen. Alice hatte sie dazu ermuntert, mit ihr über ihre Bedenken bezüglich des Ehebetts zu sprechen, aber bestimmte Dinge kamen ihr einfach nicht über die Lippen. Sie wiederholte in Gedanken das Letzte, was Alice ihr gesagt hatte: „Vertraut Eurem Ehemann, Mädchen. Er ist ein guter Mann." Maddie glaubte das von ganzem Herzen, aber dennoch tauchten einige ihrer alten Ängste wieder auf.

Was hält Alex denn so lange auf? Sie stand auf und ging auf und ab. Sie warf einen Blick zur Tür und zum Bett und stellte sicher, dass sie schnell ins Bett springen und sich unter der Decke verstecken konnte, falls jemand anderes als Alex hereinkam.

Als sich die Tür endlich öffnete, zuckte sie zusammen, aber als Alex allein eintrat, atmete sie erleichtert auf. Sie konnte Rufe von unten hören, aber es war niemand hinter ihm. Er verriegelte schnell die Tür und sagte: „Ich schließe dich nicht ein, Mädchen, ich schließe die anderen aus. Ich möchte nicht, dass sie uns stören."

Dann drehte er sich um und starrte seine Gemahlin an. Sein Mund wurde völlig trocken und sein Kopf war wie leergefegt. Sie stand in einem Kleid vor ihm, das nichts verbarg. Er konnte ihre vollen Brüste, ihre harten rosafarbenen Brustwarzen und die hellen Locken zwischen ihren Beinen sehen.

Sie trug immer noch ihre Perlenkette. Alex ging zu ihr hinüber und küsste sie. Er konnte seinen Blick nicht von ihrem Körper abwenden, musterte sie von oben bis unten und hauchte: „Was für eine Schönheit."

Maddie berührte ihre Perlen und sagte: „Ja, ich finde die Perlen auch wunderschön. Sie erinnern mich an meine Mutter. Ich hoffe, es macht dir nichts aus, dass ich sie anbehalte."

Alex lächelte. „Ich rede nicht von den Perlen, Maddie, sondern von dir. Du siehst absolut umwerfend aus."

Maddies Erröten machte sie für ihn nur noch schöner. Nachdem er sein Hemd ausgezogen hatte, griff er nach ihrer Hand. „Komm, setz dich zu mir ans Feuer." Er schenkte zwei Gläser Wein aus der Flasche ein, die in der Kammer zurückgelassen worden war, und reichte ihr eines. „Ich habe uns von Vater MacGregor einen besonderen Wein bringen lassen. Ich hoffe, er schmeckt dir."

Sie nippte an dem Wein und sagte: „Aye, das tut er."

Alex war entschlossen, nichts zu überstürzen, also setzte er sich auf den Stuhl, zog sie auf seinen Schoß und schlang seine Arme um sie. „Ist dir kalt, Mädchen? Schmerzt dein Arm."

Maddie zitterte. „Nay", antwortete sie und kuschelte sich enger an ihn.

Er küsste sie sanft auf den Mund. Sie sah in seine Augen und die Liebe und das Vertrauen in ihrem Blick versicherten ihm, dass es funktionieren würde, dass sie als Ehemann und Ehefrau beieinanderliegen könnten. Er küsste sie erneut, diesmal fordernder. Seine Zunge erkundete ihren Mund und sie beugte sich zu ihm, wobei sich ihre Brüste an seine Brust drückten und ihn beinahe um den Verstand brachten. Er stöhnte und küsste sie leidenschaftlicher.

Alex dachte, er würde die Kontrolle verlieren, als sie seine Brust berührte und anfing, seine Brustwarzen zu streicheln. Er merkte, dass ihre Atmung schneller ging und sich seinem Rhythmus anpasste. Er bewegte seine Hand über ihre Schenkel und über ihre Hüften und streichelte ihre üppigen Kurven. Maddie zuckte zurück und er hielt inne, um ihr mehr Zeit zu geben, sich an ihn zu gewöhnen. Dann bewegte er langsam seine Hände über ihre Seiten, bis er ihre Brüste umfasste. Wie war es möglich, dass seine Frau den perfektesten Körper hatte, den er jemals gesehen hatte? Er wollte jeden herrlichen Zentimeter von ihr küssen. Mit seinen Lippen zeichnete er einen Weg ihren Hals hinab und fuhr mit seinem Daumen über ihre Brustwarze, worauf sie stöhnte, ihren Rücken nach hinten durchdrückte und ihm ihre Brüste noch näherbrachte. Wie lange konnte er das aushalten? Sie wand sich in seinen Armen, ihr Atem ging stoßweise und er wurde steinhart unter seinem Plaid.

Alex küsste ihre Schulter und ihr Schlüsselbein. Er bewegte sie auf seinem Schoß und sie legte ihren gebrochenen Arm so, dass ihm die volle Schönheit ihrer Brüste offenbart wurde. Sie sah ihn keuchend an und leckte sich über die vollen Lippen. Ihre freie Hand fuhr durch seine Haare. Er bewegte sich langsam, wanderte ihre rechte Brust hinunter und liebkoste ihre Brustwarze mit seiner Zunge. Dann neckte er ihre andere Brustwarze, bevor er sie ganz in seinen Mund nahm und daran sog. Sie bäumte sich auf, drückte ihre Brust näher an ihn und er gluckste tief in seiner Kehle über die Leidenschaft seiner zierlichen Frau.

In Madelines Kopf herrschte Verwirrung und als Alex' Zunge ihre Brustwarze kitzelte, konnte sie keinen klaren Gedanken mehr fassen. Sie wollte, dass er niemals aufhörte. Sie spürte zu viele seltsame und angenehme Dinge in ihrem Innersten. Maddie verstand es nicht, aber er brachte ihren Körper dazu, sich vor Genuss zu winden. Sie erinnerte sich daran, ihm zu vertrauen.

Nichts tat weh. Sie wollte sogar mehr. Mehr Küsse, mehr Liebkosungen. Entsetzt darüber, wie gut es sich anfühlte, als er durch den dünnen Stoff an ihrer Brust saugte, drückte sie ihren Busen fester an ihn. Sie umklammerte seine Schultern, als seine Hand sich über ihre Seite und ihren Bauch bewegte und ihre Beine sich von selbst spreizten. Er streichelte einen sehr intimen Punkt und sie stöhnte auf. Was machte er da? Er rutschte etwas auf dem Stuhl umher, um ihre Öffnung zu erweitern, und strich mit seinem Daumen leicht über diese Stelle, streichelte sie, und sie verlor den Verstand. War es das, worüber die Diener immer sprachen? Sie umklammerte seinen Arm, damit er nur nicht damit aufhörte.

Maddie wusste nicht, was sie als Nächstes tun sollte. Seine

Härte drückte gegen sie, aber es war ihr egal. Sie war schockiert, sich selbst stöhnen zu hören.

Alex stand auf, löste ihr Kleid und ließ es zu Boden fallen. Dann hob er sie hoch und legte sie auf die kühlen Laken, die bereits aufgeschlagen worden waren. Er hielt inne, um ein Kissen unter ihren gebrochenen Arm zu legen, und die zärtliche Geste rührte sie. Dann ließ er sein Plaid auf den Boden fallen. Alex trat näher, nahm sie in seine Arme und küsste sie hart, ja fast verzweifelt. Seine wandernden Finger fanden ihren intimsten Punkt und sie spreizte ihre Beine für ihn, ohne darüber nachzudenken. Er legte sich auf sie, hob ihre Hüften an und begann, in sie zu stoßen.

Da verlor Maddie ihre Fassung und sobald seine Härte ihren Eingang durchbrach, geriet sie in Panik. Sie schlug gegen seine Brust und schrie: „Hör auf, Alex. Hör auf! Nay!" Sie presste ihre Beine zusammen, sprang aus dem Bett und hastete durch den Raum.

Alex rollte sich auf den Rücken und stöhnte. Er starrte eine Minute lang an die Decke, um wieder die Kontrolle zu erlangen. Dann warf er einen Blick auf seine Frau, die am Kamin kauerte und am ganzen Körper zitterte.

Alex wusste nicht, was er tun sollte. „Maddie, habe ich dich verletzt?"

„Nay!", schluchzte sie.

„Vertraust du mir?", fragte er leise, während er an die Decke starrte.

„Aye", flüsterte sie und versuchte, ihren Körper zu bedecken.

„Dann komm zurück zu mir, Frau. Ich werde dich nicht verletzen."

Es dauerte eine ganze Weile, bis Maddie zur Seite des Bettes zurückkehrte.

„Du wirst oben sein", sagte er und hob sie auf seinen Schoß. Tränen benetzten immer noch ihre Wangen, aber sie wehrte sich nicht, sondern trocknete entschlossen ihr Gesicht.

„Ich möchte, dass du oben bist, damit du weißt, dass du jederzeit gehen kannst. Es ist deine Entscheidung. Vielleicht macht es dir Angst, unter mir zu sein. Ich werde dich niemals zwingen, Mädchen. Du kannst mich jederzeit zurückweisen und dich zurückziehen. Du musst mir nur glauben." Alex streichelte ihren Nacken, während er sprach, und fuhr mit seinen Händen über ihren weichen Rücken hinab zu ihrem Hintern und hielt dann ihre runden Backen. Seine Erregung wuchs sofort wieder.

Sie stützte ihren Arm ab und er arrangierte sie so gut er konnte, um es ihr bequem zu machen, ohne seine Erektion zu verletzen.

„Mädchen, du musst mir vertrauen", sagte er leise und küsste sie auf die Stirn.

„Ich weiß. Es tut mir leid, Alex. Ich weiß nicht, warum ich solche Dinge mache."

Alex überlegte angestrengt, bevor er sich wieder bewegte, aber vielleicht war dies der einzige Weg. Er nahm ihre Brustwarze in seinen Mund und saugte daran, während seine Finger über ihre Öffnung glitten und ihren hitzigen Punkt streichelten, um ihre Reaktion abzuschätzen. Sie war immer noch feucht und ihr leises Stöhnen verriet ihm, dass sie ihn begehrte. Er ergriff sanft ihre Hüften und stieß mit einer Bewegung seines Beckens leicht in sie hinein. Er glaubte nicht, dass es ihr wehtun würde.

„Nay, Alex, nay!", rief sie und stemmte sich gegen ihn.

Er hielt ihre Hüften sanft an Ort und Stelle, damit sie sich an sein Eindringen gewöhnen könnte.

„Maddie, hör auf! Ich werde dich nicht verletzen. Ich liebe dich. Bitte, ich weiß nicht, was ich sonst tun soll. Ich habe alles versucht!"

Maddie hörte auf zu kämpfen, als sie seine Liebeserklärung hörte.

Alex war schockiert über sein eigenes Geständnis und erkannte die Wahrheit seiner Worte. Er wollte sie mehr als alles andere, und er wollte, dass ihre Ehe funktionierte. Er überlegte, wie er ihr helfen konnte, ihn zu akzeptieren, und wählte den riskantesten Weg von allen. „Vertraust du mir, Mädchen?", flüsterte er. Er war immer noch tief in ihr.

„Aye", nickte ich.

„Dann bleib fünf Minuten lang dort, wo du bist. Ich verspreche, dass ich mich nicht rühren werde. Wenn du mich nach fünf Minuten nicht willst, werden wir aufhören und ich werde dich heute Nacht nicht wieder anrühren. Du musst erkennen, dass du keinen Schaden nehmen wirst. Du bist keine Jungfrau mehr, meine Liebe, und das hier sollte dir nicht wehtun. Kannst du das für deinen Mann tun?"

Maddie sah ihn an und nickte langsam. Dann senkte sie ihren Kopf auf seine Brust. Er streichelte ihren Rücken und sie begann, sich ein wenig zu entspannen.

Fünf Minuten, dachte sie. *Ich muss das nur fünf Minuten lang aushalten.*

Sie konnte seine Härte in sich spüren und es gefiel ihr gar nicht. Es erinnerte sie an Niles. Sie wollte ihn da heraus haben. Alex war groß und hart und sobald er sich bewegte, würde er sie wahrscheinlich verletzen, so wie Niles es getan hatte. Sie versuchte, ruhig zu atmen und die Panik in den Griff zu bekommen. *Nur fünf Minuten.*

Sie erinnerte sich daran, dass es Alex war, ihr Ehemann, nicht Niles. Dies war der Mann, den sie liebte und dem sie vertraute. Genau wie er es versprochen hatte, zwang er sie zu nichts. Was wäre, wenn sie sich zurückzöge? Mit einem seltsamen Schmerz wurde ihr klar, dass sie nicht wollte, dass er ganz aufhörte, sie zu berühren. Sie war gern in seinen Armen, nur eben nicht so.

Maddie drehte den Kopf zur Seite und seufzte tief. *Ich muss mich auf etwas anderes konzentrieren.* Sie drehte ihre Perlen langsam zwischen Daumen und Zeigefinger und beschloss, sich auf die Perlen ihrer Mutter zu konzentrieren. Als sie sie drehte, wurden sie warm an ihrem Körper. Sie schloss für einen Moment die Augen, in der Hoffnung auf Klarheit. Was würde ihre Mutter ihr sagen? Sie warf einen Blick durch den Raum und sah einen Schatten. *Mutter?*

Ihre Sicht war von Tränen verschwommen, aber diese Frau schien ihre Mutter zu sein. Träumte sie? Die Perlen waren noch warm. *Mutter, was soll ich tun?* Sie dachte nach, während sie auf die Vision ihrer Mutter starrte. Ihre Mutter lächelte sie an. *Hilf mir, Mama,* dachte sie und streckte in Gedanken die Hand nach ihr aus.

„Wir haben dir geholfen, Kind. Dein Vater und ich haben diesen Mann zu dir geschickt. Jetzt musst du dir selbst helfen."

„Aber ich kann das nicht tun, Mutter. Ich kann einfach nicht."

„Liebst du ihn, Maddie?"

„Aye, das tue ich von ganzem Herzen."

„Maddie, er liebt dich auch. Liebe ihn und vertraue ihm. Du wirst es nicht bereuen. Dein Vater und ich würden uns freuen, eure Kinder zu sehen. Wir werden immer in der Nähe sein."

Ihre Mutter begann zu verblassen. „Warte, Mutter!"

Aber ihre Mutter war fort.

Alex war immer noch in ihr und plötzlich bemerkte sie, dass sie keine Schmerzen hatte.

Sie hob den Kopf und sah ihren Mann an.

„Alex?"

„Was ist, meine Liebe?" Er strich eine Träne von ihrer Wange.

„Es tut nicht weh. Oh, meine Güte, es ist überhaupt nicht unangenehm!"

„Natürlich nicht, Maddie, denn ich schrumpfe." Alex verdrehte frustriert die Augen.

Da wackelte Maddie kurz mit ihrem Hintern und er wurde sofort wieder hart. Sie erhob sich ein wenig und ließ sich dann ganz auf ihn sinken. Alex stöhnte. Sie zog sich wieder zurück und ließ ihn dann wieder bis in ihr Innerstes vordringen. Alex stöhnte erneut.

„Maddie, du bringst mich noch um. Wenn du das noch einmal tust, gibt es kein Zurück mehr, das verspreche ich", sagte er zu seiner Frau.

„Oh Alex, ich bin so glücklich! Ich mag es! Was soll ich tun?" Sie bewegte sich weiter auf und ab und fand langsam ihren Rhythmus.

„Mädchen, bist du sicher, dass es dir gutgeht?"

„Aye, Alex, es beginnt, sich gut anzufühlen." Maddies Gesicht strahlte.

Alex stöhnte erneut auf. „Kann ich dich auf den Rücken drehen, Mädchen? Ich bin kurz davor, zu platzen."

Sie nickte und Alex rollte sie herum, sodass er auf ihr lag.

Zuerst bewegte er sich langsam, um sicherzustellen, dass sie ihn aufnehmen konnte, aber dann übernahm sein Instinkt die Kontrolle und er stieß hart in sie hinein, bis er kurz vor dem Höhepunkt war. Er sah seiner Frau in die Augen und versuchte zu beurteilen, ob sie es genoss. Sie atmete nicht schwer, aber sie schrie auch nicht vor Angst. Er küsste sie grob, weil er nicht wusste, ob er noch viel länger durchhalten konnte. Alex war tief in ihre Nässe gehüllt und verlor fast die Kontrolle. Er zwang sich, sich zu konzentrieren, damit er lange genug durchhalten konnte, um ihr Vergnügen zu bereiten. Also nahm er ihre Brustwarze wieder in den Mund und saugte fest daran. Maddie schnappte nach Luft und bäumte sich ihm entgegen, als er immer wieder in sie hineinstieß. Ihre Enge war eine süße Folter. Er hob seinen Kopf und sah in ihre blauen Augen, als sie flüsterte: „Ich liebe dich, Alex."

Das gab ihm den Rest. Mit zwei weiteren Stößen ergoss er seinen Samen unter einem Aufschrei in sie hinein. Seine Frau hatte ihn mit vier Worten um den Verstand gebracht. Was machte dieses Mädchen mit ihm? Er hatte noch nie einen so gewaltigen Orgasmus erlebt.

Alex ärgerte sich über sich selbst, denn er war vor ihr gekommen, obwohl er doch normalerweise immer zuerst seine Partnerin erfreute. Kein Mädchen hatte ihn jemals die Kontrolle verlieren lassen. Er stützte sich auf seine Ellenbogen und versuchte, seine Atmung zu beruhigen, während er sie verwirrt ansah. Sie lächelte so bezaubernd.

„Oh, Alex, ich bin so glücklich. Es hat überhaupt nicht wehgetan."

„Gut, das freut mich." Er spielte mit einer Locke, die ihr ins Gesicht fiel. Er war immer noch nicht in der Lage, klar zu denken, und schmiegte sein Gesicht an ihren Hals.

„Ich bin unglaublich glücklich, aber du, mein lieber Ehemann, verhältst dich nicht so, als ob du glücklich wärst. Stimmt etwas nicht?"

Er seufzte. „Maddie, ich bin nicht glücklich, weil du kein Vergnügen empfunden hast. Ich werde nicht glücklich sein, bis ich dich zum Höhepunkt gebracht habe."

„Aber ich habe doch Vergnügen empfunden, Alex. Du hast mich nicht verletzt und es macht mich glücklich, dich glücklich zu machen!", rief sie aus.

„Nay, Maddie, du hast nicht den Höhepunkt erreicht."

„Aber ich sage dir doch, dass ich Vergnügen empfunden

habe."

Er seufzte. „Mein Schatz, du hast nicht das gleiche Vergnügen empfunden wie ich. Ein Mann und eine Frau sollten beide Freude finden. Ich konnte nicht länger durchhalten, um auf dich zu warten. Du hast mich mit diesen blauen Augen um den Verstand gebracht."

Maddie biss sich auf die Unterlippe, bevor sie gestand: „Ich verstehe nicht, wovon du sprichst."

Alex flüsterte ihr ins Ohr: „Ich verspreche dir, dass du es verstehen wirst, bevor wir diese Kammer verlassen."

Er rollte sich auf den Rücken, zog sie in seine Arme und wiegte ihren Kopf auf seiner Schulter.

Sie hob kurz den Kopf, um ihn anzusehen. „Alex, habe ich dich nicht zufriedengestellt?"

Er küsste sie sanft. „Doch, ich bin sehr zufrieden. Schlaf jetzt, meine Liebe. Du hattest einen langen Tag."

„Alex?"

„Was, meine Liebe?"

„Meintest du es ernst, als du sagtest, dass du mich liebst?"

„Aye, meine Liebling. Wie könnte ich dich nicht lieben? Du treibst mich in den Wahnsinn!"

Sie lächelte und küsste ihn auf die Wange. „Ich liebe dich auch."

Maddie schlief schnell in den Armen ihres Mannes ein. All ihre Ängste waren verschwunden.

KAPITEL NEUNUNDZWANZIG

DAS FRISCH VERHEIRATETE Paar erwachte, als jemand an die Tür klopfte. Alex brummte, rollte sich aus dem Bett, warf sich sein Plaid über und öffnete die Tür. Seine beiden Brüder starrten ihn mit einem breiten Lächeln an.

„Wie geht es dir, Bruder?", fragte Robbie, als er und Brodie versuchten, einen Blick auf Maddie im Bett zu erhaschen.

„Mir geht es gut. Ich hoffe, ihr habt einen triftigen Grund dafür, mich zu wecken", knurrte Alex.

„Du wolltest wohl heute etwas länger schlafen, was?", grinste Robbie.

„Wir sind nur gekommen, um dich für die Wettkämpfe zu holen. Kommst du etwa nicht?", fragte Brodie.

„Nay, ich werde nicht dabei sein. Ich bin heute beschäftigt. Ihr beide könnt mich vertreten."

Seine Brüder kicherten, als sie sich zum Gehen wandten.

„Er ist beschäftigt! Das klingt gut", meinte Robbie.

„Ich wünschte, ich wäre heute auch beschäftigt!", lachte Brodie.

„Schickt Fiona hoch", rief Alex ihnen nach.

Dann schloss er die Tür und wandte sich an seine Frau, die in einen Kokon aus Decken gehüllt war. Er beugte sich zu ihr hinab und gab ihr einen sanften Kuss. „Guten Morgen, meine liebe Frau."

Maddie setzte sich auf und die Decke fiel von ihrer Brust. Sie packte sie schnell und bedeckte sich damit.

„Mein Liebling, es würde mich freuen, wenn du aufhören würdest, dich vor mir zu verstecken. Ich mag deinen wunderschönen Körper."

Maddie wurde rot. „Alex, es ist helllichter Tag. Du kannst alles an mir sehen!"

„Genau das ist der Punkt, Maddie. Dein Körper ist so schön, dass mich dein Anblick bei Tageslicht beinahe schmerzt."

Es klopfte an der Tür und Alex öffnete sie, um mit Fiona zu sprechen.

„Darf ich Euch etwas zum Frühstück bringen?"

„Aye, Fiona, wir brauchen viel Essen, etwas Met und eine Wanne für meine Frau."

„Aye, mein Laird." Fiona ging, um zu tun, was ihr aufgetragen worden war.

„Eine Wanne? Wohin gehst du? Hast du Robbie und Brodie nicht gesagt, dass du nicht zu den Wettkämpfen gehen wirst?"

„Ich gehe nirgendwohin. Ich bleibe den ganzen Tag hier bei dir. Wir werden nicht gehen, bis du Vergnügen gefunden hast."

„Aber Alex, ich habe dir doch gesagt, dass ich Vergnügen empfunden habe."

„Ich werde dir diese Frage später noch einmal stellen, mein Mädchen. Lass sie uns jetzt nicht diskutieren." Er küsste sie erneut.

„Du hast nach einer Wanne geschickt, aber ich kann doch nicht vor dir baden!" Maddies Augen huschten nervös durch den Raum, bevor sie ihn anstarrte und sich fragte, wie er sich splitternackt so wohlfühlen konnte.

„Doch, Liebes, das kannst du. Aber ich werde dich baden."

Maddie schnappte nach Luft und zog ihre Decke fester um sich. „Alex, das ist unziemlich!"

„Oh, Maddie, zwischen Ehemann und Ehefrau ist alles erlaubt, solange beide einverstanden sind." Er beugte sich über das Bett, riss die Decke fort und küsste ihre Brustwarze. Maddies Augen wurden groß wie Untertassen. Alex öffnete Fiona lachend die Tür.

Fiona hatte neben Gebäck, Obst, Käse und Brot auch Getränke mitgebracht. Als sie sich zur Tür wandte, sagte sie: „Wir erhitzen gerade das Wasser für die Wanne, mein Laird."

„Keine Eile, wir haben erst einmal großen Hunger." Fiona ging und Alex schloss die Tür hinter sich, bevor er seiner Frau die Hand entgegenstreckte: „Komm, Frau, frühstücke mit mir."

Maddie kroch langsam aus dem Bett und sah sich nach etwas zum Anziehen um. Das einzige Kleidungsstück, das sie sehen konnte, war das durchsichtige Kleid, das Alice für ihre

Hochzeitsnacht genäht hatte. Also griff sie nach einem großen Leinentuch und schlang es fest um sich.

Alex zog sie auf seinen Schoß und hielt ein Gebäckstück an ihre Lippen.

„Wenn ich mich richtig erinnere, hat meine Frau eine Schwäche für Süßigkeiten, aye?"

Maddie nickte und musterte ihren Gemahl. Obwohl er sie verwirrte, hatte sie Hunger und öffnete den Mund für ihn. Sie kaute langsam an ihrem Essen und ließ ihren Mann dabei nicht aus den Augen. Seine Augen wurden dunkel. „Leck meine Finger ab, mein Schatz, ich habe noch mehr für dich."

Maddie schaute auf die Sahne an seinen Fingern, seufzte erwartungsvoll und begann langsam seine Hand zu lecken. Sie lachte darüber.

Alex nahm ein weiteres Gebäck, das mit Erdbeergelee gefüllt war, zog ihr Tuch herunter und träufelte das Erdbeergelee über ihre Brustwarzen. Sie schnappte nach Luft, als die kalten Früchte ihre zarten Knospen berührten.

„Weißt du, wie sehr ich Erdbeeren liebe?" Er senkte seinen Kopf an ihre Brust und zeigte es ihr. Maddie packte seine Haare und zog ihn näher an sich heran. Er löste sich von ihrer Brustwarze und küsste ihre Lippen leidenschaftlich, bis ihr ein leises Stöhnen entfuhr. Dann wanderte er zurück und saugte an ihrer Brustwarze.

Es klopfte an der Tür. „Nur einen Moment", krächzte Maddie mit vor Vergnügen rauer Stimme. Sie zog das Tuch hoch und fuhr sich mit der Hand über den Mund, um die Sahne fortzuwischen. Maddie wurde rot und drehte den Kopf weg, als ihr Mann Fiona bat, mit der Wanne einzutreten. Sie fühlte sich lüstern, aber ihr Mann ließ sie alles außer dem puren Vergnügen, das durch ihren Körper strömte, vergessen.

Nachdem die Diener die Wanne mit heißem, dampfendem Wasser gefüllt hatten, verließen sie den Raum und schlossen die Tür hinter sich. Alex nahm ihr Gesicht in seine Hände. „Maddie, schäme dich nicht für deine Leidenschaft. Dass du Leidenschaft für deinen Mann empfindest, ist eine wunderbare Sache. Komm, ich werde dich jetzt waschen."

Alex drängte sie, ins warme Wasser zu steigen, und sie beschloss, ihm zu vertrauen. Sie griff nach seiner Hand und wollte sich in die Wanne setzen, aber er hielt sie zurück.

„Nay, meine Liebe, ich werde dich zuerst waschen." Er zwinkerte ihr zu und griff ins Wasser.

Er nahm einen Leinenlappen und die nach Lavendel duftende Seife. Zuerst träufelte er Wasser über ihren Körper, begann an ihrem Hals und drückte den nassen Lappen dann über ihre Vorder- und Rückseite aus, wobei er besonders auf ihre runden Pobacken achtete. Maddie hörte ein Stöhnen und errötete, als sie bemerkte, dass das Geräusch von ihr selbst gekommen war.

„Oh!", war alles, was sie herausbrachte.

Alex schäumte das Leinentuch mit der Seife ein, massierte langsam ihre Brüste und bedeckte ihre vorstehenden Brustwarzen mit dem Schaum. Sie öffnete die Augen und sah zu, wie seine Hand über ihren Bauch in ihre Locken fuhr. Maddie legte ihre Hand auf seine Schulter, um sich abzustützen. Er hob ihre langen Beine nacheinander an und wusch sie vom Knöchel an aufwärts, wobei er mit seiner bloßen Hand die empfindliche Haut in ihren Kniekehlen streichelte. Als er ihre geheimste Stelle wusch, schloss Maddie die Augen und stöhnte leicht.

„Alex, auch das ziemt sich nicht."

Er gluckste. „Es ist nichts Falsches daran, wenn ein Ehemann seiner Frau beim Baden hilft."

Was war nur mit ihr los? Er zog ihre Beine etwas auseinander und ließ einen Finger in sie gleiten.

„Ah, Maddie, du bist ein leidenschaftliches Geschöpf. Ich sehe, dass du dein Bad genauso genießt wie ich." Mit funkelnden Augen ließ er das Leinentuch ins Wasser fallen und legte sein Plaid ab.

Maddie schnappte nach Luft, als sie seine Erregung bemerkte. „Oh!", hauchte sie wieder, bevor sie ihren Blick wieder auf sein Gesicht lenkte. Wie würde es sich anfühlen, ihn dort zu berühren?

„Aye, mein Schatz, siehst du, was du mir antust?" Alex stieg in die Wanne und setzte sie auf seinen Schoß. Er legte ihren gebrochenen Arm vorsichtig auf dem Wannenrand ab, damit er nicht versehentlich anstieß.

Maddies Blick wanderte durch den Raum. „Alex, was machen

wir hier?"

„Ruhig, Liebes, vertrau mir", flüsterte er in ihr Ohr.

Er lehnte ihren Kopf an seine Schulter und streichelte sanft ihren Oberkörper. „Schließ die Augen und entspann dich, Maddie. Ich werde dir nicht wehtun."

Alex winkelte ihre Knie an und streichelte langsam ihre Beine. Eine Hand wanderte genüsslich zu ihrer Brust und rollte ihre Brustwarze zwischen Daumen und Finger. Ein Finger seiner anderen Hand glitt in sie hinein, während sein Daumen ihren empfindlichen Punkt rieb.

Maddie rutschte ein wenig näher, damit er besseren Zugang zu ihrem Inneren hatte. Sie verstand die Empfindungen, die durch ihren Körper flossen nicht, aber sie waren gleichzeitig wundervoll und quälend. Ohne es zu merken, spreizte sie ihre Beine für ihn. Ihre Augen öffneten sich und sie errötete vor Scham.

„Oh, Mädchen, du spannst mich auf die Folter." Alex stand auf, trocknete sie genüsslich ab und half ihr dann aufs Bett.

Verwirrung erfasste sie. Warum hatte er aufgehört? Sie hatte das Gefühl, an einem Abgrund zu stehen, und sie wollte nicht, dass diese süße Qual schon ein Ende hatte. Das Verlangen brannte so sehr in ihr, dass sie schließlich flüsterte: „Alex, ich brauche mehr."

„Aye, mein Schatz, wir sind noch nicht fertig. Jetzt werden wir gemeinsam unser Vergnügen finden."

Ein scheues Lächeln huschte über ihr Gesicht, als er sich neben sie legte und sie hungrig küsste. Maddie bremste ihn.

„Alex, darf ich dich berühren?", flüsterte sich. „Ich möchte dich berühren, so wie du mich berührst. Zeig mir, wie es geht."

Er zog ihre Hand auf seine Erektion, sie umklammerte sie vorsichtig und er stöhnte auf.

Sofort zog sie ihre Hand weg und starrte ihn mit großen Augen an. „Habe ich dich verletzt?"

„Nay, es war ein genüssliches Stöhnen. Versuch es noch einmal", sagte er mit zusammengebissenen Zähnen.

Sie berührte ihn erneut und fuhr mit ihrem Finger lächelnd über die Spitze seines Penis. Sie genoss das Gefühl seiner weichen Haut, bewegte ihre Hand nach unten und umfasste sanft seine Hoden. Er stöhnte erneut, aber diesmal zuckte sie nicht zurück. Sie genoss es, Alex Freude zu bereiten. Er küsste sie fordernd auf den Mund und als sein Daumen erneut über ihre Brustwarze streifte, drehte sie sich zu ihm und presste ihren Körper gegen seinen. Maddie zog ihre Hand weg und rieb ihren Hügel an seiner Erektion.

Wie konnte etwas so weich und doch so hart sein?

Sie rieb sich an ihm und spürte, dass sie ihn unbedingt brauchte. Dann strich sie mit ihrer Hand über seine Arme und seine Seiten.

„Alex, bitte, ich will dich in mir haben. Ich brauche dich." Sie schnappte nach Luft, verwirrt von dem Fieber, das ihren Körper glühen ließ.

Alex saugte wieder ihre Brustwarze in seinen Mund und rollte seine Zunge immer wieder über sie, bis sie ganz hart hervorstand. Maddie spürte, wie sich die Spannung in ihr immer mehr aufbaute. Er streichelte ihre langen Beine und ihren Rücken, packte ihren Hintern und schob seinen Penis zwischen ihre Beine. Seine Spitze neckte den empfindlichen Punkt zwischen ihren Lippen und er ließ einen Finger in sie gleiten.

„Alex, bitte!", krächzte sie heiser. „Ich halte das nicht mehr aus. Ich will dich in mir spüren. Bitte!"

Er hielt ihre Hüften, während er langsam in sie hineinglitt, und blickte die ganze Zeit über in ihre blauen Augen. „Geht es dir gut? Tut es weh, Liebes?"

„Nay, es tut nicht weh. Bitte hör nicht auf!" Sie bäumte sich ihm verzweifelt entgegen. „Oh, Alex, es fühlt sich so wunderbar an, wenn du in mir bist."

Er bewegte sich mit langsamen, sanften Stößen. Sie warf den Kopf in den Nacken, packte seine Schultern und fuhr mit ihren Nägeln über seine Haut. Als er sein Tempo erhöhte, zog sie ihre Knie an, damit er noch tiefer in sie eindringen konnte. Er griff zwischen ihre Beine und streichelte ihren sensiblen Punkt.

„Alex. Oh, Alex!", rief Maddie und verlor den letzten Halt. Sie zitterte unkontrollierbar, presste sich an ihn und wurde von einer Welle der Lust nach der anderen erfasst. Kurz darauf folgte Alex ihr.

„Maddie, habe ich dich verletzt?", fragte er zwischen abgehackten Atemzügen und kuschelte sich an sie.

„Nay, es war wunderbar, Alex." Als sie wieder bei Verstand war, sah sie ihn an. „Was ist gerade passiert?", fragte sie und war ein wenig befangen nach ihrer überschwänglichen Reaktion.

„Du hast Vergnügen empfunden, oder zumindest glaube ich das.", Seine Augen funkelten.

„Aye, ich glaube, das habe ich." Sie runzelte ein wenig die Stirn. „Alex?"

„Aye, Liebes."

„Gestern Abend hat es sich nicht so angefühlt."

Alex lachte. „Verstehst du jetzt, was ich meine, mein Schatz?"

„Aye, und bitte hör auf, mich auszulachen." Sie schlug ihm auf die Hand.

„Entschuldige, aber ich konnte nicht anders. Du weißt, dass ich dich liebe."

„Ich liebe dich auch, Alex." Konnte sie jemals glücklicher sein als in diesem Moment?

Sie dachte an alles, was seit ihrer Hochzeit passiert war, während sie sich in den Armen ihres Mannes entspannte.

„Alex?"

„Aye, Maddie?"

„Können wir das später noch einmal machen? Ich glaube, ich mag das Ehebett."

Alex kicherte.

KAPITEL DREISSIG

Etwa drei Monate später ...

ALEX GING NACH einem langen Tag auf dem Übungsplatz zurück zum großen Saal und dachte auf dem Weg darüber nach, wie wunderbar die ersten drei Monate seiner Ehe gewesen waren. Als er an seine Frau und ihre unersättliche Leidenschaft dachte, musste er schmunzeln. Er hatte zwar gehofft, dass sie mit der Zeit eine leidenschaftliche Liebhaberin werden würde, aber sie schien tatsächlich nicht genug von ihm zu bekommen. Ihm ging es mit ihr genauso. Maddie hatte sein Leben auf den Kopf gestellt. Obwohl andere Frauen ihm in den Monaten seit seiner Heirat ihre Gunst angeboten hatten, war er nicht interessiert gewesen. Es würde immer nur eine Frau für ihn geben – diese blauäugige Blonde, die ihn verzaubert hatte.

Aus dem Augenwinkel sah er die blonden Locken seiner Frau im Garten. Sie saß allein mit gesenktem Kopf auf einer Bank. Als er näherkam sah er, dass sie geweint hatte.

„Was ist geschehen, meine Liebe? Du weißt, wie sehr es mich schmerzt, dich weinen zu sehen", sagte er leise.

„Ach Alex, meine Blutung hat heute eingesetzt. Du weißt, wie gern ich dir einen Sohn schenken möchte. Ich hatte so gehofft, diesmal ein Kind unter dem Herzen zu tragen." Maddie ließ den Kopf hängen und zupfte an ihrem Leinentaschentuch in ihrem Schoß herum.

„Oh, meine Liebe, wir haben viel Zeit. Ich mache mir deswegen keine Sorgen, und du solltest es auch nicht tun."

„Aber Alex, was ist, wenn etwas passiert ist, als Niles mich vergewaltigt hat, und ich nun keine Kinder mehr bekommen kann? Du wirst keine Erben haben. Das wäre schrecklich. Ich weiß nicht, was ich tun soll."

Er hob sie auf seinen Schoß. „Maddie, dich zur Frau zu haben, macht mich glücklicher als alles andere. Wenn wir keine

Kinder haben, dann werden Robbie oder Brodie Kinder haben. Unser Land wird in der Familie bleiben. Das ist alles, was mich interessiert. Aber ich mache mir Sorgen, wenn du nicht glücklich bist."

Maddie wusste, dass ihr Mann sie liebte. Aber was würde in zwei Jahren passieren, wenn sie immer noch unfruchtbar war? Wie konnte er eine Frau lieben, die ihm keinen Sohn schenken konnte?

Aber sie lächelte ihn einfach an und sagte: „Ich bin glücklich. Ich hätte nur so gern ein Kind mit dir. Du wärst so ein wundervoller Vater."

„Wir sind noch nicht lange verheiratet. Ich kenne viele Paare, die erst im zweiten oder dritten Jahr ihrer Ehe Kinder bekamen. Gib uns einfach Zeit." Er schlang seine Arme um sie und hielt sie fest, um ihre Traurigkeit zu lindern.

Dann stand sie auf und sagte: „Aye, du hast sicher recht. Lass uns zurückgehen. Mir geht es schon besser." Sie stiegen Hand in Hand den Hügel hinauf. Vielleicht würde sie mit Alice sprechen, um zu sehen, ob sie ihr dabei helfen könnte, schwanger zu werden. Sie liebte die Kinder des Clans und es erfüllte sie sehr, sie aufwachsen zu sehen. Verlangte sie zu viel, wenn sie sich ein eigenes Kind mit Alex wünschte? Sie hätte so gern einen kleinen Jungen, der genauso aussah wie sein Vater.

Dann erinnerte sie sich an die Vision, die sie in ihrer Hochzeitsnacht von ihrer Mutter gehabt hatte. Ihre Mutter hatte gesagt, dass sie es kaum erwarten konnte, die Kinder zu sehen, die Maddie und Alex haben würden. Bedeutete das, dass sie irgendwann ein Kind bekäme – oder vielleicht sogar mehr als eines? Sie hoffte es sehr.

Maddie nahm sich vor, weiter dafür zu beten.

KAPITEL EINUNDDREISSIG

Ein paar Monate später ...

MADDIE KONNTE SICH kaum aus dem Bett erheben, obwohl es schon spät war. Sie wusste nicht, warum sie sich in letzter Zeit so müde fühlte. Sie zog ein sauberes Kleid an und ging die Treppe zum Saal hinunter. Alice frühstückte an einem der Tische und sie setzte sich zu ihr.

„Guten Morgen, Alice."

Alice sah zu ihr. „Ach, du liebe Zeit, mein Kind. Ihr seht aber nicht gut aus. Ihr seid ein bisschen grün im Gesicht. Geht es Euch heute Morgen nicht gut? Vielleicht solltet Ihr lieber im Bett bleiben."

Fiona kam herbei und stellte eine Schüssel Haferbrei vor Maddie. „Entschuldigt, Mylady, aber dieser Brei ist nicht mehr sehr warm. Vielleicht möchtet Ihr lieber ein Stück Obst oder ein Ei?"

Maddie warf nur einen Blick auf den Brei, bevor sie sich die Hand vor den Mund schlug und zur Tür stürmte. Gerade draußen angekommen übergab sie sich und verfehlte nur knapp die Stiefel ihres Mannes.

„Maddie", rief er aus. „Was ist los mit dir, Mädchen? Du hast gestern und heute den halben Tag verschlafen, und jetzt ist dir übel. Geh wieder ins Bett!" Alice kam mit einem Lächeln auf ihrem Gesicht auf sie zu, doch als Alex ihren Gesichtsausdruck sah, wurde er ärgerlich. „Entschuldigt, Alice, aber ich finde die Krankheit meiner Frau gar nicht amüsant!"

Alice lachte. „Ich finde sie auch nicht amüsant, Laird. Aber ich freue mich, denn ich vermute, dass Eure Frau ein Kind erwartet. Maddie, wann war Eure letzte Blutung?"

Als Maddie nicht länger würgen musste, starrte sie zuerst Alice und dann Alex an. „Oh, meine Güte, hältst du das für möglich, Alice? Wie lange ist es her..." Maddies Gesicht erstrahlte, als sie an ihren Fingern abzählte.

„Herzlichen Glückwunsch, Madeline. Ich denke, Euer Mann und Ihr werdet in ungefähr acht Monaten ein Kind bekommen!"

Maddie warf ihre Arme um ihren Ehemann. Sie war überglücklich und rief: „Oh, ich liebe dich, Alex Grant!"

Alex war sprachlos.

KAPITEL ZWEIUNDDREISSIG

Acht Monate später…

MADELINE GING SCHWERFÄLLIG zum Kamin. Alex bildete draußen seine Männer aus. Es war fast Zeit für das Abendessen, aber sie war erschöpft. Sie steuerte auf ihren Lieblingsstuhl zu, den extragroßen, den Alex hatte anfertigen lassen, damit sie beide darauf Platz hatten. Nach all diesen Monaten zog er es immer noch vor, mit Madeline auf seinem Schoß zu sitzen. Dabei schlang er die Arme um ihren Bauch und Madeline glaubte, dass er ihr Gewicht vor allem deshalb ertrug, weil er so gern spürte, wie das Kind trat.

Sie seufzte tief, als sie sich auf dem Stuhl niederließ. Alex war immer so rücksichtsvoll, mitfühlend – und leidenschaftlich, obwohl dieser Teil ihres Ehelebens immer schwieriger wurde. Ein Lächeln huschte über ihr Gesicht, als sie daran dachte, wie erfinderisch ihr Mann als Liebhaber geworden war. Er hatte ihr immer versprochen, dass es viele Möglichkeiten gibt, sich zu lieben, und er hatte ihr bewiesen, dass er recht hatte. Sie schloss die Augen, um sich eine Minute auszuruhen.

Deutlich später erwachte Maddie, als Männer den großen Saal betraten. Zwei starke Arme hoben sie hoch und sie sah ihren Ehemann mit einem Lächeln an, als er sie auf seinen Schoß setzte.

„Bist du heute müde, mein Schatz?", fragte er und küsste sie.

„Nur ein bisschen, mein Gemahl. Du weißt, dass wir nicht mehr lange auf deinen Schoß passen werden. Es ist an der Zeit, dass dein Sohn herauskommt."

„Wenn unser kleines Mädchen bereit ist, herauszukommen, wird sie es tun. Obwohl ich verstehe, dass du dich darauf freust, unser Kind in den Armen zu halten", sagte er und streichelte gedankenverloren ihren Bauch.

Maddie setzte sich auf und versuchte, ihren Kopf in Richtung

Bauch zu lehnen. „Komm da raus, mein Junge! Es ist Zeit. Hör auf deine Mama und komm raus. Sonst wird dein Papa dir einen Klaps auf den Hintern geben!"

Alex streichelte lachend ihre Schulter, aber Jennie schaltete sich sofort ein: „Du wirst dem Kleinen keinen Klaps geben, Alex. Ich werde ihn beschützen, so wie du mich beschützt."

„Du meinst, du wirst das Mädchen beschützen, Jennie. Du weißt, dass meine Frau ein Mädchen bekommt", neckte er sie.

Maddie lehnte sich gegen ihren Mann und schloss die Augen. Sie fühlte sich so wohl, dass sie innerhalb weniger Minuten einschlief.

„Sie schläft in letzter Zeit viel, Alex. Sie muss kurz vor der Geburt stehen", sagte Brenna, als sie den Raum betrat.

Jennie flüsterte: „Alex, einige meiner Freundinnen haben mir gesagt, dass es wehtut, ein Kind zu bekommen. Wird es Maddie wehtun?"

„Es tut vielleicht ein bisschen weh, aber meine Madeline ist ein starkes Mädchen. Sie wird es durchstehen, kleines Eichhörnchen. Sie wird keinen Mucks von sich geben." Alex dachte an all den Schmerz, den Madeline in ihrem Leben schon ertragen hatte. Er hatte keinen Zweifel, dass sie auch das hier ertragen konnte. Er wusste, dass sie niemals schreien würde, und er war froh darüber, denn er würde es nicht ertragen können, wenn seine sanfte Frau schrie.

„Alex, hör auf, mich kleines Eichhörnchen zu nennen. Ich bin jetzt ein großes Mädchen."

In diesem Moment setzte sich Madeline aufrecht hin und umklammerte ihren Bauch. „Oh!", war alles, was sie sagte.

„Was ist los?", fragte Jennie.

„Ach, nichts", antwortete Maddie. „Es hat schon wieder aufgehört." Sie lehnte sich gegen ihren Mann und schloss wieder die Augen.

Einige Minuten später schoss Madeline mit einem verwirrten Gesichtsausdruck wieder hoch. Sie hielt wieder ihren Bauch, sagte aber nichts.

Brenna sah sie besorgt an, denn sie wusste, dass ihre Schwägerin eine sehr hohe Schmerztoleranz hatte. „Maddie, hast du

Geburtswehen?"

Maddie sah Brenna an. „Ich glaube nicht, Brenna, aber ich bin nicht sicher."

Alex sprang vom Stuhl auf und wiegte seine Frau immer noch in seinen Armen. „Kommt das Kind, Maddie?"

„Setz mich ab, Alex! Ich werde das Kind nicht hier bekommen. Es dauert eine Weile, ein Kind zu gebären."

Ein warmer Wasserschwall lief ihr Bein hinunter, sobald er sie absetzte. Sie trat zurück und schaute auf die klare Flüssigkeit auf dem Boden. „Nun, vielleicht kommt das Kind doch bald", sagte sie leise und sah zu den anderen auf, die sie anstarrten. Brenna hatte sie gewarnt, dass das Wasser ein Zeichen sein würde.

Alex hob sie hoch und stürmte die Treppe zu ihrer Kammer hinauf. Brenna folgte ihm, nachdem sie Jennie losgeschickt hatte, um Alice und Fiona zu holen. Sobald Alex ihre Kammer erreicht hatte, drehte er sich um und starrte Brenna mit einem verwirrten Gesichtsausdruck an.

„Was soll ich jetzt machen?"

Brenna lächelte und sagte: „Setz sie hier hin, Alex. Wir müssen das Bett noch vorbereiten." Er tat es nicht, denn er wollte keine Sekunde von ihrer Seite weichen.

Fiona und ein anderes Mädchen eilten mit heißem Wasser und zusätzlicher Bettwäsche in die Kammer. Dann liefen sie die Treppe wieder hinunter, um weitere Dinge zu holen, gerade als Alice die Stufen hinaufeilte.

Als Madeline sich vor Schmerzen wieder den Bauch hielt, sagte Alice: „Alex, geht zurück in den großen Saal. Ein Geburtsraum ist kein Ort für einen Mann. Wir werden uns um Eure Frau kümmern."

Alex setzte Maddie schließlich ab und küsste sie auf die Stirn. Er starrte sie eine Minute lang an und wollte ihr sagen, dass er sie liebte, aber es waren zu viele Leute da. Er wusste jetzt, dass er Maddie fast vom ersten Moment an geliebt hatte, als er sie gesehen hatte. Er hatte nur eine Weile gebraucht, um seine Gefühle einzuordnen. Aber jetzt wusste er, wie stark seine Liebe zu ihr war. Sie war der Mittelpunkt seines Lebens und er konnte den Gedanken nicht ertragen, dass er sie verlieren könnte.

„Geh jetzt, Alex!", riss Brenna ihn aus seinen Gedanken. „Wer weiß, wie viel Zeit uns bleibt. Normalerweise dauert es beim ersten Kind lange, aber niemand weiß es genau."

Alex warf seiner Frau einen wehmütigen Blick zu, drehte sich dann aber um und ging die Treppe hinunter. Als er den großen Saal erreichte, gesellten sich Robbie und Brodie zu ihm.

„Warum machst du so ein langes Gesicht, Bruder?", fragte Brodie.

Alex drehte sich um und ließ sich auf seinen Lieblingsstuhl fallen. „Maddies Zeit ist gekommen. Sie ist in unserem Gemach und bekommt das Kind."

„Es ist Zeit zu feiern, Brodie! Bring diesem Mann ein Bier!", rief Robbie einem Dienstmädchen zu.

Seine Brüder klopften Alex auf den Rücken. „Du wirst Vater, großer Bruder", sagte Brodie mit einem Kichern.

Alex starrte seine Brüder an, sprang dann vom Stuhl und ging auf und ab. „Ich weiß, dass es meiner Maddie gut gehen wird. Sie ist ein starkes Mädchen."

„Absolut", bestätigte Robbie.

„Sie ist das stärkste Mädchen, das ich kenne. Sie schafft das." Alex drehte sich um und ging in die andere Richtung.

„Da hast du vollkommen recht, Bruder", rief Brodie und trank sein Bier. Beide waren in offensichtlich bester Laune, aber das trug wenig dazu bei, Alex' Sorgen zu lindern. Zu allem Übel versammelten sich immer mehr Leute im Saal.

„Was machen all diese Leute hier?" Alex blickte seine Brüder finster an.

„Die Nachricht spricht sich schnell herum, Bruder. Alle haben darauf gewartet, dass deine Frau das Kind bekommt. Jeder will sehen, ob es ein Junge oder ein Mädchen ist."

„Schafft sie hinaus! Ich kenne nicht einmal alle hier. Wie bei allen Heiligen soll ich denn hören, was in der Kammer vor sich geht?", rief Alex aufgebracht. „Robbie, geh an der Tür lauschen und sag mir, ob es Maddie gut geht!", befahl er.

„Nay, wir bleiben lieber hier unten, Alex. Nichts könnte mich von deiner Seite weichen lassen", antwortete Robbie.

„Ruhe!", schrie Alex und sofort herrschte Totenstille. Er versuchte verzweifelt, Geräusche aus seiner Kammer zu hören, aber alles war friedlich. Er fuhr sich mit den Fingern durch die Haare und sah ein, dass ihm eine lange Nacht bevorstand.

Alice und Brenna bereiteten schnell das Bett vor und halfen Madeline in ein sauberes Nachthemd. Obwohl der Schmerz furchtbar war, ertrug sie ihn schweigend.

„Ist schon gut, Maddie", sagte Alice. „Alles passiert so, wie es sein soll. Ihr werdet Eurem Kind eine großartige Mutter sein. Es wird nicht mehr lange dauern."

Während Alice Madeline weiter gut zuredete, bereitete sich Brenna auf die Geburt vor. Die Wiege war vorbereitet, zusammen mit Tüchern, in die das Baby gewickelt werden konnte. Sie hatte ihre Heiltasche da, falls sie sie brauchte. Maddie wusste, dass ihre Schwägerin etwas nervös war, denn sie hatte noch nicht viele Geburten begleitet, aber Alice war erfahren genug, um ihnen zu helfen. Maddies Schmerzen dauerten ohne Zwischenfälle weiter an, aber dann hörten sie plötzlich, wie sich die Tür zur Kammer leise öffnete und wieder schloss, gefolgt vom Geräusch des Riegels, der von innen vor die Tür geschoben wurde.

Madelines Gesicht wurde kreidebleich, als sie ihren unangekündigten Besucher erkannte, und Alice und Brenna wirbelten zeitgleich herum.

„Kenneth!", schrie Madeline auf, während sie ihren Bauch unter einer weiteren Wehe festhielt. „Wir dachten, du wärst tot. Warum bist du hier?"

„Geht sofort, Kenneth!", sagte Brenna mit ruhigem, eisigem Ton. „Ihr habt hier nichts zu suchen und mein Bruder wird Euch töten, wenn er Euch findet."

Kenneth griff nach Brenna und packte sie an den Haaren. Er riss ihren Kopf zurück und hielt einen Dolch an ihre Kehle.

„Du wirst den Mund halten, solange ich dir nicht sage, dass du sprechen sollst, sonst werde ich euch alle nacheinander langsam und qualvoll töten. Verstanden?", fragte er. Als Brenna langsam mit dem Kopf nickte, ließ Kenneth sie los.

Maddie umklammerte wieder ihren Bauch, als ein weiterer Schmerz durch sie hindurchschoss. Die Wehen wurden schlimmer und sie wusste nicht, was sie tun sollte.

Kenneth starrte sie verächtlich an und sagte: „Du bist eine widerliche Hure, Madeline. Sieh dich nur an, fett wie eine Sau. Ich verabscheue dich", knurrte er. „Aber ich habe lange auf diesen Moment gewartet."

Er ging auf und ab, während er sie ansah. Sein Haar war zerzaust, seine Kleidung war schmutzig und sein Gestank war überwältigend. Was konnte er von ihr wollen? Maddie wollte um ihres Babys Willen ruhig bleiben.

Er murmelte vor sich hin, während er weiter auf und ab ging. „Endlich werde ich mich an dir und den Deinen rächen. Ich werde dich für all den Schmerz büßen lassen, den du und dein widerlicher Ehemann mir zugefügt haben."

„Kenneth, was habe ich dir jemals getan? Warum willst du dich an mir rächen?", fragte Madeline. Sie konnte nicht fassen, was gerade geschah. Wie war er in den Bergfried gekommen? Wo war Alex? Sie musste etwas tun, um ihr Kind zu schützen, aber die Schmerzen machten es schwierig, sich zu konzentrieren.

„Was du mir getan hast?" Er blieb vor ihr stehen, um sie anzuschreien. „Du hast mein Leben zerstört! Du und dein abscheulicher Mann haben alles kaputtgemacht. Ihr habt mir das Einzige genommen, was mir jemals außer meiner selbst wichtig war."

Alle drei Frauen drehten sich um und starrten Kenneth an. Wovon redete er? Alice schüttelte bestürzt den Kopf. Maddie war sich sicher, dass er endgültig den Verstand verloren hatte.

„Niles! Dein Mann hat ihn getötet. Er war mein bester Freund. Und jetzt habe ich dank dir alle meine Männer und meinen besten Freund verloren. Wir hatten so viele Pläne. Wir wollten gemeinsam das Hochland erobern. Aber du hast unsere Pläne zunichte gemacht. Jetzt bleibt mir nichts mehr. Du und Grant werden dafür büßen."

Kenneth ging wieder auf und ab. „Beeil dich und press dieses Kind aus dir heraus, damit wir es hinter uns bringen können."

Alice sah Kenneth an. „Was habt Ihr vor, Mylord?"

„Was ich vorhabe? Ich werde sie natürlich töten. Ich werde Maddie und ihren Sohn umbringen. Ich werde die Laken mit dem Blut der beiden tränken und dann werde ich ihren Ehemann rufen, damit er sie verbluten sieht. Ich will, dass er sieht, wie das Leben aus ihren Augen weicht, genau wie ich Niles so sehen musste. Ich will, dass Grant weiß, wie es sich anfühlt, einen geliebten Menschen sterben zu sehen, ohne etwas dagegen tun zu können. Dann wird meine Rache endlich vollbracht sein." Sein Lachen war das eines Irren.

Er ging die nächste Stunde auf und ab. Gelegentlich murmelte er etwas über sein Leben. Brenna versuchte, ihn zu beruhigen, schlug sogar vor, er solle ein Bier trinken gehen, aber er weigerte sich, jemandem zuzuhören, und schimpfte immer wilder.

„Maddie, du bist so hinterhältig. Ich weiß nicht, warum dein dummer Vater dich so sehr mochte. *Ich* hätte sein Liebling sein sollen. Immerhin bin ich sein Erbe. Er hätte mir am meisten vertrauen sollen. Warum liebte er mich nicht mehr? Ich hätte es verdient, im Gegensatz zu dir. Du verdienst nichts. Du warst nur ein dummes Mädchen. Aber jeder mochte die liebe Maddie mehr als mich. Oh, und dabei weißt du ja noch gar nicht das Beste an der ganzen Geschichte, Maddie! Ich bin gar nicht wirklich mit dir verwandt. Meine Mutter hat alles erfunden. Sie hat deinen Vater angelogen, nur um mir Land zu verschaffen. Dein Vater war so betrunken, dass er sich nicht einmal daran erinnern konnte, was passiert war." Kenneth schüttelte den Kopf und schnaubte.

Während er über seine Enthüllung lachte und prustete, sah Alice Maddie an und flüsterte: „Ich wusste es. Er ist zu böse, um mit Euch verwandt zu sein."

Kenneth wirbelte herum und funkelte Alice an. „Sei still, du dumme Kuh! Die süße Elizabeth ist nicht mehr hier, um dich vor den Schlägen zu retten, die du verdienst, oder hast du das vergessen?"

Er ging wieder auf und ab und fuhr sich mit den Fingern durch die Haare.

Maddie starrte Alice an. Es entsetzte sie, dass sie ohne Grund so gelitten hatte, da Kenneth keinen rechtmäßigen Anspruch auf das Land ihres Vaters hatte. Andererseits war sie erleichtert zu wissen, dass er nicht mit ihr verwandt war.

„Das dauert ja ewig. Ich kann nicht mehr lange warten. Aber ich habe ja schon so lange gewartet, nicht wahr? Was macht da etwas mehr Zeit aus? Ich habe alle Zeit der Welt! Ich muss diesen Moment genießen. Lass dir Zeit, Weib!" Kenneth raufte sich die Haare und zog frustriert an den Spitzen. „Ist das nicht lustig? Ich bin der Bastard, aber ich bin der Kluge. Du bist die Adlige, aber du bist so dumm! Siehst du, wie ich dich und diesen Grant endlich überlistet habe, Maddie? Ich brauchte nur geduldig zu sein. Dein Mann ist blind vor Sorge um dich. Es war ein Kinderspiel, mich verkleidet an den Männern vorbei zu schleichen."

Wieder marschierte Kenneth hin und her, während er weiter vor sich hin murmelte. Er war nach all den Monaten, die er allein und versteckt verbracht hatte, wirklich verrückt geworden. Maddie suchte fieberhaft nach einem Ausweg, aber ihr Gehirn fühlte sich wie Brei an.

„Du weißt, dass ich es tun musste, Maddie. Ich konnte einfach nicht länger damit warten, die Kontrolle über den Clan zu übernehmen. Mein Fehler war, nicht auf dich zu warten. Ich hätte dich in dieses Gebäude zerren sollen. Aber ich war so aufgeregt, dass ich nicht warten konnte. Ich musste einfach das Feuer anzünden, sobald deine Eltern das Haus betreten hatten. Ich musste diese Gelegenheit beim Schopf packen."

Maddie schnappte nach Luft und starrte Kenneth mit großen Augen an.

„Ich konnte nicht riskieren, dass sie wieder gehen. Meine Mutter sagte mir, ich solle mich beeilen. Ich sagte ihr immer wieder, sie solle die Klappe halten, aber sie hörte nicht zu. Sie hat einfach weiter gemeckert. Sie hat nie etwas anderes getan. Deshalb musste ich sie auch gleich loswerden. Und niemand hat mich jemals verdächtigt. Ich bin mit drei Morden davongekommen!" Kenneth gluckste und klopfte sich stolz auf die Brust.

„Siehst du jetzt, wie schlau ich bin? Drei Morde! Ich wurde nie erwischt. Ich werde auch diesmal entkommen. Ich werde fliehen wie beim letzten Mal. Niemand kann mich überlisten. Ich bin der Beste."

Brenna flüsterte: „Kenneth, bitte erlaubt Alice, den Laird zu informieren, dass es seiner Frau gut geht."

„Nay, niemand verlässt den Raum."

„Aber ich könnte Euch ein Bier holen. Seid Ihr nicht hungrig?

Wollt Ihr etwas essen?", fragte Alice.

„Nay!", schrie er. „Seid ruhig, alle zusammen. Ich muss nach-denken."

Maddies Schmerzen wurden intensiver und kamen in immer kürzeren Abständen. Alice und Brenna tupften ihr besorgt den Schweiß von der Stirn. Maddie zerbrach sich den Kopf darüber, wie sie Kenneth aus dem Raum schaffen oder jemanden zu Hilfe rufen könnte, aber es war aussichtslos. Kenneth ging auf keinen ihrer Vorschläge ein, sondern stapfte weiter auf und ab. Hin und wieder blieb er stehen und starrte Maddie mit einem Lächeln im Gesicht an. Irgendwann lehnte er sich an die Wand, kicherte und starrte auf Maddies Bauch.

Schließlich konnte Madeline es nicht mehr ertragen. Sie musste ihr Kind irgendwie beschützen. Sie würde diesen Jungen nicht verlieren. Er und Alex waren ihr Ein und Alles. Madeline spürte eine weitere Wehe und wusste mit einem Mal, was sie zu tun hatte. Sie stieß einen so schauerlichen Schrei aus, dass er über das halbe Tal zu hören war.

„Schrei, so viel du willst, Madeline. Niemand achtet auf eine Frau, die bei der Geburt schreit." Er kicherte.

Alex, Robbie und Brodie sprangen gemeinsam auf, als sie Madelines Schrei hörten. Alex und Brodie eilten sofort zur Treppe.

Robbie wirkte verwirrt. „Wohin geht ihr? Sie bekommt ein Kind. Alle Frauen schreien bei der Geburt."

Brodie sah Robbie über die Schulter an. „Nicht, Madeline, du Narr. Sie schreit nie."

Alex erreichte als Erster die Tür und drückte auf die Klinke, aber die Tür war von innen verriegelt.

„Öffnet die Tür!", brüllte er. Es gab keine Antwort. „Brenna, öffne die Tür oder ich werde sie eintreten!"

Alex und Brodie traten die Tür ein und Robbie folgte ihnen mit mehreren Wachen. Alex erstarrte, als die Tür fiel. Jemand hielt einen Dolch an den Hals seiner Frau. Kenneth. Die Zeit stand still. Er sah den Schweiß auf ihrer Stirn, die Angst in ihren Augen und das feine Zittern in ihren Fingern. Er sah in ihre blauen Augen und wollte ihr Mut zusprechen, wollte, dass sie wusste, wie sehr er sie liebte. Er versuchte, es ihr mit seinen Augen zu sagen, aber er fühlte sich wie ein Versager.

Er hatte seine Frau im Stich gelassen. Wie konnte sie ihm jemals vergeben? Er hatte versprochen, sie vor ihrem Stiefbruder zu beschützen, und jetzt war er zurückgekehrt, um sie und ihren Sohn zu bedrohen.

Kenneth war ein toter Mann. Alex' Blick wanderte zu ihm und er starrte seinen Feind an. „Was willst du, MacDonald?"

„Ich will dich dafür büßen lassen, was du getan hast, Grant, und meine Rache ist nur einen Moment entfernt. Ich habe deinetwegen alles verloren. Ich habe meinen Freund und alle meine Wachen verloren. Sobald diese Hure das Kind herauspresst, werde ich sie beide töten, während du zusiehst."

Jeder Muskel in Alex' Körper spannte sich an und Wut kochte in seinen Adern. Seine Augen verdunkelten sich und er sah seine Frau an. Sie musste ihm eine Chance verschaffen. Im nächsten Moment drehte Madeline den Kopf und stieß einen weiteren markerschütternden Schrei direkt in das Ohr ihres Stiefbruders aus.

Kenneth war für eine Sekunde benommen, was Alex die einzige Gelegenheit gab, die er brauchte. Er griff nach Kenneth, packte ihn an den Schultern und schleuderte ihn so fest er konnte gegen die gegenüberliegende Wand in der Nähe des Fensters. Kenneth war für einen Moment fassungslos, aber er rappelte sich schnell wieder auf. Doch da stürmten schon die drei riesigen Grant-Brüder gleichzeitig auf ihn los.

Kenneth drehte sich um und sprang aus dem Fenster.

Er schrie den ganzen Weg nach unten, aber dann herrschte nur Stille. Alle im Raum erstarrten. „Alex, bitte!", schnaubte Maddie mit rotem Gesicht.

Brenna fing an, alle aus der Kammer zu scheuchen.

„Robbie, vergewissere dich, dass er tot ist!", befahl Alex. Als Brenna versuchte, auch ihn aus dem Raum zu schieben, regte er sich nicht. „Nay, Brenna, ich bleibe!", beharrte er. „Meine Frau hatte gerade einen Dolch am Hals." Er starrte Maddie an, ging zum Bett und sagte leise: „Ich muss Maddie sagen, dass ich sie liebe. Dass ich sie immer geliebt habe." Er beugte sich über das Bett und küsste sie.

Maddie sah ihren Mann an und lächelte. „Ich liebe dich auch, Alex. Aber im Moment habe ich wichtigere Dinge zu tun. Dein Sohn will auf die Welt kommen", knirschte sie und presste erneut.

Alex warf einen Blick auf seine Schwester, dann auf seine Frau und tat das Undenkbare. Er hob seine Frau hoch, setzte sich aufs Bett und setzte Maddie vor sich ab. Er positionierte sich so, dass er dem Baby nicht im Weg war. „Ich gehe nicht. Und ich glaube nicht, dass mich jemand dazu zwingen kann."

„Dann hilf mir bitte beim Pressen", schrie Maddie und ihr Körper bäumte sich wieder auf.

Brenna und Alice hoben das Laken hoch und brachten Maddie für die Geburt in Position. Jedes Mal, wenn sie presste, spürte Alex die Anstrengung ihres Körpers. Er wünschte, er könnte ihr helfen. Er staunte über die Ausdauer seiner Frau und flüsterte ihr Liebesworte ins Ohr, wann immer sie presste, und hielt ihre Hände.

„Nur noch einmal, Maddie", feuerte Alice sie an. „Ich kann den Kopf des Kindes sehen."

Bei Maddies nächster Wehe kam das Kind und sie lehnte sich erleichtert gegen ihren Ehemann. Alex schlang seine Arme um sie und küsste sie auf die Wange, während er ihr den Schweiß von der Stirn wischte. Sie hielten beide den Atem an, bis sie einen kleinen Schrei hörten.

„Du hast einen Sohn, Alex! Er ist wunderschön, Maddie." Brenna wischte sich die Tränen fort, säuberte das schreiende Bündel und reichte es seinen Eltern.

Tränen liefen Maddie über die Wangen, als sie ihren Sohn ansah. „Oh, Alex! Er ist wunderschön."

„Aye, das ist er", sagte der stolze Vater.

„Es macht dir nichts aus, dass er kein Mädchen ist?", fragte Maddie.

„Nay, nichts könnte mich glücklicher machen als der Anblick unseres kleinen Jungen in deinen Armen, meine Liebe." Er beugte sich vor und küsste sie beide.

„Alex, es fängt wieder an! Oh, Alice, ich muss immer noch pressen!", verkündete sie, als sich ihr Körper noch einmal verkrampfte.

Brenna rief: „Zwillinge! Zwei Kinder. Press weiter, Maddie."

„Zwei?" Alex konnte nicht glauben, was er da gerade gehört hatte. Er warf einen Blick auf seine Frau, als sie erneut zu pressen anfing. „Noch ein Kind, Maddie?"

Einige Minuten später hielt Alex ihren Erstgeborenen und Maddie ihren zweiten Sohn in den Armen. „Ich hoffe, dass das alle waren, Alice", sagte sie und sah ihre beiden Jungen mit verwunderten Augen an.

Nachdem die Nachgeburt herauskam, schickten sie Alex mit einem Sohn in jedem Arm hinaus, damit sie das Bett neu beziehen und Maddie waschen konnten. Sie streiften ihr ein frisches Nachtgewand über und ließen sie dann ausruhen.

„Das habt Ihr großartig gemacht", sagte Alice und küsste Maddie auf die Stirn. „Ich wünschte, Eure Mutter wäre hier."

„Ich glaube, meine Mutter *ist* hier, Alice. Ich kann ihre Nähe spüren."

Alex strahlte vor Stolz, als er seine Söhne seinen Brüdern und Jennie präsentierte. Er ließ seine kleine Schwester unter Brodies Aufsicht einen der Jungen halten.

„Einer sieht aus wie du, Alex, und der andere sieht aus wie Maddie!", rief Jennie. „Wie heißen sie?"

„Das werden Maddie und ich entscheiden, sobald wir einen Moment für uns haben. Sie ist gerade ziemlich erschöpft."

„Unglaublich", sagte Robbie. „Was für ein Tag! Ich verstehe immer noch nicht ganz, was alles geschehen ist, aber es ist alles gut ausgegangen."

„Ich werde mir an einem anderen Tag darüber Gedanken machen", sagte Alex. „Heute kann ich nur an meine neue Familie denken."

Wenig später kam Brenna nach unten und sagte Alex, er könne zu seiner Frau zurückkehren. Sie nahm einen Jungen in den Arm und Alex, der kaum in der Lage war, seinen Blick von seinen Neugeborenen abzuwenden, folgte ihr mit dem anderen Jungen. Er wunderte sich, wie er das kleine Baby fast in einer Hand halten konnte. Er genoss es, wie er seinen Finger in die Hand seines Sohns legte und dieser ihn umklammerte. Was für ein starker Junge! Brenna betrat die Kammer zuerst und reichte

Maddie ihren Erstgeborenen. Alex folgte mit dem zweiten Kind. Brenna und Alice zogen sich zurück, um dem Paar etwas Zeit zu geben.

Madeline lag strahlend im Bett. Alex hatte seine Frau noch nie schöner gesehen. Er setzte sich neben sie auf das Bett und legte ihren anderen Sohn zwischen sie.

„Maddie, es tut mir so leid. Ich habe dich nicht so beschützt, wie ich es geschworen habe." Schuldgefühle überkamen ihn, als er das Gesicht seiner Frau in seine Hände nahm und sie zärtlich küsste.

„Mein Mann, ich könnte nicht glücklicher sein als in diesem Moment. Du hast mich beschützt. Du hast mich vor meinem bösen Stiefbruder gerettet. So viel hätte schief gehen können, aber wir haben zwei gesunde Jungen. Ich möchte lieber all die schlechten Dinge, die heute passiert sind, vergessen und sie nie wieder erwähnen. Dies ist der Tag, an dem unsere Söhne geboren wurden, und wir sollten uns darüber freuen."

Alex sah seine Frau an. „Ich liebe dich, Maddie. Du bist die tapferste Frau der ganzen Highlands. Du hast den stärksten Geist von allen Menschen, die ich kenne. Du warst unglaublich, meine Liebe."

Maddie berührte zärtlich die Wange ihres Mannes. „Und ich werde dich immer lieben, Alex. Mein Herz gehört ganz dir."

Sie warf einen Blick auf die Kinder in ihren Armen. „Alex, wir müssen unseren Söhnen Namen geben. Was denkst du? Wir brauchen zwei Namen."

„Ich weiß nicht, Liebes. Was meinst du? Entscheide du, ich kann es nicht."

„Wie wäre es mit James nach meinem Vater und John nach deinem Vater?"

„Ich denke, das ist eine großartige Idee", stimmte Alex zu.

Maddie küsste ihren Mann erneut, aber ihr Erstgeborener begann zu weinen. „Ich denke, dein Sohn hat Hunger, Alex." Sie löste ihr Kleid und legte ihren Sohn an ihre Brust. Er öffnete schnell den Mund und saugte ziemlich glücklich an der Brust seiner Mutter.

Alex musterte ihren zweiten Sohn und sagte: „Du musst lernen zu teilen, mein Kleiner."

Er setzte sich wieder hinter seine Frau und nach einem etwas umständlichen Manöver legte er seinen zweiten Sohn an Maddies andere Brust.

Maddie lachte, lehnte sich an ihren Mann und seufzte. Das Leben konnte nicht besser sein.

ENDE

EBENFALLS VON
KEIRA MONTCLAIR ERHÄLTLICH

IM FOLGENDEN FINDEN Sie eine Liste der Werke, die ich im Laufe des Jahres 2021 übersetzen lasse. Meine deutschen Leserinnen und Leser bitte ich um Geduld, auch wenn ich mit Hochdruck daran arbeite, die Bücher schnellstmöglich für den deutschen Markt verfügbar zu machen. Dazu beschäftige ich ein handverlesenes Team aus Übersetzerinnen und Übersetzern, die jeweils unterschiedliche Buchreihen bearbeiten, um Ihre Wartezeit so kurz wie möglich zu gestalten.

HIGHLANDSCHWERTER
DER VERRAT DER SCHOTTIN
DIE SCHOTTISCHE SPIONIN
DIE JAGD DES SCHOTTEN
DIE PRÜFUNG DES SCHOTTEN
Buch 5 & 6: Bald erscheinend

DIE CLAN GRANT-SERIE
#1-BEFREIT VON EINEM HIGHLANDER-Alex und Maddie
#2-HEILUNG EINES HIGHLANDER-HERZENS-Brenna und Quade
#3-LIEBESBRIEFE AUS LARGS-Brodie und Celestina
#4-#8 - Bald erscheinend

DER HIGHLAND CLAN
LOKI aus den Highlands - Buch Eins
TORRIAN aus den Highlands - Buch Zwei

LILY aus den Highlands – Buch Drei
JAKE aus den Highlands– Buch Vier
ASHLYN aus den Highlands– Buch Fünf
MOLLY aus den Highlands– Buch Sechs
Bücher Sieben bis Zwölf: Bald erscheinend

<u>WEITERE BÜCHER</u>

DIE VERBANNUNG DES HIGHLANDERS

ÜBER DIE AUTORIN

KEIRA MONTCLAIR IST das Pseudonym einer Autorin, die mit ihrem Ehemann in South Carolina lebt. Sie schreibt aufregende historische Romane, oft mit Kindern als Nebenfiguren.

Wenn sie nicht schreibt, verbringt sie gern Zeit mit ihren Enkelkindern. Sie hat als Highschool-Mathematiklehrerin, als Krankenschwester und als Büroleiterin gearbeitet. Sie liebt Ballett, Mathematik, Rätsel, lernt gern neue Dinge und erschafft neue Charaktere, in die sich ihre Leser verlieben können.

Sie ist mit ihrem Werk zufrieden, wenn ihre Leser Tränen über ihre Geschichten vergießen, aber es gibt immer ein Happy End!

Ihre Bestseller-Reihe ist eine Familiensaga, die das Leben zweier mittelalterlicher schottischer Clans über drei Generationen verfolgt und mittlerweile über dreißig Bücher umfasst.

Kontaktieren Sie sie über ihre Website: *www.keiramontclair.net*.

www.ingramcontent.com/pod-product-compliance
Lightning Source LLC
Chambersburg PA
CBHW071854220626
47052CB00002B/110